PITÁGORAS
E A HARMONIA
DAS ESFERAS

SIMONNE JACQUEMARD

PITÁGORAS E A HARMONIA DAS ESFERAS

Tradução
Edgard de Assis Carvalho
Mariza Perassi Bosco

DIFEL

Título original: *Pythagore et l'harmonie des sphères*

Capa: Sérgio Campante

Editoração: DFL

2006
Impresso no Brasil
Printed in Brazil

CIP-Brasil. Catalogação na fonte
Sindicato Nacional dos Editores de Livros – RJ

J19p Jacquemard, Simonne, 1924-
Pitágoras e a harmonia das esferas/Simonne Jacquemard; tradução Edgard de Assis Carvalho, Mariza Perassi Bosco. – Rio de Janeiro: DIFEL, 2007.
272p.

Tradução de: Pythagore et l'harmonie des sphères
Anexos
ISBN 85-7432-072-2

1. Pitágoras. 2. Pitagorismo. 3. Filósofos gregos. 4. Filosofia antiga. I. Título.

CDD – 182.2
06-4365 CDU – 1 (38)

DIFEL – selo editorial da
EDITORA BERTRAND BRASIL LTDA.
Rua Argentina, 171 – 1º andar – São Cristóvão
20921-380 – Rio de Janeiro – RJ
Tel.: (0xx21) 2585-2070 – Fax: (0xx21) 2585-2087

Sumário

ANEXOS

Imagens do Mestre na praia

Esse homem tão singular, paradigma vivo, de quem muito se falou através dos séculos, que acumulou histórias das mais curiosas e contraditórias a seu respeito, esse homem tão belo quanto o Apolo de Delfos, o deus a quem ele mesmo venera,[1] caminha pela praia sob o vento fresco da manhã.

De onde vem ele? De Síbaris, onde desembarcou ontem — ou anteontem? — proveniente de Samos, sua ilha natal. De Síbaris, cidade localizada às margens do extenso rio Crates, cujas águas, por vezes, transbordam na primavera e dominam os elevados picos cobertos de neve. Na reentrância da baía que lhe serve de proteção contra as ondas, Síbaris, cuja opulência ostentatória tanto irrita os armadores do Pireu, mas não os de Mileto, sua cúmplice, brilha com todos os seus excitantes e obscuros atrativos.

---

[1] Porfírio, *Vie de Pythagore* [Vida de Pitágoras], in: *Les Présocratiques* [Os pré-socráticos], Gallimard, col. "Bibl. de la Pléiade", 1988, p. 59: "Quando Pitágoras desembarcou na Itália e foi se instalar em Crotona, diz Dicéarco, os cidadãos de Crotona compreenderam estar diante de um homem muito viajado, um homem excepcional, que tinha a sorte de possuir inúmeras vantagens físicas: ele era, realmente, um nobre de aparência refinada. De sua *voz*, de seu caráter e de sua pessoa emanavam *uma graça e uma beleza infinitas.*"

Era bem ali que ele tinha de se instalar. Porém, Míscelo, o fundador de Crotona, havia tido o mesmo pensamento, após consultar, como se costumava fazer, a Pitonisa, que se havia mostrado favorável ao estabelecimento de uma nova colônia. Por desventura, Síbaris o havia precedido, ou melhor, os imigrantes que a edificavam, aqueles mesmos que a sorte relegava a Crotona.

Foi necessário contentar-se com as margens mais desprotegidas da costa, da qual avançavam numerosos cabos. Única vantagem — mas não das menores: Síbaris se encontrava infestada pela malária proveniente dos pântanos circunvizinhos, enquanto no lugar em que deviam ser erigidas as muralhas de Crotona o ar era saudável. Tão saudável que bem rapidamente ali se instalara uma escola de atletas, antes de enviar aos jogos de Olímpia os concorrentes convocados a retornar cobertos de glórias, fato que ocorria regularmente.

Como todos os iniciados, o homem vestido de linho branco continua a avançar dando as costas para a cidade que se vangloria de multiplicar em si mesma voluptuosidades e prazeres escusos. Sente-se nostálgico, pois o local é verdadeiramente magnífico. Uma abundância de salgueiros, choupos e amieiros bordeia as margens do impetuoso rio que se assemelha a um touro (o mesmo touro a partir do qual são cunhadas as moedas). O rio nutre a planície muito fértil e serpeia em direção à terra ancestral, aos portos situados além-mar, ao Laos e à Poseidônia, e, sobretudo, às cercanias das densas florestas da Sila, cujos contornos selvagens se elevam rumo ao céu, a caminho do Sul. Todas essas belezas surpreendentes conferem um fascínio absolutamente mágico a esses lugares.

Pitágoras de Samos continua a ser um dos mais sensíveis a qualquer espécie de magia — mesmo desconfiando dela.

Durante suas perambulações pelo mundo, acercou-se de um grande número de pessoas que viviam cotidianamente em contato com o Invisível. Considerava-se, porém, livre das diversas e inúmeras superstições encontradas em Creta, na Caldéia, em Mênfis, na Mesopotâmia e, até mesmo, em Éfeso. Por isso, fora até ali para instaurar um universo bem particular, que nasceria da soma das descobertas já realizadas desde as mais antigas eras e, sobretudo, das que viriam a se realizar posteriormente.

O barulho do mar mal servia para encobrir o ruído do trote das mulas e dos cavalos. São dois dias de viagem entre Síbaris e Crotona, com uma parada de uma noite ao redor do fogo, sentindo, a distância, em meio às sombras, a presença dos lobos, que costumam descer das florestas da Sila ou, mais raramente, a de um urso. Isso porque o odor dos cães que acompanham a caravana e o cheiro dos víveres (peixes recém-pescados, bezerros imolados ao nascer da aurora) atraem os animais carniceiros.

Sem pressa, ele desce a cavalo até a praia para examinar mais de perto os vestígios de uma criatura que por ali havia vagueado entre os cactos azulados e os tufos de camomila. Tão claras quanto os desenhos cunhados sobre uma moeda, as pegadas são, sem dúvida, de uma raposa. Recolhe as penas de uma ave (seriam as de um mergulhão-de-crista, um falcão, um corvo?) que talvez tenha hibernado perto dos santuários que bordeiam o deserto e o rio Nilo. Aspira o odor das penas com uma curiosidade cheia de respeito. A capacidade de voar é um privilégio supremo, que deve ser adquirido antes de qualquer outra coisa. Assim como os hiperbóreos[2] aos quais Apolo se reúne a cada inverno, quan-

---

2 Povo lendário que, na imaginação grega, habitava o extremo norte do mundo e venerava Apolo. (N.Ts.)

do se afasta por três meses de Delfos e cede lugar a seu irmão Dioniso, reverso de sua própria imagem, Ábaris e Aristeídes também conhecem essa liberdade inigualável.

A égua empina seu torso ao observar o desfile de mulas carregadas de cestos, mantas, armas, galões de água e cordames. Trata-se de uma dessas éguas domesticadas por meio de uma técnica bastante particular da qual os sibaritas possuem o segredo — uma técnica de trotar na qual os arreios, bem altos, se elevam com elegância ao som das siringes, flautas e címbalos. A égua não possui a envergadura ligeiramente desajeitada dos cavalos árabes usados para puxar as charretes. Sua pelagem é da cor da areia molhada, e os tufos da crina realçam a beleza de sua figura. De estrutura um tanto maciça, ela sabe como saltar e disparar em fuga selvagem.

Ele a escolhera por causa do olhar, cuja intensidade era semelhante à de seu próprio olhar. "Quem é você?", pergunta ela, da mesma forma que ele pergunta a cada criatura que encontra, tanto às estrelas como aos tiranos que incessantemente destroem e constroem o mundo a seu bel-prazer, que matam seus semelhantes a golpes de espada e permanecem surdos até mesmo aos seus gemidos.

Foi por isso que deixou Samos. E por isso também que se afastou de Polícrates, que não sofreu qualquer oposição ou divergência em sua forma de governar. Ao contrário do irredutível Pisístrato, que dirige Atenas e cujo único mérito é embelezar a *cidade* por excelência e favorecer o orfismo, herança de Orfeu. Polícrates encontra-se petrificado pela desconfiança. É verdade que ele granjeara a simpatia de Demokedes, o célebre médico vindo de Crotona; é verdade, também, que acolheu os poetas, graças aos quais seu nome repercutira através dos séculos. Ele não se importa, nem dá atenção aos que possuem opiniões críticas, aos que buscam desinteressadamente, aos amantes da beleza, da verdade e da incomensurável ordem do mundo. Nenhuma acolhida foi dada ao austero aventureiro proveniente dos confins do mundo, pleno de sabedoria e de expressões estrangeiras, tesouros sobre os quais as reflexões predominam e se estendem. Para o irônico tirano de Samos, Pitágoras nada mais é do que um perigoso manipulador de idéias pronto a semear a desordem. Seu desprezo se manifesta pelo desdém, mas ele poderia chegar a utilizar o aprisionamento e, até mesmo, a execução sumária. Essa havia sido uma decisão de Demokedes. O próprio Demokedes, que exaltara aos olhos do "filósofo" errante os sólidos atrativos de Crotona, cidade que acolhia todas as espécies de atividades temerárias, nutridas do *enthousiasmos* [entusiasmo], sem o qual os homens não seriam dignos de se beneficiar da cumplicidade dos deuses.

Pitágoras traz consigo a carta endereçada a um eminente personagem da Escola de Medicina, na qual Alcmêon, ainda muito jovem, começa a se destacar. A ajuda de Demokedes ser-lhe-á preciosa. Aliás, no decorrer de uma entrevista agitada, que durara a noite inteira, Demokedes havia anunciado que, brevemente, se reuniria à Comunidade sobre a qual Pitágoras lhe havia revelado as informações e as razões.

A hora avança e, com ela, chega a maré alta. Em Síbaris, as aluviões impedem a progressão das águas, mas aqui as ondas se elevam e quebram com violência. Um bando de gaivotas levanta vôo a partir desse cabo onde existe um templo dedicado à deusa Hera, homenagem concedida em meio a essa solidão à Grande Mãe, soberana dos vivos e dos mortos.

Em razão do vento, da espuma das ondas e das nuvens baixas, Pitágoras prevê a tempestade que se anuncia e, com a vitalidade de um homem de corpo jovem e ágil, pacientemente treinado a obedecer, monta facilmente em sua égua, que, como ele, nunca desanima diante do esforço.

De um homem jovem? Já fazia cerca de 50 anos que Pítia, sua mãe, pusera-o no mundo, logo depois que seus pais haviam solicitado a cooperação do oráculo de Delfos (o próprio nome de Pitágoras está ligado ao deus pitiano). Além de todos os dons de beleza, anunciaram-se para ele um destino ímpar e a capacidade de nunca decepcionar os Imortais.[3]

Como ele os decepcionaria? A própria admiração inoportuna e perigosa que os outros lhe concedem já é uma resposta. Admiração que inicialmente se dirige à sua aparência e depois ao personagem que ele forja para si mesmo e que deve buscar continuamente a excelência. Deve alcançá-la sem esquecer o *Meden agan,* cujo significado é a preservação de si mesmo e de seus próprios limites. Quando se olha no espelho das águas dos rios ou dos lagos, percebe um homem alto, sem qualquer arrogância no porte, mas sem fraquezas, dono de uma atitude simultaneamente franca e reservada. A idade não lhe provocou rugas, nem sinais de enfraquecimento dignos da piedade alheia. Suas sobrancelhas e sua densa cabeleira conservam aquele loiro acinzentado próprio aos dóricos. Ele mantém os cabelos longos e presos na nuca, como se pode observar na moeda da Caulônia, cidade vizinha de Crotona, na qual se identifica um Apolo nu e

---

[3] Clemente de Alexandria, *Stromates* [Estrômatas], Éd. du Cerf, col. "Sources chrétiennes", 1993, t. I, p. 62: "Segundo Hipóboto, Pitágoras, filho de Mnesarcos, era originário de Samos; de acordo com Aristoxeno de Tarento, em suas *Vies de Pythagore, d'Archytas et de Xénophile* [Vidas de Pitágoras, de Árquitas e de Xenófilo], Aristarco e Teopompo, ele era tirreno e, segundo Neanto, talvez fosse sírio ou oriundo de Tiro. A maior parte dos autores considera, portanto, que Pitágoras seria de origem bárbara."

de pé em suas funções de purificador.[4] *Purificar* é a primeira obrigação designada por Zeus ao divino tocador de cítara, ao arqueiro que mata a serpente Píton, a *drakaina,* e que será o primeiro a ser purificado com essa morte que, em seguida, beneficiará a humanidade. Surpreendente paradoxo!

É diante do templo dedicado a Apolo Halios, nas terras distantes do promontório em que se erguem os pilares de suas colunas, que o grupo de cavaleiros, juntamente com a sua caravana, irá fazer uma parada naquela noite.

Não rir, sorrir apenas com parcimônia, pois o destino humano traz consigo mais momentos de luto do que de alegria. Como ensina Orfeu com a recomendação do *Soma Sema,* que não é algo lúgubre, pois, se o corpo é um túmulo, a incumbência de cada um é escapar dele. De fato, tudo começou com Pitágoras na Trácia consagrada a Dioniso e pátria de Orfeu.

Irá a chuva fustigar a praia em que pousou uma garça cinzenta? O futuro Mestre perscruta o horizonte ao qual acorrerão inumeráveis discípulos oriundos de Argos ou de Cízico, de Siracusa ou de Corinto. O vento sopra. Nesse caso, não se trata da música essencial? Da música da qual se serve Orfeu para curar os corpos e as almas, para comandar os elementos, uma vez que se transformou num deus, no qual todos os humanos devem se transformar, uma vez iniciados e prontos a reconhecer a sua própria natureza. Música do vento. Música das esferas que giram em sua gigantesca envergadura, em seu peso alucinante, em sua radiosa leveza. Como se fossem libélulas de tons verdes que pairam acima de uma corrente de água. Cada uma dessas

---

[4] Jâmblico, *Vie de Pythagore* [Vida de Pitágoras], Les Belles Lettres, 1966, p. 11: "Muitas pessoas, em muitos lugares, falavam do *homem jovem de cabelos longos de Samos,* admirando-o como um deus e repetindo isso por toda parte."

mesmas esferas celestes emitiria um som particularmente seu? A concordância de umas em relação às outras manteria a mesma precisão que as notas emitidas pela lira e pela cítara?

Pitágoras de Samos freme diante do que ainda resta para ser elucidado pelos mortais a respeito do que vêem e adivinham. Diferentemente de Orfeu, a partir dos ensinamentos adquiridos em suas longas peregrinações, ele amadureceu a idéia de que os seres humanos não precisam retornar à pátria mítica, originária, ou seja, à terra dos Bem-aventurados. Cabe a eles resolver o problema da proliferação dos enigmas e solucionar as infatigáveis questões sugeridas pelo Universo. Esse é o seu verdadeiro destino, esse é o jogo de espelhos ao qual são convidados pelos deuses a participar.

A descoberta dos lugares em que a Comunidade vai se enraizar

Ninguém pode se aventurar a fazer uma descrição ou um histórico de Crotona sem falar de Síbaris, sua cidade gêmea, fundada um ano antes, por volta de 710. A existência de ambas se deve à iniciativa de colonos provavelmente dóricos, vindos do Peloponeso, mais exatamente de Acaia, aos quais se reúne o povo de Trezena.

Originalmente cercada por paliçadas, patrulhada em turnos por sentinelas e, mais tarde, protegida por muralhas, em razão dos contínuos ataques dos nativos e do desembarque noturno de piratas, a cidade de Síbaris eleva-se a certa distância da praia e não possui um verdadeiro porto. As águas do golfo permanecem baixas por causa das aluviões provocadas pelo deságüe de vários rios, entre eles o Síbaris e o Crates, e por torrentes de montanha. No entanto, embarcações de todas as envergaduras podem ser facilmente arrastadas sobre a areia.

Paragens admiráveis, uma harmoniosa sucessão de montanhas que ladeia a costa em direção às cidades de Síris e Metaponto, e, depois, à direita, a extensa região de praias cujo plano de fundo é dominado pelo denso maciço da Sila, com seus perfis delineados pelas extremidades das florestas cuja altura atinge dois mil metros e que, com seus vastos lagos, formam um labirinto de plátanos, freixos, pinheiros negros, carpinos e, sobretudo, monumentais carvalhos, dos quais se retira a madeira para a construção de navios e para a edificação das casas. Nos planos mais elevados a neve só derrete no mês de junho.

Rios, cujas cheias dão origem aos pântanos, mencionados, serpeiam por um amplo e bem-delimitado plano de fundo. O que domina, porém, é a planície, cuja fertilidade supera qualquer expectativa; nela são cultivados os alimentos essenciais característicos da Grécia: o trigo, a uva, a cevada e as azeitonas. A riqueza será o apanágio dos sibaritas.

À fauna original, composta de lobos, ursos, raposas, texugos, isares, águias-reais, mochos e urubus, habitantes das altas encostas que envolvem Síbaris e a protegem contra as violentas borrascas, os sibaritas contrapõem seus bem guardados rebanhos de gordos bezerros, de cabras briguentas, de bois habituados ao jugo e, até mesmo, de touros negros, de trato perigoso, criados dentro de cercados. Nos pesados estateres de prata, moeda cunhada no ano 525, eles são vistos com sua juba de leão. Além disso, os renomados cavalos de Síbaris permitem que os cavaleiros executem as mais audaciosas manobras nas festas em honra de Hera, das quais participam também os músicos.

Com a resina dos pinheiros fabrica-se o impermeabilizante necessário à manutenção dos navios, comercializado juntamente com os outros produtos agrícolas, pois Síbaris é, por vocação, uma cidade de camponeses e negociantes que também praticam a troca. Da Grécia e do Oriente ela recebe os preciosos vasos e tecidos que revende às populações italiotas, em particular aos etruscos, o que lhe granjeia o ódio dos calcídios, fundadores (por volta de 750) da cidade de Cumas, que venera sua Sibila, visto que esses mesmos etruscos constroem, em 524, a uma pequena distância de Cumas, a famosa cidade de Cápua. Em razão de seu ostentatório culto ao prazer, ou seja, de sua depravação, Cápua significa para Cumas o mesmo que Síbaris representará aos olhos dos habitantes de Crotona, mais particularmente dos pitagóricos.

Na cidade de Síbaris o vinho é abundante, e Dioniso não precisa sequer de um santuário para receber seu tributo. Em contrapartida, a água do rio Síbaris torna inquietos os cavalos, razão pela qual se evita que os animais bebam dela. Quanto à água do rio Crates, ela é bastante apreciada pelas jovens, que a utilizam para alourar seus cabelos.

Os renomados médicos de Crotona vêm a Síbaris colher a cinerária marítima que cura as afecções oculares, a malva, a eufórbia, o cordeirinho-da-praia ou o agno-casto-branco que favorece a virtude? Ou vêm colher ainda o célebre orégano de Creta, elogiado por Homero por sua capacidade de curar todos os ferimentos?

Nos pântanos abundam os caniços sobre os quais os galeirões e os rouxinóis fazem seus ninhos. Como em qualquer outro lugar, aqui o mundo irrompe em toda a sua opulência, o que muito poucos homens têm a capacidade de inventariar. Esse inventário constitui-se na mais bela homenagem que se poderia render aos deuses, como os discípulos de Pitágoras irão proclamar através dos séculos.

Citar, sem medo de fatigar a si mesmo nem aos outros, as flores e árvores que compõem a paisagem, os pássaros, os peixes ocultos em meio às águas da baía! Entre as flores, as papoulas, as violetas, os narcisos, os jacintos, as anêmonas, o helebório, o meimendro. Entre as árvores, o plátano, o salgueiro, o carvalho, a figueira, a nogueira, a romãzeira, a amendoeira e a ameixeira. Nas hortas, o alho, o alecrim, a salsa, o tomilho, a sálvia, as pimentas, as vagens, a beldroega, a alface, o pepino, o alho-poró. Litania bastante breve: uma inconcebível fertilidade de terras que exorta ao lirismo e que, desde que o mundo é mundo, produz essa variedade de plantas. E em agradecimento é bom tecer em homenagem a Zeus coroas de folhas de carvalho; para Atena, coroas de folhas de oliveira; para Dioniso, de folhas de hera; e para Hera, de folhas de romãzeira.

O piar das andorinhas se espalha pelos pórticos sob os quais, desde a aurora, funciona o mercado. Um pouco antes do outono, por ali passam as cegonhas, os corvos e os gansos selvagens em direção ao mar, de ilha em ilha, ou sem escala, rumo a Cirene, onde se encontra o oráculo de Amon.

Os homens que habitam Síbaris, que são ou fingem ser mestres em tudo, prontos a massacrar indistintamente pessoas e animais, observam a afluência de navios em sua cidade, que brilha sob o sol refletido em todas as estátuas que ostentam seus escudos de bronze. Espoliados e cheios de ódio, os nativos desses lugares alugam seus braços aos invasores e conspiram infatigavelmente. São malfeitores, por vezes perigosos; são iapiges ou messapianos expulsos de Tarento, vindos de Ilíria ou de Cáon, que se instalaram na cidade de Síris e em suas paragens, e que, no passado, emigraram a partir do Épiro.

É com todos esses miseráveis que Síbaris pode contar. Quando a terra treme, porém, nada se iguala ao pavor que inspira a cólera dos deuses. É preciso, então, oferecer rapidamente sacrifícios a Posídon, o desestabilizador do solo. Além disso, existem as sempre temidas epidemias, a febre e a peste que algum cativo confinado no porão de um navio traz da Cólquida, território situado na extremidade oriental do mar Negro, ou das margens do rio Eufrates. Nesse momento, repetem-se os habituais sortilégios, proferidos em voz alta ou sussurrados "entre dentes", que vêm perturbar a paz sublime e altiva dos Invisíveis.

Foi do sucessor de Epimênides, o Cretense, o purificador de voz profunda e melodiosa, que Pitágoras aprendeu o uso desses sortilégios.[5]

Sobre a costa de interminável sinuosidade por onde desfilam mulas e cavalos, o Mestre medita a respeito do que seria sensato esperar e fazer em relação à futura implantação da cidade.[6]

Em Síbaris, os deuses são convenientemente venerados por meio de altares e templos? Em Delfos, os sibaritas edificaram um "tesouro" que continha, entre outras coisas, quatro esfregadeiras[7] de ouro. É claro que ali, como em Samos, Hera tem seu templo, e, também como em Samos, um belo caminho feito de pedras conduz à praia, à qual Pitágoras não pôde ficar indiferente. Festas faustosas acompanhadas de concursos musicais são anualmente oferecidas à divindade tutelar.[8]

Pitágoras dirige-se a Crotona, onde espera encontrar as mais ardentes provas da fidelidade de Héracles. Ele se alegrou

---

[5] Cf. Jâmblico, *Vie de Pythagore* [Vida de Pitágoras], *op. cit.*, pp. 15-17, 19, 30, 70, 76, 157. Pitágoras é um *daimôn,* um ser intermediário entre os deuses e os homens. Por isso, sua filosofia assemelha-se a uma revelação.

[6] Com respeito a Síbaris, consultar Roberto Bosi, *Cités grecques d'Occident* [Cidades gregas do Ocidente], Nathan, 1982, p. 125.

[7] No original, *strigiles*, objeto destinado a esfregar o corpo, a fim de eliminar as impurezas da pele. (N.Ts.)

[8] *Ibid.*, p. 130.

com isso? Qualquer que seja a esfera de ação, os desempenhos de um herói são sempre um estímulo favorável para que alguém supere a si mesmo.[9]

Para finalizar o assunto de Síbaris, depois dessa minuciosa constatação que salienta as faltas que não devem ser cometidas e as iniciativas a serem tomadas, Pitágoras se lembra da situação sombria que acabava de ser criada. Ultrajada pela concorrência que lhe fazia a cidade de Síris, nas trocas comerciais com o Norte e o Oeste, na direção da Etrúria e do mar Tirreno, Síbaris toma a pior das decisões. É preciso acabar com a cidade rival. O mais surpreendente é que, nesse massacre entre colonizadores gregos, Metaponto e Crotona lhe concedem forte apoio. Um precedente do qual a *nêmesis* vingadora poderá se prevalecer, cerca de 20 anos mais tarde, quando, por sua vez, os sibaritas perecerão sob os ataques de Crotona.

No momento presente, as muralhas de Crotona erguem-se[10] no horizonte. Diante da parte inferior das colinas, pode-se avistar a *ágora*, bem próxima do mar.

---

[9] Estrabão, *Géographie* [Geografia], Les Belles Lettres, 1967, VI, 1, 12: "Quando Apolo prescreveu aos habitantes da Acaia que fundassem Crotona, Míscelo partiu para explorar o lugar. Quando viu que ali já havia sido fundada a cidade de Síbaris, considerou que sob todos os pontos de vista ela oferecia mais vantagens." Um segundo oráculo relativo a Crotona foi igualmente relatado por Diodoro da Sicília, *Bibliothèque historique* [Biblioteca histórica], VIII, 17, 1.

[10] Crotona foi fundada logo depois de Síbaris pelos colonos *dóricos* de Acaia em 710-709. Seu patrono-fundador foi Míscelo, um corcunda originário de Acaia. A fundação de Crotona foi aconselhada pela pitonisa de Delfos. Cf. R. Bosi, *op. cit.*, p. 120.

Diferentemente de Síbaris, os picos mais altos permanecem distantes, onde proliferam os densos grupos de árvores gigantes da Sila. Crotona surge em plena luminosidade marinha ou em meio às brumas. Seu porto é, sem sombra de dúvida, o melhor da costa. Crotona não é como Síbaris, que tira sua subsistência do comércio próximo ou distante. Em Crotona, vive-se de forma laboriosa: a pesca e a criação de animais são suficientes para abastecer a população de colonos oriundos de Acaia, que, como em Síbaris, trazem consigo o culto de uma Hera a quem chamam de Lakinia, que possui algum parentesco com a Hera de Argos.

Ampliado e ornamentado por eles, o santuário ancestral encontra-se sobre um promontório, a certa distância da cidade.

Situação curiosa essa do templo exposto à violência das tempestades? Ao contrário de Síbaris, Crotona se abre para a amplidão do horizonte. A Deusa Mãe, originalmente venerada em Creta, não deveria servir-lhe de protetora?

A solidão é absoluta para os celebrantes e os fiéis que ali se reúnem. A terra esmaece diante da imensidão do azul do céu e do quebrar das ondas.

Pitágoras reconhece ali um lugar excelente, apropriado para uma recusa à mediocridade e ao conformismo. Melhor do que Síbaris, com a qual ele desejava tecer comparações, que incita aos divertimentos lascivos e cortejos barulhentos que sempre terminam em bebedeiras, Crotona oferecerá garantias àqueles inovadores fervorosos e austeros que desejam juntar-se a outros "marginalizados" e trabalhar de maneira fecunda, como acaba de afirmar Demokedes de Crotona ao evocar Alcmêon.

Em Crotona, as fabulosas conquistas de Héracles, o querido herói dos dóricos, são incansavelmente comemoradas. Tarento, que por volta de 706 já havia sido fundada pelos laconianos (portanto, logo depois de Síbaris e de Crotona), celebrava aquele que concedia a intrepidez necessária aos que, diante dos guerreiros iapiges, lhe permaneciam fiéis. Assim como Síbaris, situada no ângulo oposto do golfo, a cidade de Tarento se envolve em tratados comerciais com todos os países mediterrâneos, oferecendo-lhes um artesanato de qualidade, composto de cerâmicas semelhantes às encontradas em Esparta e Cirene. A cor púrpura, com a qual são tingidos os fios de lã utilizados na tecelagem, granjeia para esses produtos uma excelente reputação.

Em Crotona, a moeda exibe um Héracles em luta contra um monstro qualquer. No austero frontão do templo, edificado pelos fundadores desde a sua instalação, Pitágoras sabe que encontrará o arco e as flechas de Héracles, dos quais Pilocteto havia despojado Petelia. Esse mesmo templo é consagrado a Apolo.

Não se venera Deméter, a deusa da agricultura que governa os mistérios de Elêusis? É necessário verificar isso.

Ao longe, o ladrar dos cães demonstra que a caravana provoca inquietação e curiosidade em todos os habitantes da cidade.

A sentinela deu o alarme. Atrás dos portões, os arqueiros preparam suas flechas. Os habitantes de Crotona são combativos por necessidade e por princípio. Mílon, o Atleta, exorta-os ali mesmo.

Levar uma vida exemplar

O que motivara aquele contingente de pessoas a preparar aquela *mise-en-scène*, ainda que modesta, requerida por uma acolhida tão fora do comum? Alguns magistrados de Síbaris, sem dúvida, tiveram de escoltar o recém-chegado. Pura curiosidade?

Em busca do inesperado, do inimaginável, a Grécia sempre reverenciou seus nobres vagabundos. Oferecia-se repouso a qualquer homem cansado, que tivesse feito qualquer travessia, caminhado sobre as estradas cheias de buracos abertos pelas carroças, o que tornava cada passo mais perigoso, ou que tivesse empreendido alguma navegação em barcos em que a água facilmente penetra. Ah, que prestígio recebem aqueles que narram suas inacreditáveis epopéias e enumeram horrores e prodígios!

Pitágoras é um deles e, além de tudo, fascina a todos que dele se aproximam.

As vidas de Pitágoras abundam, assim como as inumeráveis narrativas a seu respeito.[11]

Como falar *dele* sem traí-lo? Intencionalmente, colocou-se em itálico o pronome pelo qual seus discípulos o designavam sem ousar sequer pronunciar seu nome, como se isso fosse um sacrilégio.[12] Reverência que nos parece um pouco exagerada e que o aborrece.

Apesar das diferenças de opinião, também em relação a isso, parece claro que Pitágoras é originário de Samos. A data provável de seu nascimento remonta por volta de 580. Nesse mesmo tempo, vinha ao mundo Xenófanes de Colofon, alguns anos antes do aparecimento de Heráclito de Éfeso, e quase um século antes que Empédocles de Acragás escolhesse sua última encarnação.

Para resumir e oferecer referências sobre alguns acréscimos lendários em meio à confusão de versões contraditórias, é importante estabelecer aqui alguns pontos relevantes.

Contemporâneo de Lao-Tsé, de Buda e de Anaxímenes, considera-se que seu mestre tenha sido o grande sábio Ferecides

---

[11] As datas de nascimento dão lugar a controvérsias. Podemos considerar quatro delas provenientes de diferentes autores. De acordo com Diógenes Laércio, Pitágoras teria nascido (segundo Eratóstenes) em 606. Segundo Jâmblico, em 590; de acordo com Porfírio, em 580; e, segundo o próprio Jâmblico, em 558. A confusão aumenta quando se percebe que as informações fornecidas por Jâmblico são cronologicamente impossíveis.

[12] Para as *Vidas* de Pitágoras, consultar, entre outros, Diógenes Laércio, *Vie, Doctrines et Sentences des philosophes illustres* [Vida, doutrinas e proposições dos filósofos ilustres], Librairie Garnier, 1933; Jâmblico, *Vie de Pythagore* [Vida de Pitágoras], *op. cit.*; Porfírio, *Vie de Pythagore* [Vida de Pitágoras], *op. cit.*, p. 59; Aristoxeno de Tarento, *Vies de Pythagore, d'Archytas et de Xénophile* [Vidas de Pitágoras, de Árquitas e de Xenófilo], in *Les Présocratiques* [Os pré-socráticos], *op. cit.*, p. 1.410.

de Siros, apesar do provável anacronismo.[13] A similaridade das doutrinas que tratam da imortalidade e da migração das almas predispõe a aceitar que existiu essa conexão. Assim como se acreditava que Ferecides, tanto quanto Pitágoras, teria obtido dos deuses os poderes miraculosos dos taumaturgos, os mesmos que são atribuídos a Orfeu. De fato, pode-se concluir, sem risco de errar, que ambos adotaram as doutrinas do orfismo.

Para delimitar um pouco mais os dados tantas vezes retomados pelos biógrafos, parece que Pitágoras foi filho de Mnesarco, joalheiro lapidador, a mesma profissão seguida mais tarde pelo pai de Heródoto de Halicarnasso. Terá sido possível para ele, também, viajar pelo mundo comercializando belas pedras preciosas e pérolas habilmente engastadas, oferecendo colares, anéis e diademas? É impossível saber. É igualmente impossível evitar suspeitas de que a origem de sua independência financeira seja atribuída a esse fato. Pitágoras demonstra ser uma pessoa que jamais precisou se submeter às exigências de uma profissão, a não ser a do Mestre em que ele se transformou bem mais tarde.

Ele então viaja.[14] Por isso, multiplicam-se as facetas de um destino cuja diversidade permanece exemplar. Para onde se

---

[13] Cf. Diógenes Laércio, *Vie, Doctrines et Sentences des philosophes illustres* [Vida, doutrinas e proposições dos filósofos ilustres], *op. cit.*: "Ele foi, inicialmente, discípulo de Ferecides de Siros e, depois da morte deste, dirigiu-se a Samos e foi discípulo de Hermodamas..." Mas essa filiação, num tempo improvável, parece ter sido estabelecida pelo fato de Ferecides e Pitágoras terem sido adeptos do orfismo (cf. Ivan Gobry, *Pythagore* [Pitágoras], Seghers, 1973, p. 14).

[14] Jâmblico, *Vie de Pythagore* [Vida de Pitágoras], *op. cit.*, p. 11: "Como a tirania de Polícrates havia começado a se desenvolver recentemente, Pitágoras, que já tinha 58 anos, percebeu onde tudo iria terminar, o que seria um obstáculo ao seus propósitos de vida e à sua sede de conhecimento... e se dirige a Mileto para visitar Ferecides, o físico Anaximandro e Tales." Se Polícrates foi tirano entre 535 e 522, existe aí uma impossibilidade que, dentre tantas outras, nos deixa na maior das confusões.

dirige ele inicialmente?[15] Como explica Jâmblico,[16] para a Trácia, onde, por intermédio de Aglaófamo, ele recebe a iniciação órfica. Depois disso, evidentemente vai para o Egito. Trata-se de um Egito cujos conhecimentos secretos e a insondável familiaridade com os deuses são ainda mais promissores do que aqueles oferecidos pelos mistérios de Elêusis na Grécia.

Pitágoras embarca rumo a Náucratis, que, por decreto do faraó Amasis, acolhe os negociantes de Mileto, de Samos, de Halicarnasso ou de Fasélis. Náucratis, com suas instalações comerciais, exibe em profusão tudo que a Grécia e a Jônia produzem na esfera da opulência e da beleza. A partir do século VII, os gregos chegam a esses lugares para adquirir o sal, o alabastro, o papiro, as substâncias medicinais, assim como os perfumes da Arábia, os tecidos coloridos, o ébano e o marfim que as caravanas trazem de países distantes. Quando o irmão da poetisa Safo ali chega para oferecer um carregamento do vinho mais apreciado em Lesbos, ele sucumbe aos charmes de uma cortesã que o tempo imortalizou, assim como fez com grandes homens da política. Trata-se da belíssima Rodopis, a quem seu amante grego reconquista, o que, simultaneamente, o leva à ruína.

No dédalo desse bazar caracteristicamente oriental, do qual exalam aromas de especiarias e incenso, o jovem Pitágoras acaba de desembarcar, sem dúvida acompanhado de um escravo que carrega suas bagagens, e parte à procura de um compatriota que possa hospedá-lo e dar-lhe os conselhos necessários.

---

[15] Ver *Diodore, L.* [Diodoro, L.], 23, 2, Éd. Adolphe Delahays, 1851; Platão, *Timée* [Timeu], in: *Œuvres*, Gallimard, col. "Bibl. de la Pléiade", 1950; Diógenes Laércio, *Thalès* [Tales], Librairie Garnier, 1933, 43, 24.

[16] *Vie de Pythagore* [Vida de Pitágoras], *op. cit.*, 146.

Certamente não esquece o porquê dessa situação de aventura. Quanto tempo lhe será necessário para recolher, no Egito, a profusão de elementos, os indícios de um interesse capital, ou seja, os conhecimentos secretos guardados apenas pelos sacerdotes? Dez anos ou talvez o dobro disso? Pouco importa. No momento, ele se apoiará no que tem: sua iniciação na Trácia. Dessa paradoxal complementaridade entre Dioniso e Apolo será retirada a lição que orientará toda a existência daquele que se vê como um Mestre e que cumprirá tudo que julgar necessário para se tornar digno de tal distinção.

Quem, no Egito, conceder-lhe-á a aproximação com os arcanos de um saber muito antigo e misterioso, graças ao qual se podem controlar as forças em ação no universo e, sobretudo, estar em harmonia com os deuses? Qual será o sinal que o aluno deverá oferecer? Demonstrar sua total pureza de intenções, uma postura de total reverência, um ardor no qual a temeridade interpreta seu papel?

O aluno Pitágoras pode vangloriar-se de ter tido predecessores tais como Orfeu e Homero. Viajantes míticos? Sólon acaba de recolher alguns ensinamentos tradicionais, assim como Tales de Mileto, desejoso de aprofundar-se no estudo das origens da geometria e da astronomia.

Em seu *Vie de Pythagore* [Vida de Pitágoras], Porfírio (233-304) comenta o que foi possível saber sobre a viagem de Pitágoras.[17] O que contemplava o futuro iniciado? Em Ábidos,

---

[17] Serge Sauneron, *Les Prêtres de l'Ancienne Égypte* [Os sacerdotes do antigo Egito], Éd. du Seuil, col. "Le temps qui court", 1957, p. 112: "Foi no Egito, portanto, que o historiador helênico pôde encontrar as melhores fontes de informação. Mas essa não era a única ciência que os sacerdotes do Egito podiam ensinar a seus hóspedes estrangeiros. Tales de Mileto fez uma viagem até o lugar onde se encontravam os sacerdotes e os astrônomos do Egito, e, segundo alguns de seus

cidade sagrada do antigo Egito, ele consegue se aproximar do leito fúnebre situado no interior do túmulo subterrâneo, no qual brilham as tochas e repousa o corpo divino de Osíris,[18] que, no passado, fora desmembrado em pedaços por Set?[19] Ábidos, a cidade mais santa de todas. O que é permitido acreditar, uma vez que as iniciações pessoais e secretas são praticadas nesse local. "Doravante, ele será como um deus...", proclama o *Livro dos mortos*, o que faz recordar a singular constatação, a promessa inscrita sobre as lâminas funerárias de ouro de Turiói, na Lucânia: "De homem você se transformou em deus..."

Por meio da súbita revelação, da fulgurante visão que o iniciado tem o direito de esperar, tomado de uma exaltação perfeitamente lícita, ele poderá concluir:

"Na Terra eu entrei,
e dela eu saí,

---

biógrafos, ele parece ter aprendido a geometria dos egípcios (Diógenes Laércio, *Thalès* [Tales], *op. cit.*). Geometria e astronomia são as duas disciplinas às quais os autores gregos se referem mais freqüentemente quando tratam dos sacerdotes do Egito... Instruídos por algumas experiências anteriores com respeito às tendências intelectuais de seus visitantes helênicos, bastante curiosos, os sacerdotes tentaram se livrar de Pitágoras..."

18 Considerado Rei dos Mortos, Osíris representa o princípio reprodutivo masculino encarnado no touro Ápis. Foi assassinado por seu irmão Set. (N.Ts.)

19 Como lembra Max Guilmot em *Les Initiés et les Rites initiatiques en Égypte ancienne* [Os iniciados e os ritos iniciáticos no antigo Egito], Robert Laffont, col. "Les portes de l'étrange", 1977, p. 94, "De fato, trata-se, inicialmente, de saber se eram praticadas iniciações secretas e pessoais no Egito, particularmente em Ábidos. Sobre esse assunto, um texto muito antigo (2000 antes de nossa era) parece fornecer uma resposta afirmativa: 'Seguir o Deus até seu lugar, em sua tumba que se encontra na entrada da Gruta. Anúbis santifica o Mistério Oculto de Osíris: é a iniciação misteriosa do Mestre de Ábidos.'" Cf. também pp. 110-111.

reconheci meu nascimento,
sim, ultrapassei os limites
do misterioso mundo inferior
para contemplar meu próprio corpo..."

Não seria necessário situar no tempo esse Egito no qual Pitágoras encontra os homens privilegiados, diante dos quais se desvela o horizonte do Outro Mundo? Não seria conveniente reunir os elementos oferecidos pela ciência comum no terreno da geometria, da medicina e da astronomia, e que se encontram fora da ciência sagrada?

Depois disso, juntamente com o peregrino de Samos, deixar contra a vontade os lugares onde se opera a mutação da alma, finalmente liberta de si mesma; afastar-se, também, das suntuosas e coloridas procissões, em que murmuram os sistros, em que soam os tambores, diante do baú de relíquias sagradas carregado pelos sacerdotes, entre a queima dos incensos e a chuva de pétalas.

Pode-se assegurar que Pitágoras foi admitido em uma dessas *Casas de Vida,* onde eram conservados os arquivos do templo e os textos redigidos pela multidão de escribas. Costuma-se afirmar que, na Casa de Vida de Ábidos, o rei Ramsés IV freqüentemente folheava os *Annales de Thot* [Anais de Thot], nos quais meditava sobre o fato de, entre os deuses, Osíris ser o mais rico em mistérios.

Nessa Casa de Vida[20] ensinam-se as artes, o desenho, a gravura e a escultura, cuja utilização permite que os Invisíveis

[20] Cf. Serge Sauneron, *Les Prêtres de l'Ancienne Égypte* [Os sacerdotes do Antigo Egito], *op. cit.*

sejam glorificados. Ensinam-se também o canto e a dança sagrados. É possível imaginar o jovem Pitágoras participando da recitação do hino que se dançava por ocasião da procissão do deus Min ou da grande festa de Opet,[21] uma encenação gigantesca da mesma grandeza de astros e cometas, que envolvia passeios marítimos em pesados barcos, verdadeiros templos flutuantes decorados na proa e na popa com esfinges, estátuas e cordeiros. Um desfile de riquezas reunidas em honra aos deuses, aos quais se oferecem ouro, prata, turquesas e lápis-lazúlis em profusão. Nessas circunstâncias, o delírio parece ser de tal intensidade que todas as fronteiras são abolidas. Esse é também um delírio no qual uma grande quantidade de vendedores ambulantes preenche prosaicamente seu ofício, empilhando suas melancias, romãs, uvas, pães e aves...

Por que deixar Náucratis? Por que abandonar o lugar dos mais seguros júbilos, depois de ter participado daquilo que deveria ser sempre uma iniciação: a verdadeira festa?

Depois de tantos anos de busca e questionamentos, o futuro Mestre precisa retornar a Samos. Deve voltar após tantos anos de absoluto esquecimento. O que aconteceu no mundo durante todo esse tempo?[22]

Apries, rei do Egito, considerara uma boa idéia apoiar os lídios de Cirenaica contra os gregos, razão da famosa revolta. Foi então que Amasis, pronto a ajudar os gregos, tornou-se faraó; enquanto isso, em 561, Creso assumiu o poder na Lídia, quase ao mesmo tempo que Pisístrato se transformava no tirano de Atenas (561), e Ciro, em rei dos persas, em 557.

---

21 Festival realizado no antigo Egito, ligado à fertilidade simbólica do rio Nilo. (N.Ts.)

22 Apries, rei do Egito, contra os gregos em 570; Amasis, rei do Egito, favorável aos gregos em 568.

Quando Cambises invadiu o Egito, Pitágoras tornou-se prisioneiro? Alguns, como o Pseudo-Jâmblico, asseguram que sim. O fato, porém, é cronologicamente impossível, uma vez que Cambises foi entronizado em 529.[23]

Para outros, como Jâmblico ou Diógenes Laércio, ele passa um tempo na Babilônia, onde estuda a astronomia e as matemáticas. Quando situar esse episódio de tamanha importância? Sem dúvida, depois do Egito.

O périplo continua, portanto. Por toda parte, Pitágoras recolhe uma abundância de materiais. Um pouco mais tarde, fará um inventário de todas essas aquisições, antes de se lançar em busca de outras conquistas, desta vez pessoais, mas também coletivas. Ele já sabe que os companheiros, por ele convocados, irão acorrer ao lugar que ele determinar. Entretanto, ainda não chegara a hora de se fixar para organizar a grande aventura.

Perde-se sua silhueta de vista, em razão dos testemunhos que coincidem e, simultaneamente, se contradizem. Ele tem tanto o que fazer! Tanto o que ver! Como não lhe atribuir uma pesquisa sistemática dessas famosas *iniciações* que parecem preocupar as mais diversas civilizações? Ele irá, por exemplo, às cidades de Biblos e de Tiro e à Síria antes de visitar a Caldéia e a Babilônia,[24] como já mencionamos.

---

[23] Segundo exílio de Pisístrato em 552; incêndio do templo de Apolo em Delfos em 548. Ciro invade a Babilônia em 539. Dissemos acima que Pitágoras havia se tornado prisioneiro naquele momento, mas não há nenhuma certeza disso...

[24] Diógenes Laércio, *Vie, Doctrines et Sentences des philosophes illustres* [Vida, doutrinas e proposições dos filósofos ilustres]:"Ele alcançou o Egito após

Em 538, na Babilônia, Ciro autoriza o retorno dos judeus ao seu país, de onde tinham sido deportados a partir de 587 por Nabucodonosor. Ciro favorece, também, a volta dos médicos, artistas e negociantes originários da Grécia. Talvez tenha sido essa a razão da acolhida tão favorável concedida a Pitágoras, interessado nas famosas Tábuas sobre as quais já se fala em Mileto. Evidentemente, ele se instrui no cálculo das elipses, na observação dos planetas e compara o sistema sexagesimal em voga em Mileto com o sistema decimal, ao qual os povos do Mediterrâneo estão habituados.

E Mileto? E a sábia Jônia, que já possuía uma forma própria de vida, um sistema único perfeitamente despojado do conjunto de mitos que obscurecem a compreensão do real? Essa Jônia que, *a priori*, se considera sem preconceitos, perfeitamente objetiva diante das evidências, a serem esclarecidas uma a uma? Jônia essa que, a partir de Tales, está sempre pronta a coligir todos os fenômenos?

Nada pode ser afirmado com certeza, visto que o Mestre mantém silêncio (e, sem dúvida, continuará a mantê-lo até o aniquilamento deste planeta que, assim como ele, todos nós habitamos...).

Ele vai a Mileto, a Éfeso e a Colofon. A proximidade dessas cidades nos assegura disso. Ali encontra os adeptos da Escola, os sucessores de Tales, talvez Anaximandro e, certamente, Anaxímenes, que só veio a falecer por volta de 528-524. Junta-

---

Polícrates tê-lo recomendado em uma carta a Amasis e aprendeu a língua do país (cf. Antiphon). Ele dirigiu-se também aos caldeus e aos magos." Jâmblico, *Vie de Pythagore* [Vida de Pitágoras], *op. cit.*, 13 e 14: "Eis que ele alcança Sidon por mar... Ali encontra os descendentes do profeta Mochos e os outros hierofantes fenícios... e se inicia em todas as iniciações divinas que se faziam especialmente em Biblos, em Tiro e na maior parte da Síria..."

mente com eles, discorre sobre a água, sobre o Vazio infinito, sobre o ar, sobre o fogo. Em que época situar essas escapadas que, a partir de Samos, não exigiam mais que um ou dois dias de viagem? Mais ou menos na época da adolescência?

A última etapa será realizada em Creta, depois de suas peregrinações que duraram cerca de 30 anos?

É evidente que os oráculos de Delfos[25] (uma pitonisa chamada Temistoclea lhe teria dado os ensinamentos), os de Claros e de Dídimo, também dedicados a Apolo, que Pitágoras consultara para levar a bom termo os seus propósitos, sempre aconselham seus consulentes a nada dizerem, a manterem segredo. Silêncio e segredo que o Egito exige antes de tudo, quando desvela as ciências sagradas. Antes de mais nada, Apolo preconiza os rituais de purificação (fato que Pitágoras jamais esquecerá), tendo ele mesmo se purificado após a morte da serpente Píton. A idéia de impureza amedronta os gregos tanto quanto a sempre provável invasão das Eríneas.

Foi na Mália ou em Heraklion que ele resolveu desembarcar? O monte Ida estaria situado nas proximidades.

No Egito ele havia se deparado com o rio Nilo, sobre o qual sobrevoam as íbis sagradas, um mundo de animais adorados porque simbolizam a quintessência divina. Ele se prosternara, como todos, diante do chacal Anúbis, do falcão Hórus, do cordeiro Amon. Ao lembrar-se de Orfeu, ele se conscientizara de um parentesco que engrandece o homem.

---

[25] Diógenes Laércio, *Vie, Doctrines et Sentences des philosophes illustres* [Vida, doutrinas e proposições dos filósofos ilustres], *op. cit.*

O esplendor dos animais selvagens, a majestade da águia e do leão, que incompreensivelmente se dedicam ao ato de matar, mas que permanecem plenamente inocentes. É o próprio antagonismo e a chocante ambigüidade, fonte do eterno elã que opõe Dioniso a Apolo, que Orfeu se esforça por harmonizar.

Ao contemplar os turbilhões do caldeirão titânico, Pitágoras de Samos compreende que, em nenhum caso, os homens podem arrogar-se o direito de decretar a morte de qualquer criatura. O que espera ele encontrar em Creta, além da purificação, último requisito para encerrar esse périplo fatigante, durante o qual a vida quase lhe foi arrancada uma centena de vezes? O que se pode esperar de Creta, terra enigmática e altiva na qual, no passado, o monstruoso encarnara escandalosamente sob a forma do Minotauro?

No momento em que, a distância, ele se dá conta das silhuetas desmesuradas das montanhas que surgem da espuma das águas cor de violeta, pensa, inicialmente, nos inumeráveis palácios arruinados, nos santuários invadidos pelos verdes carvalhos e pelas urzes, e nos afrescos em que o júbilo de uma natureza primaveril explode ainda com mais intensidade que na Grécia. As devastações provocadas pelo tempo de maneira alguma alteram uma certa presença, algumas emanações nas quais reside a energia por excelência.

Primeiramente, será preciso descobrir a íris, depois a flor-de-lis, o rolieiro azul, os cavalos alados e as deusas tutelares que dominam as serpentes. Costuma-se dizer que entre os cimos nevados, onde os deuses velam pelo íbex, o cervo, o porco selvagem e o pássaro quebra-ossos, podem ser encontradas inúmeras cavernas. Em tempos ainda próximos, os ciclopes, os curetes, os dáctilos, inventores da fundição e da liga do bronze, acampados ao redor do célebre monte Ida, lugar em que educam o próprio

Zeus, se dedicam a extrair do solo o cobre, o ferro, o jade e o cristal-de-rocha utilizado em todo cerimonial de magia. Na parte inferior, sob as encostas e nas planícies que ocupam apenas uma ínfima parte da ilha, crescem os plátanos e as vinhas, as oliveiras e as amendoeiras. Quando o terreno não é muito árido, proliferam as jujubeiras, os tamarindeiros, as espirradeiras e os asfódelos.

Uma ilha de singularidade austera e altiva, porém inquietante, pois Posêidon ali se encontra em atividade; nela os tremores de terra acontecem com violência pouco comum, destruindo centenas de moradias e vidas. No silêncio ameaçador que agora recobre o que, antigamente, exultava em luminosidade, uma abundância de afrescos de formas surpreendentes e originais recobre as colunatas e as salas. O vazio os engolira. O mundo subterrâneo do Hades os aprisionara. Que lição tirar disso?

A manifestação da figura primordial da Grande Mãe protetora se produziu em Creta por meio da interrogação permanente dos mortais em busca da imortalidade.

Em Faístos, o sucessor de Epimênides, que purificara Atenas, irá submeter Pitágoras à prova pela qual ele poderá ser aniquilado, tal como Héracles.[26]

Em Faístos, no interior do palácio que agora se encontra a céu aberto, os texugos cavam túneis por entre os jarros que se reduzem a poeira, entre os arbustos de murtas e o revestimento de mármore dos muros. Nesse local, teria Pitágoras manipulado

---

[26] Segundo Diógenes Laércio, "estando em Creta, ele entra com Epimênides na caverna do Ida". Jâmblico cita uma tradição segundo a qual Pitágoras teria ido a Creta não para ser iniciado nos ritos, mas para estudar as leis do país: "Ele penetrou na caverna do Ida em Creta... e, depois de ter aprendido toda a teologia nos compêndios esotéricos, partiu para Crotona" (*Papyrus d'Herculanum* [Papiro de Herculano], n.º 1.788).

o tão precioso disco de argila, relembrando a expedição conduzida por uma tropa de peregrinos em busca da região hiperbórea? Talvez. Seu avanço segue a espiral que modela as galáxias e os mariscos à semelhança da imagem da Terra, que gira em torno do Sol, e da Lua, que gira em torno da Terra. Os peregrinos se voltam e, gradualmente, se aproximam de um centro no qual desabrocha uma imensa flor. A flor do conhecimento que esperam colher e que os salvará?

O celebrante explica em detalhes os signos, dos quais se precisa aprender o sentido e saborear a seiva, para o caminhante que também segue por sua própria conta e risco? Com um estalar de dedos, ele faz com que essa sucessão de imagens e signos, que parecem vindos de outro lugar, caídos do céu como um meteoro, sigam o errante de Samos — que havia sido anfitrião de um grande sacerdote em Mênfis?

O perfil dessas cabeças, de crânio raspado de onde se eriçam crinas ornamentais de pêlos lisos, essas pombas, essas aves de rapina, essas peles de urso, esses escudos perfurados em sete pontos, essas maças, essas clavas, esses bicos em forma de esquadro, esses misteriosos objetos que não se sabe para que servem, esses delfins, esses remos em forma de plumas, essas plumas em forma de remos, esses pompons, essas cristas, esses cães de rabo cortado, essas figuras de mulheres cabeludas e seios à mostra, em *kaunakès*,[27] essas colméias em forma de casas lacustres ou de santuários, essas cabeças de cabras-selvagens com chifres encurvados, esses punhais, esses esquifes estreitos transpassados por filas de escorpiões, esses personagens em

[27] Termo grego usado para descrever os penteados e as vestimentas que revestem as esculturas produzidas pelos sumérios. (N.Ts.)

plena atividade que seguem em grandes passadas, essas flores abertas como olhos — de que segredos são eles os depositários?

Durante 27 dias — o tempo de uma lunação —, Pitágoras, que havia escalado a montanha até chegar à caverna do Ida, local em que Zeus teria nascido e, como Osíris, teria morrido e ressuscitado (se os deuses transpõem com facilidade essa fronteira que os humanos temem, eles podem ensinar como conseguir isso), foi então purificado pela água, pelo sal e pela *pirita branca.*

Ele é iniciado nos mistérios da sociedade secreta dos cabiros, respeitados na Samotrácia. O que observa ele? Ninguém saberá, mas é fácil imaginar. Foi aí (inicialmente no Egito) que aquele que resolvera ser um "condutor de homens" avaliou a importância do *segredo*, o próprio fundamento da futura Comunidade.

No momento de deixar a Grécia ele se recorda do paciente e minucioso trabalho de coleta que havia realizado e que tangia o universal. Volta-se agora para as estruturas estabelecidas nas *Casas de Vida,* modelos de comunidade. Um lugar simultaneamente aberto e fechado no qual se concentra a pesquisa. Uma pesquisa absolutamente desinteressada. Em primeiro lugar, uma pesquisa sobre si mesmo como espelho do universo. Um espelho o mais claro possível, tão despojado quanto é permitido.

Para isso, será necessário recorrer a qualquer coisa, seja ela ínfima ou desmesurada, de maneira sistemática e disciplinada, a fim de elucidar tudo que pertence ao domínio do visível e do invisível. Ao domínio do que chamam de Ciência.

Assim será a Comunidade, e esses os seus princípios.

A ele é concedida (mas quando?) uma breve estada em Esparta e, ao que parece, bem merecida. Como o "homem jovem de Samos, de cabelos longos" — usados à maneira dos guerreiros dóricos da Lacedemônia que, antes dos combates, eram vistos penteando longamente suas cabeleiras —, como aquele homem que amava a vida coletiva e que mantinha a sua sobriedade em honra a Esparta — condutas essas que, em seguida, farão parte dos princípios essenciais da Escola —, não teria o desejo de saborear as alegrias de uma festa realizada em honra das colheitas, ou seja, na época das Gimnopédias,[28] na qual os concursos de música e de dança atraíam uma multidão de participantes?

Mais do que em qualquer outro lugar da Grécia, o lirismo coral triunfa em Esparta. Os melhores soldados são também os melhores bailarinos, celebrados pelo poeta Terpandro de Lesbos. Os belos adolescentes treinam para se tornar atletas e alcançam tal excelência que, de 720 a 576, entre os 81 coroados em Olímpia, afirma-se que 46 eram originários da Lacedemônia.

Pitágoras fora informado que Crotona já havia aderido ao culto dos desempenhos atléticos. Seria necessário, porém,

---

[28] Festa anual importante em Esparta, celebrada por meio de danças e apresentações de rapazes nus. Paradoxalmente, as autoridades espartanas tentaram utilizar essas danças como recompensa para aqueles que combatiam a queda populacional que atingia seu país: somente os homens casados podiam assistir a esses espetáculos. (N.Ts.)

seguir o modelo de Esparta no que dizia respeito à dança e, sobretudo, à música? No decorrer das horas, na futura Comunidade, a energia, o apaziguamento e a comunhão com as leis do universo serão retirados da música? A música dos coros de meninas, segundo a composição de Alcmêon de Ceardes?[29] E, também, a música do coro formado pelas mulheres em honra do movimento que se prepara?

Por que não estudar as leis em uso na Lacedemônia? Os costumes que formam seres humanos cuja austeridade e integridade são um tanto acentuados demais para serem verdade (como por vezes demonstram alguns escândalos no curso da história...)? Existiam semelhanças incontestáveis entre o regime político de Creta e o da Lacedemônia. Em ambas reinava uma oligarquia, uma *gerúsia*[30] dos nobres, que confiscavam o poder dos cidadãos-soldados, submetidos à mais rigorosa disciplina, e, mesmo em tempos de paz, lhes tiravam os alimentos a que tinham direito.

Para todos, uma educação cujo objetivo era uniformização, uma divisão igualitária. A distância, Atenas freme diante de um modelo de ser como aquele. Exatamente na época em que Pitágoras determinava as dimensões da aplicação de diversos princípios, como já fizera ou iria fazer em regiões das mais longínquas, ocorre um recrudescimento na atitude espartana em comparação com a dos outros gregos. Uma resistência declarada, uma

---

[29] Cf. G. Croiset, *Manuel d'histoire de la littérature grecque* [Manual de história da literatura grega], Albert Fontemoing, 1900, p. 180. Alcmêon de Sardes, nascido na primeira metade do século VII, é o autor das *Partenéias*, espécies de poemas líricos executados por um coro de meninas.

[30] Em Esparta, o conselho permanente dos mais velhos, composto de 28 gerontes e dois reis. (N.Ts.)

rejeição em relação às trocas. Nenhum estrangeiro terá tão cedo acesso à cidade, que logo se tornará radicalmente inospitaleira.

A austeridade excessiva sempre conduz a exageros desse gênero? A moeda (garantia de engodos?) colocada em circulação seria a origem dessa súbita rejeição?[31] Na Lacônia, adotam-se pesadas peças de ferro próprias para desencorajar aqueles que pretendem enriquecer com isso.

Para o futuro Mestre a atividade comercial vai bem, o que, para ele, é a menor das preocupações.

Depois de Creta ele retorna a Samos. Em seu caminho passará por Rodes, que também fora colonizada pelos dóricos e que continua a servir de escala para os que seguem em direção à Ásia, ou, antes disso, passará por Chipre, ou Cipros, onde nasceu Afrodite? Ou embarcará em um navio que parte para Cítera, para o cabo Tênare ou para Pilos, a cidade arenosa, onde, tomado pelo entusiasmo de estabelecer os primeiros marcos de sua obra, abandonará as regiões de sua terra natal e se lançará em direção às ilhas que servem de proteção para a entrada do golfo de Corinto: Zakinthos, Kefalônia, Ítaca, Leukas, de onde, margeando a costa da Acarnânia e a do Épiro, após a travessia do mar Jônico, alcançará Kerkura e, depois, Tarento (Taras)?

A todas essas se sucederão as de Metaponto, as de Heracléia e, enfim, as sedutoras praias de Síbaris.

Um acontecimento inesperado acaba de se produzir em sua vida. Ele não está mais só. Uma mulher, sua companheira, está

[31] Cf. Gustave Glotz, *Histoire grecque* [História grega], PUF, t. I, p. 349.

a seu lado e, seguramente, sua intenção é partilhar com ele as tribulações e os prazeres. O que ele fará dela?

ꝏꝏ

Pode-se acreditar que Pitágoras queria com a cidade de Creta algo mais do que uma mera ligação mística; ele queria estabelecer uma filiação carnal.[32] Alguns acreditam que o encontro entre os dois foi fortuito. De qualquer forma, ele e Teano, a Cretense, concebem um filho.

Com essa mesma Teano, que agora se encontra em Crotona, partilhar as horas, os dias e anos parece uma situação definitiva; como conseqüência disso, sua influência se torna inegável. Evidentemente, o Mestre não abdica de modo algum de sua liberdade. Mas, e ela? Sua paixão por um homem tão belo, envolvido por uma aura de saber excepcional, foi imediata? Um homem cuja inteligência e autoridade reduzirão ao silêncio os indecisos, os céticos e até mesmo os adversários?

Sim, será que ela obteve a revelação imediata do que poderia esperar dele? Compreendeu ela a amplitude do que se construía por meio de suas idéias, cuja imensa importância as gerações futuras iriam reconhecer? Naquele momento, as circunstâncias exigiam que nem ela nem a criança corressem qualquer risco inútil. Ela permanecerá algum tempo em Samos, esperando

---

32 Porfírio, *Vie de Pythagore* [Vida de Pitágoras], *op. cit.*, 4: "Outros relatam que a pitonisa Teano, originária de Creta, dá a Pitágoras um filho, Telaugés, e uma filha, Myia..." Jâmblico apresenta-a como filha ou esposa de Brontino. Quanto a Diógenes Laércio, eis o que ele relata: "Pitágoras casou-se com uma mulher cujo nome era Teano, que era filha de Brontino de Crotona..."

pelo sinal que Pitágoras lhe enviará de Crotona assim que estiver estabelecido.

Era ela uma mulher sedutora? Era muito jovem e chegou virgem ao casamento como devia ser? Nenhuma resposta a respeito disso nos será dada. O sangue de Minos talvez corresse em suas veias...

Na verdade, ao observar através dos séculos o número abundante de versões, a profusão de detalhes contraditórios, de acréscimos imaginativos e comentários sem quaisquer fundamentos sobre os fatos, percebe-se que Pitágoras foi elevado de modo tão admirável à categoria de mito que sua existência foi até mesmo colocada em dúvida.[33] Alguns o consideram um dos filhos de Apolo, como Jâmblico,[34] que não hesita em reportar esse detalhe surpreendente, até mesmo bizarro: "Quando Pitágoras percebeu que lhe ofereciam a flecha (de Ábaris), ele nem sequer perguntou

---

[33] Jâmblico, *Vie de Pythagore* [Vida de Pitágoras], *op. cit.*, pp. 91-92: "Ábaris, com efeito, vinha das terras dos hiperbóreos, onde era um sacerdote de Apolo, um homem velho e um especialista a respeito do sagrado. No momento em que, ao voltar da Grécia em direção ao seu país, ele passava pelas terras hiperbóreas, na Itália, com o objetivo de depositar no templo de Apolo o ouro que havia recolhido para o deus, ele viu Pitágoras e o achou muito parecido com o deus do qual era sacerdote. Na verdade, ele acreditou estar diante do próprio Apolo e não apenas de um ser humano parecido com aquele deus. Baseando-se nas características augustas que havia reconhecido nele... oferece a Pitágoras uma flecha que havia retirado do templo... montado sobre ela, ele atravessava lugares impraticáveis, rios, lagos, pântanos e montanhas..."

[34] Jâmblico de Cálcis, romancista e filósofo neoplatônico, grego de origem síria discípulo de Porfírio. (N.Ts.)

por que razão Ábaris, sacerdote de Apolo, fazia isso e, como se fosse verdadeiramente o próprio deus, chamou Ábaris de lado e lhe mostrou sua coxa de ouro, fornecendo com isso um sinal de que Ábaris não se havia enganado."

Outros o remetem aos etruscos, aos celtas, iberos e, até mesmo, à Índia. Supõem que ele recebera as mais importantes iniciações em Elêusis, em Imbros, em Lemnos e na Samotrácia. Nada do que seria possível ou recomendável tentar, mesmo que o empreendimento seja temerário, parece estar fora do campo das possibilidades na vida de Pitágoras. Como reconhecer o que os deuses magnanimamente lhe permitem realizar? Como acreditar nos numerosos milagres atribuídos a ele, como um taumaturgo ou um mago, herdeiro de Orfeu?

Na verdade, ele está a ponto de investigar, de sondar a cidade escolhida, da qual ainda nada conhece. Ele penetra nessa cidade como um "marginal", como um rebelde, cuja intenção é reformar alguns costumes, tais como os sacrifícios sanguinários, que julga injustos, aos quais o povo da Grécia se curvou e, obrigatoriamente, se curvará. Ele abomina também a consideração concedida ao homem possuidor de grandes bens e a ausência de escrúpulos comum a todo personagem que consegue ascensão ao poder. Para ele, as raras exceções apresentadas pela história são um modelo a ser seguido, e Sólon é um dentre eles.

É grande o respeito que se manifesta em relação aos dirigentes, obcecados pelo desejo de glória e poder, e que lhes permite cometer impunemente as piores atrocidades.

Incapaz de controlar seus infindáveis desejos no exercício inexpressivo e estúpido de suas assim chamadas prerrogativas democráticas, o povo ignorante produz os tiranos. Um pequeno número de sujeitos probos, esclarecidos, extremamente desinteressados, que trabalhem pelo estabelecimento de projetos que acabarão por beneficiar a multidão, representa a solução para as opressivas e lamentáveis necessidades que envolvem a vida coletiva.

O surpreendente — e isso já foi enfatizado antes — é que, no momento presente, tanto em Atenas como em Samos dois tiranos abalam e recolocam em discussão a ordem estabelecida. Seus próprios nomes possuem consonâncias singulares e vicinais, visto que se chamam Pisístrato e Polícrates...

Em Samos, Polícrates (no poder desde 533) ostenta um luxo indecente. Ele tem o costume de reduzir seus adversários ao silêncio, tomando suas esposas e filhos como reféns.[35] No entanto, não se pode subestimar a amplitude dos trabalhos em execução, nem as medidas de interesse geral. Um benfeitor da humanidade não faria melhor do que ele. Aliás, não é ele que, mesmo tendo usurpado uma autoridade que a aristocracia sempre detém de forma indevida, se mostra um verdadeiro defensor do povo?

Depois de ter feito escavar um canal de 350 metros, protegido por uma muralha, para abastecer a cidade de água potável, ele melhora as condições do porto para aumentar a afluência de comerciantes do mundo inteiro com suas preciosas mercadorias; faz com que seja terminada a construção de um templo dedicado a Hera, uma das maiores maravilhas da época, e aumenta os efetivos do exército com 1.000 arqueiros originários

[35] Cf. G. Glotz, *Histoire grecque* [História grega], *op. cit.*, pp. 282 e 450.

de Samos, além de um grande número de mercenários. Sobre os mares ele torna todo-poderosa uma frota que passa a contar com 40 galeras e 100 remadores.[36]

Ousará ele se opor ao progressivo avanço dos persas, que, como sempre, continuam a sujeitar a Jônia? Talvez o fato de ter manifestado suas intenções hostis com certa presunção irá lhe custar a mais miserável das mortes. Sua perfeitamente cínica mudança de opinião quando Cambises se preparava para atacar o Egito de nada lhe servirá. Sem levar em consideração suas antigas e cordiais relações com Amasis, ele escolhe o lado mais forte. Preso, porém, em uma emboscada preparada pelo sátrapa Oroités, que lhe oferece imensas riquezas se ele se opuser aos gregos, ele foi supliciado.

"O homem jovem de Samos de longos cabelos" jamais esquecerá que havia nascido naquele local. Em 522, enquanto perece o aventureiro a cujas esquadras são atribuídos golpes dignos de piratas, um outro tirano encerra sua carreira.

A morte de Pisístrato em 528 não significa de maneira alguma que seus adversários, os célebres Alcmeônidas, tanto amaldiçoados quanto glorificados, recuperaram o poder. Ele deixa seus filhos para darem continuidade a uma obra notável. Quando, no início de 560, toma Acrópole de surpresa, seus adversários abandonam a Ática. Voltam, porém, à carga e por duas vezes o constrangem a fugir. Dos 31 anos (560-528) que passa cobiçando a cidade de Atenas, ele só permanece no poder durante 18, contra 14 no exílio.

Destino singular, sobre o qual medita, não sem ironia, o ascético Mestre de Crotona, cujas ações, mesmo que ainda não

---

[36] No original, *pentécontores*. (N.Ts.)

tenham provocado verdadeiras conseqüências, serão de uma envergadura completamente diferente!

No plano imediato, como negar o interesse dos acontecimentos em curso em Atenas, onde Pisístrato, que vive em uma moradia das mais modestas, melhora o destino dos humildes, institui empréstimos para os camponeses e, sobretudo, faz de Atenas uma cidade provida de água saudável em abundância (igualmente, a maior preocupação de Polícrates, que havia encarregado desse trabalho o arquiteto Eupalinos)? Por que razão a democracia, que, em seguida, iria recuperar seus direitos, teria sido tão ingrata e, depois de ter-se livrado de seus embaraçosos personagens, os abominaria para sempre diante da História?

Pitágoras, que jamais esquecerá o homem capaz de desaparecer completamente depois de ter cumprido seu papel com sagacidade e sabedoria, ou seja, Sólon, o Ateniense, também não subestima a contribuição de Pisístrato em um domínio essencial, o das práticas religiosas. Deve-se a Pisístrato a instituição das grandes Dionisíacas, celebradas na cidade durante a primavera. A partir do século VII, em Elêusis, os mistérios em honra de Deméter e de Coré atraem uma enorme quantidade de fiéis. A amplitude das manifestações é tamanha que Pisístrato faz com que seja duplicado o tamanho da sala de iniciação, o *telesterion*.

Por volta da metade do século VI, enquanto Pitágoras interroga os magos da Caldéia e os sacerdotes egípcios, o Orfismo aparece na Ática. Ele é recebido pelos fiéis que aspiram a uma forma de ascese desconhecida ou malconhecida, a um retorno às origens, a um despojamento que as teofanias em uso, que mesclam contos e historietas a respeito dos deuses, não permitem, pois não conectam o indivíduo à sua conduta cotidiana.

O que Orfeu havia prometido no passado — liberação e beatitude — são coisas que devem primeiramente ser merecidas.

O mais surpreendente é que Pisístrato adere a essas novidades provavelmente perigosas para a ordem pública, nas quais a sempre desconfiada aristocracia pressente uma nova forma de escapatória. Nesse clima um pouco equívoco, em que os adivinhos de destaque, os profetas, os oráculos e a interpretação dos sonhos relegam a segundo plano as eternas reivindicações populares, um certo ministro dos cultos, chamado Onomácritos,[37] é oficialmente encarregado de coletar os fragmentos dos poemas de Orfeu, a fim de conferir-lhes uma glória digna das circunstâncias. Se a forma dada por Onomácritos ao conjunto dos textos é um testemunho suspeito, ele não deixa de conter o essencial que a doutrina do orfismo podia transmitir. Para nós, trata-se de um tesouro inestimável, que, no entanto, deve-se à iniciativa de um tirano!

Como foi que o Mestre, que sempre calcula, analisa e tenta tirar conclusões antes de tomar qualquer partido, não pensou naquele homem moderado e corajoso, contrário à tirania, ou seja, Sólon, o poeta, um sábio que ele poderia, e até mesmo deveria, ter encontrado na Jônia?

---

[37] Cf. Guthrie, *Orphée et la Religion grecque* [Orfeu e a religião grega], Payot, 1956.

Nascido por volta de 640, em uma família de aristocratas despojados de bens que exercia o comércio no Mediterrâneo, Sólon é eleito magistrado aos 46 anos, depois de muito haver observado, meditado e avaliado os méritos das leis quando estas são justas e eficazes.[38]

Por pertencer à classe dos que costumam deter o poder, Sólon se dispõe a ouvir as reivindicações dos oprimidos (Péricles não se comportará de maneira diferente). Em Locres, no ano 633, Zaleucos redigira o seu "código" de leis escritas; em 633, em Catane, é a vez de Charondas, que realiza um empreendimento semelhante; por fim, Drácon, o magistrado ateniense, termina por definir o direito e a justiça com uma austeridade que permanece ligada a seu nome. Por volta de 621, Drácon recebe o encargo, tão assustador quanto honorífico, de organizar em Atenas as leis do setor criminal. Na época, assassinatos e mais assassinatos se sucedem, particularmente na esfera política. Ninguém está mais autorizado a responder a um ataque com outro ataque. Em nenhum caso a vingança pode ser aceita como algo legal.

Sólon, que no decorrer de sua magistratura (594-593) abandona a poesia e a lira com que celebrava o triunfo de *Diké*, a justiça, e de *Eunomia*, a boa legislação, encontra-se como árbitro de duas facções de uma sociedade que permanece eternamente em disputa. Ele se opõe firmemente tanto aos que acumulam riquezas ilegítimas como aos despossuídos, que mostram grande inclinação para roubar. Uma anistia chama os exilados de volta a Atenas, em particular os Alcmeônidas (Alkmaiônides). Graças a medidas extremamente audaciosas, ele consegue resolver as calorosas questões agrárias: eliminar fronteiras, repatriar

---

[38] Cf. Plutarco, *Vie des hommes illustres* (Solon) [Vida dos homens ilustres (Sólon)], in *Œuvres*, Gallimard, col. "Bibl. de la Pléiade", 1951.

camponeses vendidos ao estrangeiro, liberar os que, por suas dívidas, foram reduzidos à servidão, e isso em suas próprias terras! Os castigos corporais são finalmente abolidos.

Bastante moderado e imbuído do espírito de conciliação, esse homem opera com inteligência uma legião de emendas e, sempre que possível, tenta conservar as instituições tradicionais.

Que nos seja permitido salientar aqui algumas inovações, tão minuciosas quanto inteligentes, das quais ainda poderemos nos beneficiar no presente: a mendicância é punida por lei, mas o pai que não fez com que seu filho aprendesse uma profissão fica privado de qualquer direito à assistência oficial. As profissões particularmente incentivadas são o comércio por mar, a agricultura, a prática da poesia, da adivinhação e da medicina. Com a organização de uma polícia rural, denunciam-se os maus-tratos aos animais de criação, as ações dos cães malvados, com exceção dos que destroem os grandes felinos selvagens, e proíbe-se a derrubada das oliveiras. Incentiva-se a multiplicação das fontes, uma vez que a questão da água permanece como um dos problemas mais urgentes a serem resolvidos.

Em 593, por sua própria iniciativa, Sólon deixa Atenas, que inicialmente não lhe dá o devido valor e, depois, o glorifica, uma vez que ele fará parte do grupo dos Sete Sábios.

A luta entre os partidos reativa-se mais forte do que nunca. Quanto ao reformador, depois de passar algum tempo em Chipre e no Egito, ele volta para a Grécia, onde assiste à ruína de sua célebre Constituição (da qual fazem parte quatro classes censitárias). Morre por volta de 560, no momento em que Pisístrato tenta estabelecer-se como tirano. Pitágoras acabara de completar vinte e poucos anos. Sem dúvida, ele julga esse retrocesso extremamente prejudicial para todo mundo. Como todo inovador, porém, também sofrerá um destino idêntico, pois, assim como

Sólon, seu desejo é acreditar que os seres humanos são capazes de melhorar sua maneira de ver as coisas e sua conduta.

Em seu conjunto, os habitantes do povoado de *Demo* e aqueles que o dominam são verdadeiramente dignos de solicitude e de confiança?[39]

ꝏꝏ

Nada nos permite situar a época em que Pitágoras chega à Jônia. Mileto localiza-se tão perto de sua ilha natal que ele se dirige para lá talvez em companhia de seus pais, pois ainda deve ser criança ou adolescente. O acesso aos oráculos de Dídimo e de Claros também é fácil.

Na Jônia, algumas iniciativas singulares já tomaram forma com a criação de uma *Escola*. Para o futuro Mestre, tudo que ali encontrar será primordial. Segundo Abel Rey, "assistimos à entrada em cena da ciência, concebida em sua universalidade, em seus aspectos lógico e racional. O que a Escola deixou em resultados positivos: pouca coisa; poder-se-ia quase afirmar que nada. O que ela esboçou e deixou como espírito, método e pensamento: tudo".[40]

---

[39] Cf. Diógenes Laércio, *Vie, Doctrines et Sentences des philosophes illustres* [Vida, doutrinas e proposições dos filósofos ilustres], *op. cit.*, I, 22-40; Heródoto de Halicarnasso, *Enquête* [Pesquisa], Gallimard, col. "Bibl. de la Pléiade", 1964, t. I, pp. 75, 170; Suidas, *Lexique* (Thalès) [Léxico (Tales)], in *Les Présocratiques* [Os pré-socráticos], *op. cit.*; Platão, Teeteto, in *Œuvres, op. cit.*, 174 a; Aristóteles, *Métaphysique* [Metafísica], Les Belles Lettres, 1957, A, III, 983 b 6; Aécio, *Opinions des philosophes* [Opiniões dos filósofos], Éd. Diels, 1979, II, XII; Plutarco, *Le Banquet des Sept Sages* [O Banquete dos sete Sábios], citado a partir da Bibliothèque Teubner, 1852-1856, t. II, p. 147 (existem edições mais recentes).

[40] A. Rey, *La Jeunesse de la science grecque* [Os primórdios da ciência grega], Albin Michel, 1933, livro II, p. 103 e seguintes.

Tales de Mileto, que viveu entre o último terço do século VII e a metade do VI, irá figurar entre os Sete Sábios, dos quais ele, aliás, é considerado contemporâneo, assim como Sólon. Nada do que tenha escrito a respeito da filosofia e de suas descobertas científicas jamais foi mencionado por ninguém. Teria ele discípulos ou admiradores? Isso é fácil de imaginar.

A principal descoberta, da qual se orgulha, é ter qualificado a água como elemento fundamental. Trata-se, com isso, de reduzir ao essencial uma multiplicidade na qual a mente se perde; a proliferação do real e das aparências dissimula sua origem única. Jamais na Grécia os questionamentos haviam sido tão audaciosos e imperiosos. Para todo pesquisador "científico" (mais adiante eles serão chamados de "fisiologistas"), a verdade deve transparecer à luz do dia e ser acessível a todos. Para responder a uma questão extremamente plural, a resposta deve mostrar a afinidade entre as coisas. Uma afinidade pela qual nenhum demiurgo é responsável. Trata-se de uma *démarche* totalmente nova e talvez presunçosa. O precioso *Meden agan*[41] que serve de base às sábias condutas humanas não se sente ultrajado com isso?

Para Tales, o mundo evidentemente EXISTE. E o que ele é? Aos seres humanos cabe a tarefa de descobrir. Será que esse enigma será resolvido algum dia?

Tales realiza experiências em diversos domínios, entre eles a astronomia, a qual havia estudado cuidadosamente no Egito e junto aos caldeus. Foi gloriosa a previsão de um eclipse do sol feita por ele (no dia 28 de maio de 585).

---

[41] Para os gregos, o princípio da justa medida, ou não cometer excessos. (N.Ts.)

Na opinião daqueles que prosseguiam do mesmo ponto de partida,[42] a natureza de todas as coisas, a *phusis,* constitui sempre algo extraordinário, como demonstra Anaximandro, para quem tudo surge a partir do Ilimitado, do *Ápeiron.* Uma vez que as perpétuas mudanças, cujo espetáculo o mundo oferece, levam a pensar que tudo surgiu a partir do Ilimitado, pode-se concluir que tudo retorna a Ele. Simultaneamente geógrafo, cosmógrafo e biólogo, Anaximandro foi o primeiro a desenhar uma carta geográfica e imaginar o quadrante solar. Essa surpreendente descoberta abriu caminho para as teorias atuais e pode ser encontrada nas narrativas de Aécio, um de seus doxógrafos: "Para Anaximandro, os primeiros animais surgiram a partir do elemento úmido e, cobertos por uma carapaça espinhosa, avançaram até as bordas terrestres onde se transformaram."

As particularidades das suposições iniciais feitas por Anaximandro no que diz respeito à Terra (um disco plano), que não paira mais sobre a água, como afirmava Tales, mas flutua no espaço onde o fogo central gera todos os astros, demonstram até que ponto esses pioneiros, que se esquivavam dos mitos, desejavam encarar as coisas sem qualquer preconceito. Um desafio como esse tem gerado sempre uma multidão de erros a partir dos quais, pouco a pouco, a verdade pode ser extraída.

Anaxímenes é o terceiro dos "fisiologistas" empenhados em um questionamento sistemático. De sua vida e de seus escritos nada chegou até nós. Como nasceu por volta de 560 e morreu por volta de 528 ou 524, pôde receber e deve ter recebido o jovem Pitágoras (o que não foi possível ocorrer com Tales, contrariamente ao que afirmam alguns).[43]

---

42 Cf. Diógenes Laércio, Estrabão, Plínio, Simplício, Aristóteles, Aécio, entre outros.

43 Diógenes, Hipólito, Simplício, Aécio, Aristóteles, entre outros.

Para Anaxímenes, o elemento primordial, a *phusis,* é o ar, que ele qualifica de ilimitado, empregando a terminologia de Anaximandro. É surpreendente a hipótese de uma abóbada celeste transparente, solidificada pelo gelo, que dá origem a um corpo denominado *cristal.* Durante muito tempo, os astrônomos irão optar por essa explicação com relação à fluidez luminosa do espaço sem fim, no qual a Terra plana como um pássaro.

Anaxímenes representa o derradeiro baluarte deixado pela Escola de Mileto no caminho dos conhecimentos puramente empíricos (ou que assim desejam ser considerados). O domínio dos persas coloca um fim nessas elaborações, que serão retomadas pelos pesquisadores da Magna Grécia, mas dessa vez em um contexto bastante diferente. Em Crotona não haverá questão a respeito de um material original (ainda que Pitágoras coloque o fogo no centro do mundo, assim como faz seu governante e como fará Heráclito de Éfeso pouco depois dele). Por meio da geometria e da aritmética, as pesquisas tomarão um rumo mais abstrato, mas o estudo do mundo que envolve os mesmos que o questionam continua a ser a primeira das exigências. A segunda é o conhecimento de si, que implica conhecer a situação do homem que entende e vê, e interrogar-se sobre esse capital único representado por sua própria consciência.

Buscar aprimoramento por intermédio da penetração progressiva no interior da Verdade e do Belo constitui o ponto essencial de uma mística em que os deuses praticamente interpretam um papel menor, tacitamente reconhecido como distante dos seres humanos, mesmo que sejam venerados mais do que tudo no mundo. A imortalidade, porém, é oferecida a todos os indivíduos. "De homem você se transformou em deus...", atrevem-se a declarar os órficos.

Para Heráclito, que fustigará implacavelmente a multiplicidade de conhecimentos que as diversas Escolas se encarregam de manejar ("O fato de aprender muito não alimenta a inteligência. Se fosse diferente, Hesíodo e Pitágoras, Xenófanes e Hecateu teriam se beneficiado."). É possível imaginar que Heráclito de Éfeso não tenha exercido quase nenhuma influência sobre o eterno questionamento do Mestre, que havia nascido primeiro que ele. Teriam eles se encontrado? Certamente, não. Não se pode dizer a mesma coisa, porém, de Xenófanes, que depois de ter fugido da Jônia, invadida pelos persas, viajou de cidade em cidade[44] exatamente pelas paragens em que florescia uma nova Grécia gerada pelas sucessivas imigrações. Aliás, a cidade de Eléia, na qual (segundo alguns) ele se estabelece, por intermédio de Parmênides, assiste ao nascimento de uma Escola de grande envergadura, sustentada sobre a filosofia da oposição do Ser e do não-Ser. Entre Eléia e Síbaris as distâncias por via marítima e terrestre não eram grandes. É possível imaginar, sem qualquer improbabilidade, que Xenófanes e Pitágoras dialogaram ali. "Com seu espírito crítico Xenófanes ridiculariza as

[44] Segundo Jâmblico, *Vie de Pythagore* [Vida de Pitágoras], *op. cit.*, Pitágoras passa quatro anos ao lado dos sábios gregos: Ferecides, Anaximandro e Tales. Mais uma vez, as incoerências cronológicas suscitam um mal-estar que ninguém jamais dissipará. Pelo fato de a data de nascimento de Pitágoras variar de 580 a 548, na primeira hipótese ele teria 56 anos, quando de seu retorno a Samos, e teria sido festejado pelos Antigos... Por outro lado, situando-se a morte de Tales por volta da metade do século VI, a de Anaximandro em 547 e a de Anaxímenes por volta de 528, fica difícil, se não impossível, imaginar que eles pudessem ter se encontrado...

velhas tradições de forma um tanto mordaz e bem-humorada, e não isenta de suas zombarias as mentes que, à maneira de Pitágoras, mesclam novas superstições às antigas crenças."[45]

Como não se surpreender nem se divertir com a desenvoltura (sacrilégio aos olhos de um grego?) com a qual Xenófanes tira suas conclusões: "Os etíopes afirmam que seus deuses são negros e que têm o nariz pequeno e chato; os trácios afirmam que eles possuem os olhos azuis e os cabelos vermelhos." E ainda: "Se os bois, os cavalos e os leões tivessem mãos e pudessem pintar e produzir obras como os homens, os cavalos pintariam figuras de deuses semelhantes aos cavalos, e os bois, semelhantes aos bois."

As ciências naturais interessam mais do que tudo a Xenófanes; sendo cidadão de Cítera, ele vagueia pelo mundo (não se deve esquecer do lugar que ocupará a música em Crotona) celebrando as proezas dos heróis, chegando a Siracusa, onde, no interior das Latomias,[46] ele observa os vestígios de plantas e seres vivos fossilizados. O poeta assume o duplo papel de observador curioso e de filósofo (como acontecerá com Empédocles, que foi poeta, médico e taumaturgo).

Para ele, depois de ter sido criada, a espécie humana desaparecerá, renascendo novamente em uma sucessão de ciclos (uma especulação semelhante encontra eco na Índia). O ser humano estaria em *perpétuo devir,* como afirma Heráclito?

---

[45] Cf. Jean Voilquin, *Les Penseurs grecs avant Socrate* [Os pensadores gregos antes de Sócrates], Garnier, 1964, p. 60.

[46] As Latomias de Siracusa, sítio de extração de pedras ou minérios que servia como prisão. (N.Ts.)

Para encerrar o rápido inventário das influências que a proximidade local ou a importância das teorias em circulação na época podem exercer sobre o avanço e as escolhas de Pitágoras, é preciso, naturalmente, falar do orfismo.[47]

Como se nota, a importância dessa misteriosa corrente que impregna Pitágoras é extraordinária.

Os grandes *élans* em relação à inacessível divindade, as especulações e até mesmo a casuística que se seguem não estão ao alcance de todo mundo, mas o aprendizado do *domínio de si*, sim. Uma conclusão a ser tirada da multiplicidade de sistemas colocados lado a lado, ponta a ponta, das inumeráveis respostas dadas pelos seres pensantes através do tempo e do mundo.

Pitágoras recebe disso uma comunicação bem clara.

O músico, o poeta, o mago, o adivinho, o que cura, Orfeu convida seus fiéis a celebrar primeiramente os mistérios. Para Pitágoras, esse é o primeiro passo.

Antes de fundar sua Escola, sua Comunidade, ele se aplica aos cerimoniais dos quais se fazia uso na Grécia: às procissões dos mistérios de Elêusis, às consultas para o exame dos sonhos, aos diversos procedimentos para se conhecer o futuro, legalmente reconhecidos em Delfos (perguntas feitas à Pitonisa, adivinhação por meio da chama alimentada pela madeira do loureiro), a Claros, que, como em Dídimo, se venera o Apolo oracular, a Dodona, onde Zeus se apropria da voz do vento quando

[47] Cf. Guthrie, *Orphée et la Religion grecque* [Orfeu e a religião grega], *op. cit.*

este agita os carvalhos. É certo que a Ártemis de Éfeso encontra-se muito próxima de Samos. Sobre uma deusa como essa, com seus múltiplos seios que evocam a loba ou a leoa, paira a ambigüidade do Oriente, cuja excentricidade é uma característica inquietante para todos os gregos.

Um dilúvio de mensagens oriundas do Invisível que confortam ou ameaçam através do ar que Pitágoras respira. Ele as suporta, porém, sem fraquejar. Sua alma encontra-se bem impregnada do Invisível (seu próprio nome evoca a lendária serpente Píton e suas investidas). Ao dominar o mundo com a magia de seus cantos amorosos, Apolo não é também o deus armado? Quem utiliza suas armas?

Assim como Orfeu, para quem a animalidade serve de morada aos deuses (uma noção egípcia), ele se recusa a derramar sangue, reprova toda espécie de assassinato, seja ele de uma criatura nascida de uma mulher ou de um animal selvagem ou doméstico.

Na verdade, onde termina o mundo do orfismo e onde começam as inovações daqueles que serão chamados de pitagóricos?

É importante reunir os componentes exatos do movimento primitivo ao qual Pitágoras adere e do qual se torna o continuador, apesar dos acréscimos feitos em um terreno diferente constituído pelas ciências orientadas para a descoberta progressiva das leis que regem o Cosmo.

Aqui são especificadas as razões de uma conduta tão singular que, através dos séculos, suscita entusiasmo ou reprovação irônica e ridiculariza aquele que incomoda e escandaliza.[48]

Para Orfeu, esse corpo concedido aos humanos como morada é verdadeiramente ilusório. Pior do que isso, ele pode ser considerado um túmulo. Esses são os prolegômenos. A maneira de encarar os personagens e a cena teatral harmonizar-se-á por meio deles.

A austeridade preconizada por Pitágoras e sua sobriedade de princípios estão de acordo com uma constatação pessimista e desencantada. O fato de não compreenderem os deuses, de confiarem a eles a responsabilidade pelos sofrimentos, pela miséria física e moral, pela desordem e pela abominação constatados diariamente não dispensa os seres animados de acreditar que os

---

48 A *Vie de Pythagore* [Vida de Pitágoras] escrita por Jâmblico é abundante em histórias que desqualificam verdadeiramente o Mestre. Como nos exemplos (*op. cit.*, p. 60): "Ele demonstrava... que a educação é uma influência todo-poderosa sobre os seres providos de inteligência, até mesmo sobre os animais selvagens e os animais que se consideram desprovidos de razão. Conta-se, por exemplo, que ele conseguira controlar a ursa de Daunia, que aterrorizava cruelmente os nativos; durante um longo tempo ele a acaricia, alimentando-a com pão e frutas, ele a deixa em paz depois de fazê-la jurar que jamais iria encostar sua pata sobre um ser vivo. Um dia em Tarento, ao ver um boi em um imenso pasto alimentar-se de vagens verdes, ele vai procurar o dono do boi e o aconselha a dizer ao boi para se abster de comer as vagens. O homem ri em sua cara, dizendo-lhe que não sabia falar a língua dos bois... Pitágoras aproxima-se do boi e passa algumas horas sussurrando no ouvido do animal... Dizem que logo em seguida o boi nunca mais comeu as vagens... ele era chamado por todo mundo de o boi sagrado de Pitágoras. Certa vez, quando se encontrava em Olímpia para conversar com seus discípulos a respeito de presságios, símbolos e sinais enviados pelos deuses..., uma águia começou a voar acima deles, em seguida desceu e, depois de ter pousado suavemente sobre o ombro de Pitágoras, retomou seu vôo em direção às alturas. Esses fatos e outros semelhantes demonstram que ele possuía os mesmos poderes sobre os animais selvagens que Orfeu e podia enfeitiçá-los e dominá-los pelo poder de sua própria voz."

deuses sabem o que fazem. Finalmente possuidores de uma lucidez conquistada apenas depois de esforços necessários ao empreendimento, os humanos assistirão cair o véu das ilusões que eles mesmos geram.

A cosmogonia órfica[49] explicita as razões dos rigorosos mandamentos relativos à vida cotidiana. Seus desenvolvimentos baseiam-se no que, para os não-iniciados, parece ser os mitos nos quais se revela a própria essência do real.

Orfeu, o Vidente, declara que a Noite é, simultaneamente, o poder e o receptáculo originais. Da infância à idade do conhecimento, sentimos sobre os ombros a angústia de nos perdermos nessa dimensão aterrorizadora.

O Tempo imensurável palpita no coração da noite e nem mesmo os deuses são seus soberanos. No interior do Abismo absoluto, a multidão de estrelas observadas em uma noite clara de inverno exibe a imagem de uma extrema fugacidade que ninguém jamais será capaz de controlar.

Da imensidão da noite, do Negro em estado puro, surge o Ovo cósmico, aparecimento imaculado que contém os mundos que irão nascer. Por meio do sopro invisível, mas sempre presente, do Vento em movimento reaviva-se a luminosidade da Noite que concebe essa quintessência, essa plenitude, o Ovo em potencial de todos os devires. Cindido em dois, esse Ovo produz o Céu e a Terra, ou seja, o translúcido sem peso e a opulência de matéria-prima. Da união dos contrários, dessa experiência perigosa e provocante, cuja tendência é sempre o reencontro da unidade (um irremediável e incansável vaivém entre o dual e o uno, fundamento da união sexual), surgirá uma proliferação

[49] Cf. *Hymnes et Discours sacrés* [Hinos e discursos sagrados], apresentação, tradução e notas de Jacques Lacarrière, Imprimerie nationale, 1995.

de fenômenos de toda espécie, plantas e pássaros, lua e sol, vulcões, nuvens, borrascas, safiras, diamantes, oceanos e moluscos.

O homem formado pelo pleno e pelo vazio permanecerá sempre uma criatura ambivalente. Isso porque deve sua existência a Dioniso, menino-deus devorado pelos Titãs, episódio sombrio do qual permanece impregnada a condição humana. Por isso também ele se vira instintivamente para Apolo, o Luminoso, da mesma maneira que alguém se volta para o sol nascente.

A *purificação* permanece como o primeiro dos objetivos a atingir. A sujidade original ligada a Dioniso só será eliminada graças à observação de mandamentos que reprimem a violência e, até mesmo, a luxúria. Deixar-se levar por qualquer desejo imoderado é o mesmo que se tornar um escravo. O homem deverá atribuir seu vôo leve e radioso apenas às sábias renúncias. Estas renúncias, porém, não excluem jamais o culto fervoroso e a emoção que todo homem deve dedicar à Beleza.

Se uma vida não for suficiente para conseguir o despojamento e adquirir a clarividência, missões semelhantes a essas se perpetuarão por meio de inumeráveis e sucessivas encarnações.

Os criminosos comprovados se tornarão vítimas e sofrerão o que ferozmente impõem a outros, a fim de que possam compreender a extensão da ignomínia de seus atos.

Uma doutrina extravagante para os gregos do Ocidente, cuja razão e moderação são extremamente elogiadas.

Essas noções são encontradas na mesma época em um país de onde Dioniso bem parece ser originário. Trata-se da Índia, adoradora de Shiva (como demonstra Alain Daniélou em seu *Shiva et Dionysos* [Shiva e Dioniso]).

Assim como o homem-Deus dos cristãos, Orfeu pagará com sua vida por ser o primeiro a pregar idéias que suscitam entusiasmo e esperança. Nem mais nem menos, trata-se de estimular a intensa busca interior de algo que a alma guarda em seu recanto mais secreto, a *chama da alegria*.

"— Quem é você? De onde vem?

— Eu sou o Filho da Terra e do Céu estrelado..."

Ou ainda:

"Saudações a ti que conheceste os tormentos.

De homem estás te transformando em deus..."[50]

Existem diferenças entre o orfismo e esse conjunto de preceitos e práticas elaborados por Pitágoras?

É certo que as sagradas exaltações a Dioniso passam para segundo plano. Todos os olhares convergem para Apolo. Todos concordam que é nele que se deve buscar o modelo. Orfeu havia demonstrado que ambos eram divindades complementares, uma vez que a Unidade nasce de sua fusão, ou melhor, de sua atividade ao mesmo tempo semelhante e oposta. Pitágoras afirma conhecer melhor do que ninguém o preço e a necessidade de uma reconciliação exitosa.

Como já dito, os pitagóricos querem aprofundar o movimento deixado em suspenso pelos jônicos, movimento esse que será retomado por Demócrito de Abdera. Existe neles a necessidade de colocar em evidência, de arrancar do isolamento, as leis de uma *Física* da qual decorre toda Harmonia.

---

[50] Textos escritos sobre folhas funerárias de ouro, encontradas principalmente no interior das tumbas na Magna Grécia.

Pitágoras de Samos encontra-se nos lugares sobre os quais havia recebido extensas descrições e dos quais Demokedes, o médico originário de Crotona, lhe conta as maiores vantagens.

Ele havia se informado sobre as origens da cidade cuja fundação é atribuída a Héracles.[51] Ao reconduzir os rebanhos de Gêrion à Grécia, Héracles precisa se defender dos vagabundos e dos ladrões. Comete, porém, um erro de julgamento com respeito às intenções de um certo Crôton, que havia vindo em seu socorro, ferindo-o mortalmente. Para se redimir, Héracles erige um monumento funerário e funda Crotona.

Desde sua chegada, Pitágoras informa os notáveis da cidade de que iria visitá-los. Foi recebido com deferência e também com certa desconfiança, visto ser dono de grande reputação. Com sua altiva majestade e sua capacidade de julgar os seres humanos, ele os subjuga e mais ouve do que pergunta.

A Escola de Medicina é evidentemente a primeira parada. A reputação de que já é portador lhe garante credibilidade. Um homem jovem mostra-se ali particularmente ativo e inventivo, embora de uma forma convenientemente metódica. Seu nome é Alcmêon. Não é em sua casa, de onde se pode avistar o mar, que Pitágoras irá passar os primeiros dias e meses e resolver todos os problemas imediatos e difíceis com surpreendente rapidez? Sua gloriosa peregrinação pela Mesopotâmia, pelo Egito e por Creta é motivo de curiosidade e até mesmo de veneração. O que foi que ele encontrou? Sobretudo, o que foi procurar?

---

51 Cf. R. Bosi, *Cités grecques d'Occident* [Cidades gregas do Ocidente], *op. cit.*, p. 120; Diodoro da Sicília, *Bibliothèque historique* [Biblioteca histórica], *op. cit.*, IV, 24; Jâmblico, *Vie de Pythagore* [Vida de Pitágoras], *op. cit.*, p. 50.

Surpreendente por sua força, um tipo de imantação faz convergir em direção a Crotona, vinda de Metaponto, Siracusa, Acragás e até mesmo de Cartago, uma quantidade enorme de ouvintes muito mais perplexos do que verdadeiramente interessados.

Dizem que alguns dias após ter livrado as mulas do fardo de sua bagagem, de ter agradecido aos magistrados de Síbaris o fato de o terem escoltado, mais por respeito do que para saber se poderiam tirar algum proveito daquele personagem tão singular — dizem que alguns dias depois de sua chegada ele dirige um solene discurso aos habitantes de Crotona.[52] O que esperavam dele senão que expusesse as razões de sua presença? Ele parece desejar ser considerado não como um visitante, mas como um anfitrião em vias de estabelecer-se naquele lugar. Que papel pretende ele assumir em Crotona?

Ele é visto inicialmente no ginásio, lugar em que os jovens da cidade dedicam-se aos habituais exercícios, e alguns deles ao atletismo. Como a juventude não respeitaria esse homem de certa idade, surpreendentemente vivaz e forte, que sempre considerou seu corpo como um servidor precioso, cujo estado é garantia de eficácia e vigor?

O discurso que dirige aos que representam o futuro da cidade é extenso.[53] Assim como será longa a exposição com a qual ele gratificará o Conselho dos Mil (governo *oligárquico* seme-

---

[52] Cf. Jâmblico, *Vie de Pythagore* [Vida de Pitágoras], *op. cit.*, p. 58: "Ele afirmava que a espécie mais pura dos homens é aquela que escolheu a contemplação."

[53] *Ibid.*, p. 45: "O que ele lhes aconselha em primeiro lugar é a construção de um santuário para as Musas, a fim de conservarem o estado de paz que reina entre elas." Pois as Musas "ocupam-se da harmonia, do ritmo e de todas as coisas que produzem a concórdia".

lhante ao que ele encontra em Locres e em Regium?) que governa os negócios de Crotona.

Em seguida, ele se dirigirá às crianças e, por fim, às mulheres. Para ambas, multiplica os conselhos e os avisos tradicionais, como forma de prevenção contra os excessos de qualquer natureza. Não faz qualquer menção às chamadas doutrinas órficas, já respeitadas em algumas cidades da Magna Grécia, sobretudo em Atenas. Essa parte será reservada apenas aos iniciados?

Ele não dissimula, porém, seu desejo de ser considerado um *filósofo*, nome pelo qual designa todo homem que escolheu a vida de contemplação. Ele afirma: "Bela é a visão da totalidade do céu em que se deslocam os astros. A ordem que ali reina só pode ser compreendida por intermédio dos Números e pelas relações que esses Números estabelecem entre todas as coisas."

Ele se impõe ainda mais porque, rapidamente, correm sobre ele algumas historietas fantásticas e fantasiosas que os mercadores ambulantes, mais ou menos bem-intencionados, espalham por onde passam.[54] Esse homem, esse sâmio de presença inigualável, não é um enviado de Apolo? Ou até mesmo filho do deus? Atribuem-se a ele os mesmos poderes que a Orfeu, poderes esses que ele ainda não reconhece abertamente: ele conquista os animais selvagens, prevê tremores de terra, possui o poder da ubiqüidade e atua com excelência no exercício da adivinhação.

Por onde quer que ande, Pitágoras veste roupas imaculadas. Aos deuses, oferece incenso, milheto, plantas aromáticas e mel, mas sempre se abstém de sacrificar qualquer tipo de animal. Seu procedimento é de certa maneira ostentatório? Pode ser. Todos os membros da futura Comunidade deverão inclinar-se ao exercício de um comportamento como esse.

---

[54] *Ibid.*, pp. 135-136.

Ele fala dessa Comunidade descrevendo-a como se já tivesse adquirido forma. Para quem ele fala? Não para a multidão, mas para os membros da Escola de Medicina, para os atletas que se preparam para Olímpia, que deverão fazer isso não com a intenção de obter vantagens, mas simplesmente por devoção. Será diante dos deuses que eles lutarão pela vitória e será aos deuses que eles a oferecerão.

Um edifício afastado — suficientemente vasto, construído a partir de troncos de árvores jovens e tijolos de argila seca cobertos com um revestimento semelhante ao dos navios, uma vez que nessas costas italiotas a chuva é mais abundante do que em Samos — reúne os membros da Escola em conciliábulos por vezes calorosos. Ali serão feitas exposições relativas a todas as disciplinas a serem praticadas: matemáticas, astronomia, medicina, fisiologia, assim como sobre a música, considerada arte maior e também suporte das pesquisas propriamente científicas. Em alguns anos, Crotona deverá tornar-se a cidade mais erudita do Ocidente.

Apenas uma estação foi suficiente para que 20, para que 50 discípulos tenham se apresentado e solicitado humildemente sua admissão.[55]

Quando tudo estiver organizado, eles serão 600 ou até mais. Um a um, eram examinados, submetidos a prova e, individualmente, retirados ou enviados de volta à multidão de "simpatizantes" que se declaravam prontos a auxiliar os futuros sábios e os pesquisadores que, mais tarde, passarão a ser chamados de pitagóricos. Não faltam oferendas e doações em dinheiro.

---

55 "Ele possuía, naquele momento, 600 discípulos que vinham ouvi-lo à noite", segundo Diógenes Laércio.

Mestre absoluto desse movimento que desperta emoções, Pitágoras organiza seu funcionamento. Seguramente, ninguém ousa contradizê-lo. Desde o início da fundação, ele edita, detalha, ordena, resolve e estabelece regras às quais nenhum participante terá o direito de se subtrair.

Um homem dotado dessa beleza excepcional possui tanto poder? Um homem que detém os segredos que lhe foram revelados pelos magos, profetas, sábios e sacerdotes de mundos próximos e distantes nunca encontra ninguém que o contradiga? Em suas frases, deliberadamente sibilinas, todos detectam uma ou outra referência a lugares como Caldéia, Pérsia, Egito, Arábia, Fenícia, Trácia e mesmo a Índia, onde se presume que lhe tenham sido transmitidos os conhecimentos essenciais. Alguém se arrisca a interrogá-lo a propósito de seus périplos, nos quais algumas pessoas encontram motivo para comentários intermináveis e maldosos?

Em seu início, a Comunidade reúne membros que vivem sob o mesmo teto ou a uma proximidade mais ou menos imediata do Mestre. A admissão é precedida de um exame dos mais rigorosos. Timeu e Aristoxeno de Tarento revelam que o Mestre exige que o postulante mostre-se a ele absolutamente como é, sem qualquer dissimulação.[56]

Em primeiro lugar, Pitágoras examina a aparência física em seus mínimos detalhes: os traços do rosto, a forma do corpo, a expressão dos movimentos e, sem qualquer dúvida, o timbre da voz, que traz consigo o som, a vibração íntima de cada um e, portanto, o estado de seu ser. Só depois ele questiona o candidato.

Perspicácia adquirida ou o resultado de uma capacidade de vidência inata? Seguramente, os dois.

---

[56] Cf. Jâmblico, *Vie de Pythagore* [Vida de Pitágoras], *op. cit.*, p. 71.

Avaliado sem indulgência, mas com a generosidade e a cumplicidade de quem conhece a desordem inerente à natureza humana e o desenvolvimento que resulta dela, o candidato é admitido, convidado a se preparar e, por vezes, definitivamente excluído.

Concluído esse *tête-à-tête*, o diálogo não se repetirá antes de três anos.

Durante esse período passado em contato direto com aqueles que o colocam a par das práticas coletivas, o postulante deve demonstrar sua boa vontade e terá sua conduta vigiada por todos.

Na verdade, prezam-se não as críticas e os falatórios degradantes, mas a mais extrema cordialidade nas relações. Todos os membros da Comunidade são irmãos e amigos. Todos são responsáveis por ela. Isso deve se tornar algo instintivo para eles.[57]

Segue-se um noviciado que perdurará por cinco anos, durante os quais o postulante é elevado à categoria de *acústico*, ou seja, de ouvinte. Nesse momento, passa-se a exercer a regra primordial do *silêncio*, sobre a qual se fundam as atividades de ordem mística e científica.

A lei do SEGREDO revela-se como base de todo progresso, uma necessidade primordial e de amplitude incomensurável.

O postulante cala-se tanto no exterior como no próprio interior da Escola. Nessa mesma ocasião, ele aprende o *domínio de si*, aquisição supremamente útil em suas relações com os

---

[57] *Ibid.*, p. 34: "É preciso exilar por todos os meios, erradicar, *por meio do ferro e do fogo* e de todas as maneiras possíveis, a enfermidade do corpo, a ignorância da alma, a gula do ventre, a discórdia da cidade, o conflito da família e, simultaneamente, *a desmesura*."

outros, assim como na descoberta de seu mais profundo ser, que é o único que importa.[58]

A descoberta em questão exige certo tipo de método que o noviço nem sempre consegue compreender e experimentar. Nessa situação, o Mestre desempenhará um papel de importância primordial, uma vez que promoverá a *catarse,* ou seja, um processo de purificação sem qualquer imposição e que não faz nada além de colocar o postulante diante das suas evidências.

A entrevista ocorrerá por trás de uma cortina. A cortina não significa que o Mestre julga esse postulante indigno do face a face instaurado em qualquer diálogo. Ela significa que a comiseração e a perspicácia desempenham ali seu papel, por meio de uma situação que mantém o sujeito ao abrigo de qualquer olhar que lhe pudesse provocar um recolhimento sobre si mesmo.

Da mesma forma como farão 2.500 anos mais tarde os intérpretes de signos, de sinais, de atos falhos e os decifradores de sonhos, que serão chamados pelo nome perfeitamente grego de psicanalistas, o Mestre convida seu pupilo a revelar-se sem medo nem pudor. À luz do dia, ele deve deixar transparecer todos os seus infindáveis conflitos, suas capitulações mais ou menos vergonhosas, suas faltas possivelmente inconfessáveis, dos quais ele finalmente compreende ser a primeira vítima.[59]

A cortina constitui uma proteção misericordiosa que impede que o sujeito seja visto e permite que a confissão se realize sem que ele se sinta envergonhado. Não se trata aqui nem de

---

[58] Cf. *ibid.*, pp. 72, 94, 95.

[59] *Ibid.*, p. 72: "Depois de observar *um silêncio de cinco anos* eles se tornavam 'esotéricos' pelo resto de suas vidas; doravante eles tomavam emprestado o ouvido de Pitágoras, do lado interno da *cortina,* e eram admitidos ao vê-lo em pessoa." Recompensa suprema após o preâmbulo do exame de consciência que havia durado cinco anos.

arrependimento nem de uma forma de auto-acusação, mas de uma reviravolta total. Um procedimento que favorece o *gnoti seauton* [conhece-te a ti mesmo] que precede a liberação e a utilização do melhor de suas possibilidades.

O paciente era convidado a fazer uma exposição sobre seus sonhos? Assim como acontecia em Delfos, em Epidauro ou em Lebadéia, praticava ele a incubação?

No decorrer da noite, na esplanada do templo de Apolo Halios (perto do mar),[60] era costume deitar-se no chão, enrolar-se em mantos e esperar pelas revelações sobre a conduta a ser mantida? Tudo isso ocorria graças ao afluxo dos sonhos, que ninguém jamais saberá de onde vêm? É possível imaginar isso, sem risco de errar. Em seguida, esperava-se que o Mestre desenredasse o torvelinho de imagens e indicações fornecidas pelos sonhos, fossem elas sábias ou aberrantes. Esse era o preço da cura.

Seja quem for, Pitágoras de Samos foi o primeiro dos filósofos a elaborar um novo método de investigação cujos minuciosos e pacientes avanços serão retomados, um século mais tarde, pelo próprio Sócrates. Sócrates recebeu inspiração de Pitágoras? Esse fato parece evidente.

Uma vez completado o período probatório, época de silêncio e de auto-exame, cuja duração era de cinco anos (aos quais se acrescentam os três anos de postulado), o *acústico* [ouvinte]

---

60 Cf. R. Bosi, *Cités grecques d'Occident* [Cidades gregas do Ocidente], *op. cit.*, p. 122.

torna-se um *esotérico,* ou seja, passa a fazer parte da Comunidade e da *entourage* permanente do Mestre.

Desde o início, ele é convidado a instruir-se nas disciplinas honoráveis: geometria, musicologia e na gnomônica própria dos caldeus. Em seguida, após determinado intervalo de tempo, dedica-se ao estudo da astronomia, geografia, anatomia e medicina.

Em torno dos *esotéricos* gravitam os *exotéricos,* ou seja, os adeptos que conduzem adequadamente suas ocupações externas, com freqüência personagens influentes e úteis à Comunidade.

Apesar de obrigados a consagrar seu tempo aos estudos e aos exercícios espirituais, nem todos os *esotéricos* restringem-se à vida coletiva; podem retornar às suas casas todas as noites, de forma a levar uma vida familiar comum, isso se a proximidade de seus lares lhes for conveniente.

Foi assim que Teano, a esposa que Pitágoras deixara por algum tempo em Samos — depois das incertezas e dificuldades de instalação —, associou-se ao desenvolvimento da *Hetária* [Associação]. Muitas outras mulheres desempenharão em Crotona um papel que não pode ser negligenciado. Um avanço dos mais singulares entre os gregos dessa época. Tudo isso graças a Pitágoras...

A partir do momento em que o adepto se integra ao movimento, seus bens não mais lhe pertencem. Ele os doa à Comunidade.[61] No caso de o Mestre mandá-lo embora por qualquer razão (má conduta, falta de aptidão para se instruir ou por falha de memória [a memória desempenha um papel

---

61 Cf. Jâmblico, *Vie de Pythagore* [Vida de Pitágoras], *op. cit.*, pp. 73-75.

essencial]), *ele recebia em dobro o que havia doado*! Se, porém, houvesse deixado o círculo dos iniciados por sua própria iniciativa, conferia-se a seu nome um desprezo generalizado e, bem pior do que isso, seria considerado morto e lhe construiriam uma tumba.

Um rigor singular entre aqueles que se afirmam essencialmente fraternais em suas relações. Sem dúvida, a rejeição baseia-se em uma concepção de solidariedade que divide os adeptos do Mestre em dois grupos: os mais próximos, cúmplices fervorosos que podem chegar até mesmo ao sacrifício de si próprios, conscientes de serem privilegiados pelos deuses, e os outros, que de modo mais ou menos intenso sonham e observam, procurando beneficiar-se de qualquer outra coisa.

Essa é a razão das sanções contra toda espécie de desviante e apóstatas. Sanções por vezes terríveis, quando se questionam as circunstâncias ambíguas da morte de Hípaso de Metaponto, náufrago, voluntário ou não, que traíra a mais importante das leis, a lei do *segredo*, ao divulgar algumas descobertas relativas à geometria.

O que faz pensar que a obrigação em relação ao silêncio dizia respeito não somente às iniciações de ordem mística, como é habitual na Grécia, mas também às especulações e aos avanços de ordem científica.

Será preciso voltar a isso.

Prima a vida contemplativa, fundada sobre o desprezo das riquezas e honras que os seres humanos são tão ávidos por obter. Por elas são capazes de arruinar não apenas a sua própria dignidade, mas também qualquer coisa de interesse geral. Em seguida, vem um ardente desejo pelo conhecimento.

Por que essa divisão em dois grupos, que deve existir a despeito das disposições originais (segundo Jâmblico)?

No meio dos *esotéricos*, que se comprometeram de corpo e alma, distinguem-se gradualmente duas correntes de atividades. De um lado, os *mathématikoï* [matemáticos], que, progressivamente, haviam recebido do Mestre todos os saberes adquiridos por ele no domínio místico e científico. De outro, os *akousmatikoï* [acúsmatas], que se ocupavam da organização legislativa, política e social da cidade.

Os *mathématikoï* teriam se recusado a considerar os *akousmatikoï* como verdadeiros "pitagóricos", pois estes se contentam em manifestar seu pertencimento ao grupo recitando as máximas (*akousmata, sumbola, ainigmata*) [acúsmatas, símbolos, enigmas] e respeitando mais ou menos os interditos. Ambos levam uma vida perfeitamente regrada, desde a aurora até o pôr-do-sol, diferentemente dos *exotéricos*.

De pé a partir do momento em que se dissipam as sombras da noite, o discípulo medita enquanto caminha (talvez sobre as praias diante do promontório dominado pelo templo dedicado à deusa Hera Lakinia, entre as nuvens errantes). O tempo de estudos e de aprofundamento dos conceitos religiosos se inicia. Antes da refeição do meio do dia, de uma frugalidade completamente dórica (como é também dórico o dialeto utilizado por alguns deles, não importa sua origem, de acordo com Jâmblico), são praticados os exercícios que asseguram ao corpo um funcionamento satisfatório e o prazer que decorre disso: ginástica e, para aqueles que, em função da idade, têm a possibilidade, uma prática moderada, mas competente, do atletismo; isso, sem dúvida, na escola dirigida por Mílon.

As discussões em pauta são trazidas para a orientação geral do grupo, e os *akousmatikoï* freqüentemente fazem com que predominem as questões relativas à política, assegurando com isso uma sólida implantação e o devido respeito ao movimento que atrai para Crotona todo tipo de gente.

É possível perguntar se os *akousmatikoï,* sinceramente preocupados com as práticas interiores, além das responsabilidades cotidianas, não constituem os pilares da própria essência da Escola, uma vez que os *mathématikoï* parecem viver absortos em suas próprias investigações e cálculos científicos. Uma distinção singular que poderá comprometer a coerência geral. Pitágoras, porém, suporta essa situação como um mal inevitável. Deve-se exigir dos seres humanos mais do que eles podem fazer?

O período da tarde é consagrado a ocupações mais livres: efetuam-se passeios em pequenos grupos, aprendem-se música, canto e dança, há banhos coletivos, realizam-se libações diante dos altares, fazem-se refeições mais substanciais, conduzem-se palestras públicas sobre textos sagrados trazidos do Egito, de Creta, da Pérsia, além dos textos órficos, e realizam-se exortações ao Mestre, tudo isto antes que cada um volte para sua casa e se entregue ao sono.

A última atividade do dia é o exame obrigatório de consciência, no qual três questões resumem os deveres em relação aos outros e a si mesmo: "Que faltas cometi? Quantas de minhas obrigações consegui cumprir? O que esqueci de importante?"

Seria algo austero considerar o desenrolar, dia após dia, de uma vida de estudos, feita de submissão às regras estabelecidas, e de uma boa vontade sem limites? Não, pois uma profunda conivência une e fortifica aqueles que escolhem colocar-se de lado, entre parênteses, sem o sentimento orgulhoso de superar ninguém.

Essa tentativa é única. Ela é tão sublime que é necessário considerá-la, também, como um jogo arriscado. Um tipo de aposta. Um jogo onde se ganha o dobro ou nada.

O Mestre, porém, mantém a fisionomia grave, raramente sorri, não se permite abandonar a reserva necessária, deve manter em torno de si mesmo a *aura* misteriosa própria aos guias, aos magos, aos inspirados pelos deuses.

Observa-se o aparecimento de um outro tipo de divergência ou, se podemos assim dizer, de inconformismo, tão pouco considerado pelos contemporâneos quanto o veto aos sacrifícios, que continuam a ser considerados algo escandaloso. Se não se declarasse um certo entusiasmo em relação à mensagem de Orfeu, recolocado em posição de honra, isso poderia levar os indesejáveis órficos à cidade de Atenas. Orfeu preconiza a celebração dos mistérios.

De forma mais modesta, trata-se aqui da importância dada às mulheres dentro da Comunidade.

Além das sacerdotisas devotadas a diferentes cultos, além do excepcional papel desempenhado pela Pitonisa e pelas Sibilas — e realmente podemos falar de "papel" quando nos referimos a essa forma de teatro que são as consultas aos oráculos —, na Grécia as mulheres praticamente nunca têm a palavra. As poetisas, como Safo, se mantêm afastadas.

Ali, porém, contar-se-ão 17, das quais uma parece exercer influência preponderante. É Teano, a esposa do Mestre, a respeito de quem Porfírio irá declarar: "Alguns afirmam que a pitonisa Teano, originária de Creta, dá a Pitágoras um filho, Telauges, e uma filha, Myia."[62]

Não reprimamos o desejo de citar essas 17 pioneiras da "liberação feminina", tema sobre o qual não se terminará jamais de discutir, visto que está longe de ser resolvido em qualquer lugar, seja nas regiões próximas ou distantes, em que ainda reina a verdadeira servidão.

Trata-se, portanto,[63] de Tímica, esposa de Mílias de Crotona; Filtes, filha de Teófris de Crotona; Okelo e Ekelo, ambas de Lucânia; Cheilonis, filha de Cheilon de Esparta; Teano,[64] esposa de Brontino de Metaponto; Myia, esposa de Mílon de Crotona; Lastênia da Arcádia; Habroteleia, filha de Habroteles de Tarento; Echekrateia de Flios; Tirsena de Síbaris; Peisirrodéia de Tarento; Teadoussa da Lacônia; Boro de Argos; Baelika de Argos; Kleaichma da Lacônia.

Diante dessa lista de mulheres particularmente notáveis, estamos autorizados a pensar que o número delas seria muito maior. Podemos ficar surpresos pelo fato de que nem sempre sejam mencionados os nomes de seus maridos, que deveriam ser os responsáveis por elas. Seriam elas, por vezes, celibatárias? Viúvas ou repudiadas? Não se consegue imaginar moças jovens — virgens, evidentemente — aventurando-se sozinhas pelas estradas e pelo mar, ainda mais que algumas delas vêm de Esparta, de Tarento ou da Arcádia. Estobeu afirma que Teano redige inúmeras obras que não deixam dúvidas a esse respeito.

---

[62] Porfírio, *Vie de Pythagore* [Vida de Pitágoras], *op. cit.*, 4.

[63] Cf. Jâmblico, *Vie de Pythagore* [Vida de Pitágoras], *op. cit.*, p. 267. Esta lista seria proveniente de Aristoxeno de Tarento.

[64] Que Diógenes Laércio considera esposa de Pitágoras.

Retenhamos esse fato que surpreende mais do que tudo: do próprio Pitágoras não chegou até nós nenhum escrito, ainda que lhe tenha sido atribuído um grande número deles. As *Paroles d'or* [Palavras de ouro] nada mais são do que uma forma de edição tardia que se apóia em uma tradição que lhe concede um valor real, mesmo que este seja relativo.[65]

---

[65] "Alguns", reporta Diógenes Laércio, "afirmam que Pitágoras não deixou nenhuma obra escrita", *Vie, Doctrines et Sentences des philosophes illustres* [Vida, doutrinas e proposições dos filósofos ilustres], *op. cit.*, VIII, 6. Dentre os autores aos quais Diógenes se refere, devem-se contar Plutarco (*De Alex. fort.*, I, 4), Flávio Josefo (*Contre Apion* [Contra Ápion], II) e Luciano (*De lapsu in salut.*, 5). Conforme Ivan Gobry (*Pythagore, op. cit.*, p. 60), esses autores, assim como os que aceitam sua autoridade, baseiam-se na famosa tradição do segredo: não se escrevia para impedir que os não-iniciados conhecessem as doutrinas. É possível conceber facilmente dois tipos de doutrinas: as esotéricas, reservadas somente aos iniciados, e as exotéricas, difundidas pelos escritos. É possível supor até mesmo que as próprias doutrinas esotéricas pudessem ser escritas para uso dos membros da seita. É isso, aliás, que nos permite entender claramente Jâmblico (*Vie de Pythagore* [Vida de Pitágoras], *op. cit.*, p. 199), quando ele explica que os pitagóricos *conservaram secretamente suas obras no interior da Escola* e que foi Filolau o primeiro a divulgá-las. Por outro lado, criou-se uma lenda a respeito dessa divulgação dos escritos de Filolau: Platão os teria comprado por 100 minas, cerca de 100 dracmas, por intermédio de Dion de Siracusa (Diógenes Laércio, *Vie, Doctrines et Sentences des philosophes illustres* [Vida, doutrinas e proposições dos filósofos ilustres], *op. cit.*, VIII, 15 e 85, reproduzindo Hérmipo de Satiro). Neanto de Cízico, por sua vez, afirma ter sido Empédocles quem divulgara os segredos dos pitagóricos (Diógenes Laércio, *ibid.*, VIII, 55). A incerteza permanece absoluta no que diz respeito às inumeráveis obras que alguns atribuem a Pitágoras, das quais não restam quaisquer traços. Heráclido Lembo (de acordo com Diógenes Laércio), que viveu no século II a.C., menciona obras como *Âme* [Alma], um *Traité de la piété* [Tratado sobre a piedade], às quais se acrescentam, sempre conforme Diógenes Laércio (VIII, 6), *Éducation* [Educação], *Politique* [Política], *Physique* [Física] e *Considérations* [Considerações]. Plínio (*Histoires naturelles* [Histórias naturais], XXV, 2), assim como Galeno, refere-se à obra *Sur*

A Comunidade professa desinteresse total, de características até mesmo provocativas, com respeito ao exercício do comércio e das negociações financeiras. De onde ela retira, então, a sua subsistência?

De acordo com a máxima "Entre amigos, tudo é comum", para os *esotéricos* os bens de cada indivíduo parecem reverter para a coletividade. Os *exotéricos,* porém, não estão sujeitos a essa obrigação e dedicam-se a diversas ocupações.

Não é difícil imaginar que os *exotéricos* fazem render o dinheiro daqueles que se dedicam incansavelmente aos estudos e às pesquisas. Suas doações — e as dos "simpatizantes" — permitem manter os edifícios, cultivar a terra, cuidar das vinhas e oliveiras, plantar árvores ornamentais e decorar os numerosos jardins com flores como a íris, as violetas, os jacintos e narcisos. Certamente, nenhum tipo de criação de animais domésticos pode ser considerado em uma área tão restrita (fora dali, sim), uma vez que o criador de cabras e bezerros reconhece a perplexidade a que está condenado diante dos sempre inumeráveis

---

les propriétés des plantes [Sobre as propriedades das plantas]. Proclos alude ao *Discours sur Abaris* [Discurso sobre Ábaris], o sacerdote hiperbóreo de Apolo. O Pseudo-Jâmblico, citado por Heráclides do Reino do Ponto (*Théologie arithmétique* [Teologia aritmética], 41), fala de uma *Descente aux Enfers* [Descida aos infernos], da qual Pitágoras seria também o autor. Certamente, para a imensa descendência do Mestre seria intolerável deparar-se com um perfeito vazio. Restam as célebres *Paroles d'or* [Palavras de ouro], cuja composição data do século IV de nossa era. Com isso, porém, todas as testemunhas concordam. Diodoro da Sicília (*Bibliothèque historique* [Biblioteca histórica], *op. cit.*, I, 98) cita uma obra que alguns dizem ter sido escrita em prosa e outros em verso. Como distinguir os versos originais das adições do compilador? (É possível encontrar os diversos testemunhos citados em *Les Présocratiques* [Os pré-socráticos], *op. cit.*)

nascimentos de jovens cabritos e novilhos. Como conseguir, porém, os queijos de cabra, tão apreciados pelos gregos, alimento substancial e saboroso por excelência, sem se colocar em desacordo com a primeira regra: "não matar" e, conseqüentemente, deixar de produzir o que obrigatoriamente deve ser morto?

É prazeroso imaginar que o Mestre das Harmonias celestes possuía abelhas e se maravilhava diante da organização de uma simples colmeia, cuja rainha é venerada da mesma forma que uma Deusa Mãe, uma Deméter; supor que ele admirava as centenas de células de cera construídas em forma de *hexágonos* perfeitos por "operárias" matemáticas; pensar que, no verão, ele ouvia o *som* puro emitido pelos milhares de abelhas sobre as tílias em flor.

É fascinante pensar, também, que, por prazer e não por dever, as mulheres da Comunidade fiavam a lã e produziam tecidos de cores esfuziantes ou refinadas que vestiam com orgulho, como todas as mulheres do mundo, juntamente com braceletes, broches e colares em que se mesclavam o ouro, a prata, o marfim, as ametistas e as turquesas, cujos desenhos eram copiados da Lídia, do Egito, da Pérsia e da Arábia. Simultaneamente, o exercício do pensamento, da lucidez de consciência e da meditação diária não era ali apanágio dos homens; ninguém colocava obstáculos à evolução que podia ser finalmente experimentada.

Além da música, considerada um tipo de fio de Ariadne no interior do labirinto do tempo e do espaço, cuja essência tocava o sagrado (entretanto, nenhum aedo parece ter guiado os noviços), as artes e os diversos artesanatos — pintura, cerâmica, ourivesaria, marchetaria e gravação — teriam um lugar entre as disciplinas reconhecidas como favoráveis ao desenvolvimento do ser?

Nenhuma alusão desse gênero pôde ser encontrada. Insistir nessa questão seria arriscar uma dissipação em relação aos esforços e objetivos a serem alcançados. É certo, porém, que na cidade e mesmo no círculo de pessoas da Escola todos se ocupavam com as atividades habituais.

Quanto à poesia, da qual Orfeu se serve para encantar e exorcizar as forças de destruição, também não existe qualquer menção. Um esquecimento singular ou uma prudente desconfiança? Como deixar de celebrar a Harmonia das Esferas e a Música cósmica às quais todo ser humano deveria aprender a entregar-se? Silenciosamente, porém, o Mestre (não existindo jamais palavras adequadas a uma tão elevada celebração) e toda a Comunidade deviam viver imersos na efervescência iniciática da poesia.

Por falar nas mulheres eruditas, elas haviam escrito diferentes obras (geralmente consideradas autênticas), das quais Estobeu menciona algumas,[66] entre elas o *Traité de la piété* [Tratado sobre a piedade] atribuído à esposa de Pitágoras, assim como algumas cartas que falavam sobre a educação das crianças, a arte de vencer o ciúme, a maneira de gerenciar os assuntos domésticos, os resultados perniciosos da calúnia e sobre diversos pontos relativos à medicina. Estobeu menciona, também, algumas exposições detalhadas atribuídas a Perictione, Fintes,

66 Teano, mulher e amante que, aparentemente, não teria se contentado com um *status* no qual sua própria genialidade, mesmo que secundária, não tivesse sido respeitada.

Melissa e Myia, que dizem respeito à sabedoria, à harmonia encarnada pelo princípio feminino, à circunspecção e à discrição recomendadas a todas as mulheres, ao comportamento desejável para as mulheres casadas e aos deveres de uma jovem mãe.

O conteúdo exato e quase idêntico dessas proposições, sem dúvida alguma edificantes, deve-se, talvez, às escolhas feitas pelos doxógrafos? Teano, que Porfírio qualifica como "pitonisa", contentava-se em estimular os atos de coragem e, diante do luxo insolente e da intemperança dos vizinhos sibaritas, em relembrar as leis da decência e da tão preciosa dignidade?

Não é proibido imaginar que ela elaborava um modo de ser em total concordância com o Mestre. Da mesma forma que o homem que a havia escolhido, sem dúvida ela usava o dom da adivinhação para prever um futuro de "estabilidade" e beleza no decorrer da marcha progressiva e universal de todos os seres.

É necessário duvidar que ela tenha tomado parte nas discussões sobre os cometas, os eclipses da lua, do sol e as propriedades do triângulo retângulo? Desejava ela participar dessas discussões? Para ela não era melhor dedicar-se ao aprendizado da paciência, da generosa tolerância, da aptidão de escutar minuciosamente as inumeráveis mensagens vindas do Além?

Sem dúvida alguma, ela se iniciava nessas duas vertentes do real.

Em primeiro lugar, antes de entender o motivo do renome de Pitágoras — que, não se deve esquecer, liga-se a uma certa forma de ascese, ao conhecimento de si e à expansão das possibilidades contidas em cada um — e de chegar às razões pelas quais "o jovem homem de cabelos longos de Samos" permanece célebre ainda nos dias de hoje, ou seja, as descobertas científicas realizadas nas mais diversas esferas, é necessário examinar os meios preconizados pelo Mestre. Meios que, por vezes, surpreendem.

Os membros da Comunidade singularizavam-se aos olhos dos habitantes de Crotona, que haviam acolhido bem os primeiros que chegaram, mas que se inquietavam com a possibilidade de um afluxo mais ou menos heteróclito. Nenhum dos adeptos, porém, furtava-se à obediência de comandos precisos, à realização de práticas por vezes adquiridas no Egito, como saudar o nascer do sol recitando orações.[67]

Sem dúvida alguma, o respeito às tradições e costumes estabelecidos pelos Antigos e o respeito aos próprios Antigos, que Pitágoras ensinava a seus discípulos,[68] recebiam aprovação geral. Um certo tipo de estupefação, entretanto, deveria surgir por ocasião do enunciado de uma série de observâncias extraordinárias e compósitas sob as quais se ocultavam os duplos sentidos próprios às iniciações.

Citemos alguns desses *símbolos* que podem funcionar como sinais de reconhecimento e que, certamente, convém interpretar como os hieróglifos que Pitágoras aprendera a decifrar com os sacerdotes de Ábidos e de Mênfis. Para isso, não seria conveniente usar também o recurso das "senhas", tendo em vista possíveis indiscri-

---

[67] Jâmblico, *Vie de Pythagore* [Vida de Pitágoras], *op. cit.*, p. 256: "... eles esperavam o nascer do sol para poderem dirigir a ele suas preces..."

[68] *Ibid.*, p. 176: "Os pitagóricos respeitavam muito os costumes e a autoridade de seus pais, a despeito do fato de estes serem bastante inferiores aos dos outros, pois acreditavam que a facilidade que se tem de abandonar os costumes existentes e aceitar inovações não traz vantagem alguma..."

ções? "Não cortar o pão." "Calçar o sapato direito em primeiro lugar." "Não empreender caminhos muito longos." "Não dizer qualquer palavra no escuro." "Para praticar uma adivinhação, oferecer libações aos deuses e, para isso, utilizar o jarro do lado da alça." "Não sacrificar um galo branco." "Abster-se de ingerir vagens."[69]

---

[69] Aqui estão outras afirmações de Jâmblico, *ibid.*, p. 55: "Quando for a um santuário para realizar uma adoração, nesse meio-tempo não diga nem faça nada de profano." *Ibid.*, pp. 85 e 105: "Não encare o fato de entrar em um santuário como um incidente de percurso ou o ato de adorar como algo comum, mesmo se estiver de passagem pela porta de um deles", "Para oferecer sacrifícios e para realizar adorações, descalce-se." *Ibid.*, pp. 83 e 86: "Evite as grandes estradas e tome os atalhos." *Ibid.*, p. 109: "Abstenha-se de comer qualquer ave da família dos periquitos: pois ela pertence aos deuses ctônicos." *Ibid.*, pp. 32, 94, 104, 194, 225: "Controle sua língua diante dos outros, por obediência aos deuses." *Ibid.*, p. 139: "Quando os ventos sopram, adore seu murmurar." *Ibid.*, p. 227: "Não atice o fogo com um punhal." *Ibid.*, p. 84 e seguintes.: "Se um homem carrega um fardo, ajude-o a levantá-lo, mas se ele o descarrega, não o ajude a depositá-lo." *Ibid.*, p. 83: "Para se calçar, avance primeiro o pé direito; para lavar os pés, o esquerdo." *Ibid.*, pp. 84 e 105: "Não fale dos preceitos de Pitágoras sem conhecimento." *Ibid.*, p. 186: "Não passe embaixo de um balanço." *Ibid.*, pp. 84, 147: "Quando deixar sua casa em razão de uma viagem, não olhe para trás ou as Erínias te perseguirão", " Não urine virado para o sol", "Não enxugue uma cadeira com uma tocha", "Crie um galo, mas não o sacrifique, ele é consagrado à lua e ao sol". *Ibid.*, p. 84: "Nunca se sente perto de nenhum tipo de ânfora", "Não crie uma ave de rapina", "Não corte madeira no meio da estrada", "Não acolha uma andorinha em sua casa", "Não use anel", "Não grave a figura da esfinge sobre um anel." *Ibid.*, p. 148: "Não se olhe quando estiver ao lado de uma lamparina" , " Não duvide de nenhuma maravilha a respeito dos deuses e dogmas divinos." *Ibid.*, pp. 10, 23-24, 71: "Nunca ceda a um sorriso irresistível." *Ibid.*, p. 154: " Não roa as unhas quando estiver perto de uma cerimônia de sacrifício." *Ibid.*, pp. 233, 236: "Não ofereça a mão direita facilmente ao primeiro que apareça." *Ibid.*, p. 109: "Quando sair das cobertas, enrole-as e elimine qualquer vestígio seu", "Não permita que seu coração se corroa", "Não se alimente de cérebro." *Ibid.*, pp. 84 e 187: "Cuspa sobre os restos de seus cabelos e unhas cortados", "Não se alimente de salmonete", "Faça desaparecer nas cinzas os restos de sua comida", "Não freqüente uma mulher rica para ter filhos com ela." *Ibid.*, pp. 109, 60-61, 191, 214: "Abstenha-se de vagens." *Ibid.*, pp. 108-109, 68, 107, 186-187, 225: "Abstenha-se de comer qualquer coisa viva." A repetição de certas referências corresponde, evidentemente, à importância do tema.

As explicações dadas para os numerosos preceitos desse gênero não se originam dos próprios pitagóricos, mas de pessoas externas à Escola, que tentam transmitir uma explicação plausível e, com isso, demonstrar seu saber e sagacidade, diz Jâmblico.

Sempre apreciados pelos gregos, os *Enigmas* são usados da mesma maneira e serviam, por vezes, à formulação dos oráculos e nos mistérios. Tratar-se-ia aqui não de tornar os ensinamentos acessíveis aos ignorantes, mas de adaptar-se ao que não corresponde mais às normas e dimensões usuais?[70]

Fazer brotar a centelha da revelação por meio do choque da ausência de sentido, do inadmissível, de uma fórmula surpreendente e explosiva foi sempre uma técnica incontestavelmente mais adequada em toda *démarche* mística.[71] Nesse caso, trata-se de uma linguagem particular para a qual o dialeto serve de suporte.

O ateniense Sólon, cujas leis são por vezes marcadas pelo signo da ambigüidade, conhecia esses enigmas.[72] Por outro lado, Pausânias afirma que "no passado, os gregos, considerados sábios, desenvolviam seus discursos não de forma linear, mas recorriam aos enigmas".

---

[70] Porfírio, *Vie de Pythagore* [Vida de Pitágoras], *op. cit.*, pp. 42 e 53.

[71] Que nos seja permitido fazer aqui uma abordagem, sem dúvida audaciosa, com o que na prática do zen-budismo denomina-se *koan*. Nessas breves sentenças, utilizadas na meditação, o aparente contra-senso convida a um novo modo de olhar que permite entrever o outro lado das coisas. Aqui estão alguns dentre os mais renomados: "O som de uma única mão..." (Hakuin). "Desde a origem, eu sou a Ausência absoluta." "Onde poderia a poeira ser acumulada?" "Meu espírito", diz o discípulo, "ainda não está purificado. Mestre, eu vos peço para pacificá-lo." E o Boddhidarma responde: "Traga-me seu espírito, eu o pacificarei para você." "O que fazer quando eu não trouxer nada? — Abandonar!"

[72] Cf. Plutarco, *Vie de Solon* [Vida de Sólon], 18.

Qualquer um que não resolva o enigma é enganado; o sábio é aquele que não se deixa enganar. Heráclito de Éfeso, cognominado o Obscuro, conhece perfeitamente a manipulação perigosa e vantajosa dessas sentenças utilizadas por *Loxias, o Oblíquo,* a saber, o Apolo oracular de Delfos.

Pitágoras sempre levará em consideração os fundamentos de sua *démarche,* sem jamais fraquejar: antes de mais nada, a formação de homens resolutamente pacíficos, mas que possuam a intrepidez dos guerreiros.

Naturalmente, quem não se lembrará da Esfinge alada, o pássaro de corpo de leão que vivia em uma encruzilhada da qual ninguém escapava sem responder à terrível *adivinhação*: "Qual é o animal que possui quatro pés pela manhã, dois ao meio-dia e três à noite?" Édipo, cujo próprio destino é marcado pela ambivalência, foi o único a responder que esse animal era o homem. Resposta que lhe valeu o direito de matar a Esfinge.

Outros *enigmas* (não resolvidos?) emergem em poetas como Simonides de Ceos: "O pai do cabrito no pasto e o peixe cruel se abraçam fortemente; mas, tendo percebido com seus olhos a imagem do Filho da Noite, eles se recusam a prestar homenagens ao Todo-Poderoso, a Dioniso, o matador de bois" (fragmento 69). Ou ainda Píndaro (fragmento 177 d): "Proferido pelas ferozes mandíbulas da Virgem, o enigma se anuncia." Finalmente, a célebre proposição em forma de calembur, atribuída a Homero, cujo caráter bizarro ainda nos encanta: "O que pegamos deixamos; o que não pegamos levamos conosco", que se refere aos jovens pescadores sentados à beira da praia que retiram mutuamente seus piolhos...

Na *República,* Platão argumentará, mais tarde, em favor dessa prática tão particular: "Isso se parece", diz ele, "com os trocadilhos que se fazem nos banquetes e com o *enigma,* em voga junto às crianças, que trata do eunuco e do golpe que este inflige ao morcego... Nossas proposições parecem bastante extravagantes, nenhum dos objetos que percebemos somos autorizados a dizer se existem ou não, se combinam entre si ou se têm alguma coisa a ver uns com os outros..."

Seria possível concluir que o enigma estabelece o princípio dessa relatividade, tão cara a Heráclito de Éfeso, por meio do jogo de senso e contra-senso que parecem intercambiáveis.

O emprego dos enigmas revela-se como um dos elementos dos quais os pitagóricos se servem para pressentir e desafiar as verdades sempre fugazes. Em sua profusão, os enigmas referem-se a todos os domínios.

"O que existe de mais sábio? O número e, depois dele, aquele que deu o nome às coisas."

"O que são as ilhas dos Bem-aventurados? O sol e a lua."

"O que é o oráculo de Delfos? O *Tetractys,* ou seja, a Harmonia na qual vivem as Sereias."

"Qual é a sentença mais verdadeira? A que afirma que os homens são maus."

"O que existe de mais belo? A Harmonia."

Na verdade, o enigma pertence à categoria dos *acúsmatas* e não se distingue deles, a não ser pela relação entre a questão e sua resposta. Ele faz parte dos conceitos desenvolvidos por Filolau, um dos discípulos mais próximos, que propõe a seguinte definição para a Harmonia: a unificação do múltiplo e a concordância do discordante.

Os pares de opostos (que constituem o Enigma supremo) proliferam sob nossos olhos como evidências inexplicadas e inexplicáveis: o Par e o Ímpar, a Esquerda e a Direita, a Fêmea e o Macho, o Curvo e o Retilíneo, a Obscuridade e a Luz, o Falso e o Verdadeiro, o Limitado e o Ilimitado. As contradições são evidentes na totalidade da obra, em nós e fora de nós. Um renegando o outro. Um completando o outro. Ou desacreditando-o? (Cf. Heráclito e Aristóteles.)

Tarefa fabulosa a dos testemunhos imparciais, esclarecidos, aptos a percorrer todos os meandros, a penetrar no interior dos dédalos, a se colocar sobre as órbitas do inexplicável.

Era exatamente nisso que os pitagóricos pretendiam transformar-se. Eles tentavam arrastar consigo a multiplicidade de humanos, fossem eles gregos ou bárbaros.

Chega o momento de examinar os interditos relacionados ao regime alimentar da Comunidade.

Isso porque, para alguém *se transformar naquilo que é* (para os órficos, nesse ser divino mantido secretamente como um prisioneiro que eles tratam de libertar), toda impureza originada do exterior é prejudicial, principalmente a ligada à manutenção humilde e prosaica da carne da qual se compõe o corpo humano.

Os interditos são abundantes, pois somos essencialmente aquilo que comemos. Uma constatação eminentemente biológica.

Não é de surpreender — uma vez que o primeiro dos interditos diz respeito ao consumo de animais — que Pitágoras imponha o vegetarianismo.[73] Seguramente, o consumo de seres vivos é algo intolerável quando consideramos que para satisfazer apetites seja necessário infligir sofrimentos morais e físicos a criaturas inocentes que não merecem um tratamento assim tão bárbaro. A angústia do animal degolado transmite-se seguramente aos seres humanos que, plenamente inconscientes disso, irão devorá-lo. Permanece inconcebível que, diante da serena confiança de um gado no pasto, as próprias pessoas que solicitamente cuidam dos animais dia após dia não enxerguem nada além da relação monetária, fingindo não ver ou, pior ainda, aceitando o horror das brutalidades, dos lamentos e do sangue derramado!

Isso nos leva a evocar uma vez mais o Encantador Orfeu, que possuía dons curativos e mantinha a mais profunda cumplicidade com os animais. Para ele, imolar um animal representava um interdito por excelência.

Evidentemente, Pitágoras não pode destruir um dogma como esse que o orfismo e, na mesma época, o budismo evidenciam. Uma omissão hipócrita, uma cegueira voluntária de todas as sociedades carnívoras, através do tempo e do mundo. No Magreb, entre outros lugares, freqüentemente são vistos sobre os balcões volumes macabros, cuidadosamente amarrados, que exibem quatro patas juntamente com seus cascos e uma cabeça ornada de chifres: é tudo que resta de uma criatura viva, perfeita, majestosa, a quem se referiam como sendo uma cabra.

---

[73] O vegetarianismo absoluto, obrigatório entre os "matemáticos", parece ter sido amenizado pelos "acúsmatas", assim como pelas pessoas que rodeavam a Comunidade e se instruíam a partir de seus preceitos (Jâmblico, *Vie de Pythagore* [Vida de Pitágoras], *op. cit.*, pp. 106-108). É provável que, em alguns casos, a prática de sacrifícios fosse até mesmo tolerada (*ibid.*, p. 150).

Em Pitágoras, esse tipo de emoção era natural ou provocado pela constatação das monstruosidades cotidianas? Em resumo, o Mestre experimentava sentimentos de piedade e indignação? Pode ser que sim, pode ser também que não. É possível que, para ele, o fato de aplicar o intelecto a todos os problemas fosse suficiente para uma tomada de posição. Como conseqüência disso, ele se transformou em um defensor da Beleza sob qualquer forma que ela se apresentasse.

Mesmo que não agrade à multidão, em particular aos habitantes de Crotona (os sacrifícios sanguinários oferecidos aos deuses sempre foram considerados um direito do qual é perigoso abster-se), a proibição de tirar a vida e saciar o apetite com ela permanece para nós, denominados "homens modernos", bastante compreensível.

Em contrapartida, alguns interditos relatados pelos biógrafos são desconcertantes em razão de suas abundantes contradições. Vejam, por exemplo, o que nos adianta Diógenes Laércio: "Ele proibia, antes de tudo, o consumo do salmonete de vasa, do coração de animais ou das vagens." Aristóteles acrescenta o cavalo-marinho. Diferentes autores relatam que Aristóteles se alimentava de pão e mel, e fazia uso do vinho apenas ocasionalmente. Legumes crus ou aferventados, e por vezes peixe, constituíam comumente suas refeições. "Jamais alguém o viu embriagar-se, fazer amor ou divertir-se às gargalhadas..."

Retomemos a proibição sobre as vagens, controvérsia em relação à qual se "gastou muita tinta".

Para continuar em companhia de Diógenes Laércio, vamos abrir "o processo das vagens" com o testemunho de Aristóteles, cujos detalhes parecem ser dos mais absurdos.

"Com respeito às vagens, Aristóteles afirmava que Pitágoras as condenava porque possuem a forma de testículos; porque elas se assemelham às portas do Hades, que também não possuem dobradiças; porque elas são o símbolo de um Estado oligárquico, ou ainda porque, como se sabe, servem para tirar a sorte."[74]

"Os egípcios jamais semeiam vagens, e, se elas germinam, eles não as comem nem cruas nem cozidas. Os sacerdotes nem sequer suportam olhar para elas, uma vez que, a seus olhos, esse legume é considerado impuro",[75] declara Heródoto.

Como observamos anteriormente, Pitágoras fora iniciado nas *Casas de Vida* e instruído pelos sacerdotes no Egito.

Em sua *Histoire naturelle* [História natural] (livro XVIII, 30), Plínio afirma que os pitagóricos abstinham-se de comer vagens porque as almas dos mortos se introduziam nelas. A primeira das razões invocadas é que a rama das vagens encontra-se desprovida de nós e, em conseqüência disso, mais do qualquer outra planta, a vagem facilita as comunicações com o Hades. A vagem é, por excelência, um lugar de troca entre vivos e mortos; por meio das vagens, perpetuam-se os ciclos da metempsicose e das reencarnações.

---

[74] Cf. Diógenes Laércio, *Vie, Doctrines et Sentences des philosophes illustres* [Vida, doutrinas e proposições dos filósofos ilustres], *op. cit.*, livro VIII.
[75] *Enquête* [Pesquisa], *op. cit.*, II, 37.

Para suplementar essas práticas cuja extravagância é difícil deixar de levar em conta, Heráclides do Reino do Ponto (388-312 a.C.)[76] relata a razão pela qual a magia greco-egípcia propunha uma demonstração desse tipo com respeito ao caráter ambivalente das vagens. Segundo ele, vejamos quais os experimentos realizados por certos pitagóricos: "Uma vagem colocada dentro de uma caixa, ou em um recipiente de metal bem fechado, é enterrada no solo ou escondida sob uma camada de adubo. Ao fim de alguns dias (quarenta ou noventa dias, segundo diferentes versões), desenterra-se o recipiente e, no lugar da vagem, encontram-se uma cabeça de criança já formada, um sexo feminino, uma cabeça de homem ou, ainda mesmo, sangue."

Alimentar-se de vagens ou comer a cabeça dos próprios pais é crime considerado de mesma ordem (ousam afirmar alguns autores...). Desta conclusão foi retirado um dos mais notórios preceitos dos pitagóricos. A vagem seria considerada potencialmente carne?[77]

Estabeleceria esse fato uma barreira bem nítida entre o vegetal que cresce e respira — e que, de acordo com algumas

---

[76] Astrônomo, discípulo de Platão, foi o primeiro a explicar o movimento aparente da esfera das estrelas. (N.Ts.)

[77] Dois versos de um *Discours sacré* [Discurso sagrado] dos pitagóricos definem assim as funções das vagens: "Elas servem de ponto de apoio e de escalada para as almas dos homens cheios de vigor quando, a partir das moradas do Hades, eles se elevam em direção à luz." As vagens, cujos caules apresentam-se ocos, são o lugar de passagem pelo qual se opera continuamente o intercâmbio dos vivos e dos mortos; elas são o instrumento da *metemsomatose* e do ciclo dos nascimentos. (Cf. Marcel Detienne, *Les Jardins d'Adonis* [Os jardins de Adônis], Gallimard, 1979, pp. 96 e 97.)

descobertas recentes, também sofre — e o reino animal, ao qual pertence o homem? Seria ele o fio condutor da unidade, da unicidade do Cosmo? Uma abordagem como esta parece caracterizada por um arcaísmo que consideramos retrógrado.

A partir disso, para que um sistema de superstições e de magia tão primitivo e heteróclito como esse seja cruamente rejeitado, não resta mais do que um passo. Muitos encontraram nesse contexto um conteúdo duvidoso que transformaria as disputas com o Insondável e o Ilimitado, uma linha de conduta adotada pelos pitagóricos, em algo ridículo. Não há como impedir que a suspeita se insinue.

Onde e como reunir o conteúdo essencial do possível e do provável em um mundo grego que se prepara para a extraordinária conscientização que acompanha o aparecimento das tragédias assistidas por uma multidão incalculável e entusiasta por ocasião das grandes festas de Atenas?

Frínico já se encontra em ação, mas Ésquilo ainda não. Naturalmente, é a Homero que se faz referência em primeiro lugar, e todos os estudantes recitam, dia após dia, os feitos de Aquiles e de Heitor ou o retorno de Ulisses a Ítaca. É muito grande a importância da memória. Pitágoras não cessará de louvar suas virtudes. Considera-se obrigatório na Comunidade o exercício de recordar tudo. Recordar-se dos fatos presentes e passados. Recordar-se também de suas vidas anteriores? É nesse aspecto que Pitágoras se distingue aos olhos de seus contemporâneos.

A herança oriental parece influenciar a crença, originada no orfismo, de uma transmigração da alma, que passaria de corpo em corpo. É a isso que comumente denominamos *metempsicose*, de maneira imprópria, porém, porque, nesse caso, trata-se de *metemsomatose* (é mais simples conservar a terminologia em uso).

O budismo (Buda, que nasceu por volta de 566 a.C., foi contemporâneo de Heráclito de Éfeso e era mais jovem do que Pitágoras) define a ascese em questão de uma maneira que Orfeu da Trácia não teria desaprovado. Anteriormente, porém, foi o hinduísmo que estabeleceu as bases dessa crença. Trata-se, em resumo, de fazer uma anamnese, de recuperar a memória de algo que já havia acontecido antes.

Qual é a utilidade disso para a totalidade dos seres humanos? Nesse caso, Jean-Pierre Vernant propõe uma explicação brilhante:[78] "No pitagorismo, a reminiscência de vidas anteriores pode surgir como um meio de conhecer a si mesmo, não no sentido um pouco banal que o oráculo de Delfos emprestava à fórmula, mas dando a essa máxima um novo alcance: *saber qual é nossa alma*, reconhecer, por meio da multiplicidade de encarnações, a unidade e a continuidade de sua própria história", e acrescenta: "Para o sujeito, não se trata de apreender sobre si mesmo em relação a seu passado pessoal, de reencontrar-se na singularidade de uma vida interior que o diferencia de todas as outras criaturas; trata-se de situar-se no contexto de uma ordem geral, de restabelecer sobre todos os planos a continuidade entre si mesmo e o mundo, e religar sistematicamente a vida presente ao conjunto dos tempos e a existência humana à natureza como um todo..."[79]

---

[78] Em Jean-Pierre Vernant, *Mythe et Pensée chez les Grecs* [Mito e pensamento entre os gregos], La Découverte, 1996, p. 131.
[79] *Ibid.*

Como repetia Pitágoras, *o mundo encontra-se repleto de almas*. Ao encarnarem novamente, essas almas tentam encontrar por si mesmas e por meio de tudo que as rodeia o segredo que explica sua conduta: o segredo da *Harmonia*, graças à qual o Universo, sempre novo, se perpetua, através do tempo e do espaço infinitos.

Sobre a metempsicose, poder-se-ia discutir tão longamente que Pitágoras (e nós mesmos) se encontraria atolado diante da enorme quantidade de comentários e fatos acumulados desde que o homem começou a buscar o como e o porquê de sua tão frágil existência.

Na verdade, a imortalidade da alma permanece um fato a ser demonstrado. Com as provas e as chaves nas mãos, o que os detém no atual momento? Do mais ilustre ao mais humilde, ninguém pode vangloriar-se de ter comprovado isso. Entretanto, essa certeza permanece enraizada no inconsciente coletivo e, por toda parte, faz brotar as lavas de um trabalho subterrâneo.

Alguns fragmentos do enigma que obceca a humanidade flutuam, sem dúvida alguma, através do espaço, a partir do qual os planetas nos enviam sinais, como se fossem almas perdidas ou liberadas para sempre.

Não é no interior da terra, nos labirintos em que residem os mortos — mas somente em seu envoltório carnal que se desfaz — que convém buscar uma resposta para isso? Não é melhor procurar essa resposta nas profundezas de nossa própria alma? Ou é com a ajuda desse gigantesco "olho de ciclope", denominado telescópio, que serve presentemente para decifrar os abismos[80] que devemos procurar por ela?

---

80 Cf. *Ilíada*, XVII, verso 60.

Em uma jornada como essa, o interior e o exterior se confundem. Uma sensação de vertigem parece ser premissa obrigatória.

Trata-se exatamente da sensação de vertigem quando o tema é detalhar as formas que se tomam emprestadas, vida após vida, por meio de um interminável percurso. A liberação somente se opera graças a uma purificação absoluta. A liberação e o alívio de quem vê cair os entraves causados pelo desejo insaciável, pelo medo, pela arbitrariedade, pela lassidão, pelos furores mais ou menos assassinos dos quais cada um de nós é continuamente o objeto e a primeira presa.

Entre uma existência e outra não há qualquer idéia de castigo, nem tampouco de retribuição. Tudo acontece sob o controle de um rigoroso encadeamento. As ações provocam uma resposta que pode ser maravilhosa ou funesta. Um fato determina o outro, livremente. Em todos os lugares, uma flecha (a de Apolo?) estabelece as evidências; os nós se fazem ou se desfazem. O princípio da vida — único autor e único ator dessa íntima demonstração, dessa projeção ou desse grande espetáculo de teatro, cujas cenas são interpretadas uma após a outra no interior da cloaca onde chafurdam as porcas ou no vôo de um albatroz — é tão impalpável como o vento que denominamos alma e que podemos chamar de espírito.

"Os egípcios são os primeiros a formular a idéia da imortalidade da alma, de que quando o corpo perece a alma entra em um outro ser animado que, por sua vez, nasce e, depois de ter passado por todas as formas que povoam a terra, o mar e o ar, penetra novamente em um outro corpo humano no instante de seu nascimento; eles afirmam que essa migração exige três mil anos. Inicialmente, alguns gregos e, depois, outros adotaram essa teoria apresentando-a como se lhes pertencesse. Mesmo conhecendo-os, não citarei seus nomes." Essa é a opinião de Heródoto sobre essa questão.[81] Por uma falsa discrição à qual está habituado, Heródoto recusa-se a revelar os nomes, que, seguramente, são os de Pitágoras de Samos e de Empédocles de Acragás, entre outros. "Se, afinal de contas, todo nascimento é uma reencarnação, o número de almas é limitado; daí se origina a noção de ciclo de nascimentos sobre a qual o Sócrates do *Fédon* insiste longamente: no mundo das almas nada se perde, nada se cria."[82]

No processo de liberação instituído por Orfeu, todas as recomendações são feitas a quem desejar interromper o ciclo dos nascimentos por sua própria vontade e por uma tomada de consciência individual capaz de exorcizar o encadeamento das vidas. A *lucidez* que afinal se obtém assume o papel de iniciação e é acompanhada de ritos purificadores.

Um dos símbolos órficos é a roda, imagem eloqüente da qual o budismo se serve para mostrar a engrenagem do eterno recomeçar.

Juntamente com a Roda das Reencarnações, o orfismo oferece uma Escada, por meio da qual é possível sair do pântano e elevar-se em direção às esferas do Imaterial.

Das orações e cerimônias de iniciação relativas aos mistérios órficos mal se conhece o conteúdo. Parece que estas eram simi-

---

[81] *Enquête* [Pesquisa], *op. cit.*, II, 123.

[82] Louis Gernet, *Le Génie grec dans la religion* [O gênio grego na religião], Albin Michel, 1970, p. 58.

lares às de Dioniso, que reproduziam a *paixão* do deus-criança que os Titãs, possuídos por forças incontroláveis (as mesmas que continuam atuando hoje em dia), sacrificaram e devoraram como a um cabrito. Como se sabe, o próprio Orfeu pereceu por morte violenta, uma vez que ele próprio estigmatizava todo ato sanguinário e, conseqüentemente, os transes das Bacantes.

Os pitagóricos não praticavam nenhum tipo de lamento fúnebre, nenhuma celebração complicada do martírio (celebração que permanece tão cara aos cristãos). É Apolo, o luminoso, que reina como mestre e que supera Dioniso, mesmo se no mais profundo de seu ser cada um deles seja obrigado a reconhecer os selvagens arrebatamentos da vida.

Uma vez sob o impulso desse entusiasmo extremamente adequado para inflamar as imaginações — a saber, o périplo das almas através de uma multiplicidade de aparências —, ninguém se surpreende ao ver alguns dos comentadores descambarem para o exagero. Onde encontrar, porém, os pontos de referência?

Evidentemente, o personagem semidivino representado por Pitágoras só pode suscitar versões abundantemente ilustradas de seu percurso. Ele deve servir de exemplo e modelo para todos. Ele pode e deve testemunhar a veracidade das palavras de Orfeu e de suas próprias. É assim que o Pseudo-Jâmblico (autor de *Théologoumènes arithmétiques* [Teologumenas aritméticas], considerações teológicas fundamentadas nos números) relata, em detalhes, o que os discípulos teriam aprendido da própria boca de Pitágoras: "Os pitagóricos Androkides, autor do tratado *Des symboles* [Dos símbolos], e Eubulides, assim como

Aristoxeno, Hipóboto e Neanto, todos eles biógrafos de Pitágoras, afirmaram que suas metempsicoses haviam durado 216 anos e que, após igual número de anos, ele havia retornado ao mundo para viver uma nova vida... Mais ou menos 514 anos separam a ruína de Tróia da época em que viveram Xenófanes, Anacreonte e Polícrates e da época em que Hárpage, o dignitário dos medos, sitiou a Jônia. A história demonstra que Pitágoras foi contemporâneo de todos esses homens; foi feito prisioneiro por Cambises, quando este conquistou o Egito, onde o Mestre recebia os ensinamentos dos sacerdotes — e havia sido iniciado nos mistérios bárbaros na Babilônia..."[83]

Diógenes Laércio refere-se a Heráclides do Reino do Ponto para estabelecer a sucessão das vidas assumidas pelo Mestre de Crotona. Vejamos o que, segundo Diógenes, Pitágoras dizia de si mesmo: "Ele havia nascido anteriormente sob o nome de Aetálides e acreditava-se que havia sido filho de Hermes, que prometeu conceder-lhe qualquer coisa que ele desejasse, exceto a imortalidade. Pitágoras pediu-lhe o poder de conservar, após sua morte e durante suas próximas vidas, a memória das diversas peripécias de cada uma delas. Em razão disso, ele não se esqueceu de nada. Em seguida, sua alma penetrou no corpo de Eufórbio e foi abençoado por Menelau; ele citava também os animais e vegetais que lhe serviram sucessivamente de hospedeiros. Com a morte de Eufórbio, sua alma havia assumido a existência de Hermotimo, que, no santuário de Apolo em Dídimo, cujo serviço religioso era provido pelos branquides, pudera identificar um escudo oferecido como ex-voto por Menelau; tudo isso era para provar a sua própria reencarnação. Com a

---

[83] Pseudo-Jâmblico, *Théologoumènes arithmétiques* [Teologumenas aritméticas], p. 52, 8.

morte de Hermotimo, sua alma emigrara para o corpo de um habitante de Delos, um sujeito denominado Pirro, pescador de profissão. Depois disso, transformou-se em Pitágoras e recordava-se de tudo..."

Essa é uma versão abreviada em comparação com a do Pseudo-Jâmblico. Mais abreviada ainda em relação aos três mil anos exigidos pelos sacerdotes egípcios, como relata Heródoto. Platão (428-348), na *República* e no que se denomina "o mito de Er" (X, 613), utilizando-se de uma encenação visionária, retomará, por sua vez, o processo do interminável percurso antes da *purificação* final.

Er, filho de Armênio, encontra a morte durante um combate. Transportado em direção ao fogo para ser cremado, ele subitamente se levanta durante a cerimônia dos funerais e relata o que tinha visto no além-mundo, em meio à imensa turba de mortos. Após o julgamento, um dos hierofantes convida cada um dos mortos a escolher um destino animal ou humano em meio às inumeráveis possibilidades oferecidas.

"Dentre essa grande quantidade de existências encontravam-se figuras de tiranos, exilados e mendigos; havia também vidas de homens que tinham alcançado a notoriedade por sua beleza, seu vigor, seu nascimento ou pelos méritos de seus ancestrais." O espetáculo, afirma Er, inspirava piedade, visto que as escolhas feitas por eles dependiam, freqüentemente, do que haviam realizado em sua vida anterior.

Uma armadilha deles preparada para si mesmos na qual caíam de maneira funesta. Dessa forma, transformamo-nos de animal carniceiro em homem criminoso ou inversamente. Como Agamenon, escolhemos encarnar na forma de um pássaro dominador e todo-poderoso, como a águia-real, ou como Ájax, que permanece aferrado aos combates, ou nos reconhecemos sob a juba de um leão.

O cerimonial descrito por Er está de acordo com os ritos órficos nos quais o *Esquecimento* (*Lete*) e a *Memória* (*Mnemósine*) apoderam-se do espírito dos mortos, um após outro. "Colocaram-se todos a caminho da planície do Lete (esquecimento), que, devido ao terrível e sufocante calor, encontrava-se completamente desprovida de árvores e de tudo aquilo que a terra produz. Logo em seguida, ergueram suas tendas ao longo do rio Ameles, cujas águas nenhum recipiente pode reter. Era obrigatório para todos terem bebido certa quantidade dessa água. Os imprudentes que bebem dessa água sem moderação *esquecem-se completamente do que foram anteriormente.*"

Orfeu certamente não temia descer até o Hades e correr o risco de um face a face com os malditos que ali se perdem muito mais por sua própria condenação do que pela condenação dos deuses.

Alguns afirmam que Pitágoras obrigou-se a realizar a descida aos abismos das sombras e do fogo.[84] Em conseqüência disso, ele recebeu a iniciação final, assim como Orfeu.

Como deixar de pensar em Empédocles de Acragás? Como evitar uma aproximação com esses dois personagens apaixona-

[84] "Hierônimo acrescenta que Pitágoras desceu ao interior do Hades e ali descobriu a alma de Hesíodo amarrada a uma coluna de bronze e a de Homero enforcada em uma árvore e rodeada de serpentes. Ele ficou sabendo que esses suplícios eram devidos a todos os contos que eles haviam feito sobre os deuses." Isso tudo relembra as atitudes de Xenófanes de Colofon e de Heráclito de Éfeso.

dos pelo caráter absoluto — um deles com uma determinação bastante controlada, o outro com a impetuosidade dos visionários — de seu próprio avanço, que responde pela humanidade como um todo, que incita cada um a interpretar seu papel em uma aventura como essa?

Empédocles de Acragás (Empédocles de Agrigento), nascido uma dezena de anos após a morte do Mestre, também explora os domínios do visível e do invisível.

Foi taumaturgo, médico, filósofo e poeta; sua fama percorreu as cidades gregas da Sicília e mesmo de toda a Itália. Sabia que havia chegado ao final da longa peregrinação que lhe fora imposta pelo destino, antes de sua liberação. Ele reconhecia estar de posse da lucidez e do recolhimento que coroam a sucessão de inumeráveis vidas. Apesar da ousadia em afirmar sua certeza, com ênfase totalmente profética e simplicidade asseguradora, visto ser o homem das *purificações,* louvadas pelos órficos e prelúdio à sutilização e ao tão esperado vôo, ele enumera algumas de suas aparências e, sem hesitação, ousa afirmar: "Fui sucessivamente rapaz e moça, árvore e pássaro e, também, um peixe silencioso no fundo do mar."[85]

Sem dúvida, a recuperação de lembranças perdidas no tempo, que não sejam nem fantasmas nem fantasmagorias, só pode ser feita com a ajuda de uma disciplina muito particular.[86]

---

85 Empédocles de Acragás, *Purifications* [Purificações], in *Les Penseurs grecs avant Socrate* [Os pensadores gregos antes de Sócrates], Garnier, 1964, fr. 117.

86 O budismo e, antes dele, o hinduísmo concederam importância primordial à noção de *samsara.* No hinduísmo, em primeiro lugar está o desenvolvimento maior ou menor do *Atman,* o "Eu" superior, a essência do ser, que não é o eu, mas é idêntico a Brahma, o Deus impessoal. As formas de semelhante desenvolvimento remontam aos *Upanishads,* compostos provavelmente entre os séculos VI e III a.C. Os primeiros e mais importantes dentre os *Upanishads* são contemporâneos

O exercício progressivo da memória e o despojamento são os preâmbulos para um empreendimento tão tenaz quanto inexorável. Esta é a razão pela qual Pitágoras exortava seus discípulos a praticar a meditação cotidiana, o exame de consciência e a evocação das ações recentes e passadas.

"A capacidade de rememorar é uma conquista; a sacralização de *Mnemósine,* a memória, comprova o valor concedido a ela numa civilização de tradição puramente oral como era a Grécia entre os séculos XII e VIII, antes da difusão da escrita."[87]

Em meio a uma proliferação de deuses, Mnemósine, irmã de Cronos e de Oceano, é a mãe das Musas. Possuídos pelas Musas, o poeta e o profeta tornam-se os intérpretes de Apolo.[88] As Musas tinham o dom da "dupla visão", aplicado, em particular, sobre a sucessão do tempo, os episódios antigos e os fatos que ainda estão para acontecer, aos quais os comuns mortais não têm acesso. Mnemósine coloca em evidência "tudo que foi, tudo que é, tudo que será."[89]

Ignoram-se os métodos de ensino nas confrarias dos aedos, a não ser que costumavam praticar a repetição de longos fragmentos que deviam ser obrigatoriamente aprendidos de cor. Conseqüentemente, a escrita veio enfraquecer essa memória superpoderosa. A escrita facilitou as coisas, e as proezas pelas quais se merecia receber a visita dos deuses deixaram de ser indispensáveis.

---

de Buda (séculos VI e V) e, justamente, de Pitágoras, que naquele momento atuava do outro lado do mundo. Ambos professam a mesma fé em um périplo realizado pelos seres cujo desfecho são a purificação e a liberdade absoluta.

[87] J.-P. Vernant, *Mythe et Pensée chez les Grecs* [Mito e pensamento entre os gregos], *op. cit.*, p. 110.

[88] Segundo Hesíodo, em sua *Théogonie* [Teogonia].

[89] Homero, *Ilíada,* I, 70.

Para os pitagóricos — voltados simultaneamente para o fervor em relação às épocas heróicas, à sobriedade dos costumes, às bases eminentemente seguras do passado e às especulações audaciosas —, a memória, que permite o acesso às reminiscências, tem primazia sobre qualquer outro exercício. A memória é o fio de Ariadne.

Ao aedo, ao poeta e ao visionário é conferido o poder de percorrer livremente os caminhos do Antes e do Depois, do Superior e do Inferior. Graças à memória não existem mais fronteiras.

O esforço exigido pelo uso da memória transforma-se em um exercício espiritual. Isto é o que proclama Empédocles de Acragás, que conhece a dura ascese da *anamnese* e a humildade que resulta dessa constatação: incontáveis faltas e pecados mitigaram nossas sucessivas vidas. Empédocles rende homenagens ao valor excepcional, à intrepidez daquele que soube esclarecer os acontecimentos caóticos que marcaram a vida de 10, de 20 homens: não há dúvida alguma de que se trata de Pitágoras, de quem Empédocles foi, muito mais intensamente do que os discípulos do Mestre, o sucessor.

Vejamos o que ele enuncia em suas *Purifications* [Purificações] (fr. 129): "Entre eles vivia um homem excepcionalmente sábio que possuía os mais surpreendentes dons do espírito e, além disso, consagrava-se às atividades da ciência. A partir do momento em que concentrava a força de seu pensamento, ele percebia claramente as dificuldades de todos os tipos de problemas com os quais se depararam 10 ou 20 gerações."

Aclara-se assim a enigmática fórmula de Alcmêon de Crotona, discípulo de Pitágoras e médico famoso: "Os homens morrem porque não são capazes de unir o começo com o fim."

Isso acontece porque, ao final de cada uma de suas existências, eles se perdem no esquecimento (*Lete*) e, conseqüentemente, na inconsciência que exclui a eternidade. A memória "torna-se o instrumento de uma luta contra o tempo humano que se descobre como um fluxo puro, como o reino heraclitiano do *Panta Rhei*...[90] No momento em que se estabelece a preocupação com a saúde individual, o homem passa a buscar o caminho de sua *integração com o todo*".[91]

Dessa forma, a imagem tão cara à Antiguidade — tão cara ao próprio Pitágoras — de um mundo repleto de almas e de inspirações, lugar de circulação e trocas permanentes, enraíza-se no mais íntimo daquele que, pelo exercício da Memória, gera sua própria continuidade e, por meio dela, a duração em seu estado puro (que se transforma em ausência de duração), que é, evidentemente, de origem divina.

Daí advém essa presença, em si mesma penetrante, esse questionamento cotidiano e sem indulgência (a indulgência seria uma péssima estratégia, pois qualquer impostura ou mistificação transformar-se-ia numa desvantagem para o praticante), esse *exame de consciência* absolutamente indispensável e primordial para todos os pitagóricos.

Memorizar implica abolir distâncias e encontrar seu verdadeiro lugar vazio e imensurável. Jâmblico relata que Pitágo-

---

90 Música tradicional européia. (N.Ts.)

91 Jean-Pierre Vernant, *Mythe et Pensée chez les Grecs* [Mito e pensamento entre os gregos], *op. cit.*, p. 134.

ras ajudava todo novo discípulo a relembrar suas vidas precedentes para que ele pudesse se situar melhor na descoberta de seu próprio ser.

Assim como Orfeu, no qual se inspiraram poetas e filósofos no decorrer de séculos e séculos da história grega, cada um era solicitado a formular o seguinte ato de fé:

> "Eu sou o Filho da Terra
> e do Céu estrelado; minha
> raça é celeste."[92]

Como já dito, é surpreendente a inexistência de qualquer texto que proceda diretamente de Pitágoras.

A lista de textos atribuídos a ele[93] tem provocado tantas controvérsias que é preciso deter-se na breve enumeração de interditos e conselhos que denominamos *Paroles d'or* [Palavras de ouro], reunidos nos séculos III e IV de nossa era (séculos em que viveram Jâmblico, Porfírio, Clemente de Alexandria e Diógenes Laércio, seus principais biógrafos e comentadores).

Sendo o exercício da *Memória* mais venerado do que qualquer outra disciplina, seria obrigatório concluir que a escrita não

[92] Folha de ouro descoberta na Tessália (trad. de S. Jacquemard). (Cf. *Orphée ou l'Initiation mystique* [Orfeu ou a iniciação mística], Bayard, 1998, p. 100.)

[93] "Há concordância em reconhecer que Pitágoras não tenha deixado nenhum tratado escrito por ele, mas são numerosos os que relataram seus feitos e atitudes...", Flávio Josefo, *Contre Apion* [Contra Apion], in *Les Présocratiques* [Os pré-socráticos], *op. cit.*, I, 63.

tinha espaço nas atividades do grupo? Repugnava-os a idéia de imobilizar o pensamento que surgia em razão de conhecimentos dos mais diversos e, portanto, capazes de provocar orientações contraditórias?

Nesse caso, Pitágoras não levava em conta os ensinamentos recebidos no Egito, onde predominava o valor do texto escrito. Parece que os egípcios viveram obcecados pela esperança de encontrar pergaminhos nos quais a Verdade, para eles imutável e iminente, tivesse sido registrada. Eles acreditavam que dessa forma não havia possibilidade de se perder nenhuma palavra, por menor que fosse, que todas elas têm seu lugar na resolução dos enigmas e que os escribas acumulam uma profusão de pilhas de papel.

O aluno dos sacerdotes egípcios, que vivera durante anos em contato com as *Casas de Vida,* rejeitou esse excesso de material? Existe uma tendência em se acreditar que sim. A reação de Pitágoras diante da imensa proliferação de escritos que dissimulam horizontes sempre repletos de mistérios a serem elucidados não teria sido uma recusa a ser limitado, reduzido a um objeto de consumo através dos séculos e no próprio século em que ele "viveu?"[94]

A civilização egípcia, tão esplendidamente sustentada pelos mitos essenciais (o de Osíris, por exemplo), dos quais a Grécia retirou o melhor de si mesma, como afirma Heródoto de Halicarnasso, se vê resguardada para sempre de qualquer mudança. Foi assim que os deuses criaram o mundo e é assim que ele deve permanecer. "Diante de um determinado acontecimento, um fenômeno físico, uma catástrofe que impressiona

[94] Cf. S. Sauneron, *Les Prêtres de l'Ancienne Égypte* [Os sacerdotes do antigo Egito], *op. cit.*, p. 117.

o país inteiro, o sábio não irá procurar descobrir as causas materiais para encontrar — se houver lugar para isso — um remédio apropriado para elas. Com fervor erudito, ele consultará as pilhas de velhos escritos para saber se o fato já havia ocorrido em algum momento do passado e qual a solução encontrada para ele."[95]

As bibliotecas eram, certamente, de extrema importância. Eram encontradas, geralmente, no interior dos templos nas cidades de Mênfis, Ábidos, El Amarna, Edfu, entre outras. Todos os papiros nos quais estavam registrados os detalhes das celebrações rituais, assim como os arquivos de que se serviam pintores e escultores para a execução dos hieróglifos, de cenas da vida cotidiana e da representação dos deuses, ficavam reunidos no interior das *Casas de Vida*, ao abrigo das curiosidades profanas. Como já indicado, era ali que se ensinavam a música sagrada, a dança e também a medicina, a geometria e a astronomia.

Em Crotona, era possível consultar os livros em forma de rolos de uma biblioteca? O passado da Grécia e as obras nas

---

95 Ele acrescenta: "Eles acreditavam que era necessário conservar na memória tudo que havia sido ensinado e dito. Que era preciso adquirir os conhecimentos e saberes em relação a toda a extensão de tempo que a capacidade de aprender e lembrar permite... Eles comumente davam grande valor à memória e passavam um tempo considerável a treiná-la... Um pitagórico não se levantava da cama antes de rememorar os acontecimentos do dia anterior... Ao despertar, ele se esforçava em recuperar por meio do pensamento o que havia dito, ouvido ou ordenado, em primeiro lugar, às pessoas da casa e, depois, o que havia sucedido em segundo lugar, em terceiro e assim sucessivamente... Em seguida, ao sair, ele examinava o que havia encontrado em primeiro lugar, em segundo... esforçando-se em relembrar cada coisa em sua ordem de sucessão... Se tinha tempo livre suficiente tentava recuperar a memória do que havia ocorrido dois dias antes... *pois não há nada melhor para adquirir ciência, experiência e sabedoria do que conseguir se lembrar.*" (Jâmblico, *Vie de Pythagore* [Vida de Pitágoras], *op. cit.*, pp. 164-165.)

quais se havia manifestado brilhantemente sua genialidade particular encontravam-se reunidos em um lugar de estudos e de referências? Nenhuma menção a isso foi feita pelos inumeráveis autores de *Vida de Pitágoras.* Uma constatação singular!

O Mestre exigia que seus discípulos assimilassem o conjunto de conhecimentos acumulados a partir da guerra de Tróia, aos quais ele constantemente se referia? Observava ele a prática diária e sistemática das recitações e da constante rememoração da mesma forma que os estudantes?

O culto à Memória enfraquecia tudo aquilo que deixa pistas, por vezes suspeitas, das quais as bibliotecas, presas possíveis de versos e ratos, enchem-se dia após dia um pouco mais?

Os livros permanecem como um tipo de divulgação imperdoável que se encontra à disposição de todos e de cada um dos arcanos do universo — de qualquer forma, é primordial na Comunidade a necessidade do *segredo.* Esse segredo próprio às entronizações e aos mistérios, dos quais nenhum detalhe deve transpirar para o exterior.

Nenhuma traição em relação aos mistérios pode ser tolerada. A pena de morte é a chave. As fórmulas em uso asseveram grandes poderes. Nas *Casas de Vida*, Pitágoras descobrira que essas fórmulas serviam também para a magia e os sortilégios, dos quais os próprios sacerdotes se encarregavam, utilizando-se, por vezes, de pequenos bonecos.

A importância do segredo no interior da Comunidade — a fim de que não sejam divulgadas as descobertas que possam prejudicar tanto os vivos como os mortos — deve ser ressaltada e sempre colocada em destaque.

Pitágoras prossegue rumo às descobertas futuras com uma segurança repleta de inquietude e fascinação; assim como os "fisiólogos" da Jônia, ele acredita que tudo ainda está por começar. Uma confiança magnífica em relação ao provável e ao possível que contrasta com o que somos tentados a qualificar de "obscurantismo", mas que é um apego às tradições.

Uma disposição como essa, brilhante e audaciosa, é o que Pitágoras deixa como herança.

É chegado o momento de delimitar as razões da obrigatoriedade do segredo.

Na realidade, não se deve confundir o período de silêncio imposto a todo postulante que, em sua humilde busca da verdade, inicialmente aprende a se calar, a escutar, a reprimir a vontade de intervir em todas as discussões e, com isso, consegue o domínio de si, uma qualidade primordial.[96]

O segredo implica uma conivência entre os iniciados, conduta que os fortalece e lhes permite enfrentar as contradições e a necessidade de fazer concessões, moedas correntes em toda sociedade humana.

Em nossa época, considerada "moderna", perdura esse costume do segredo utilizado para valorizar inumeráveis movimentos e associações que visam à superação de si sob uma forma religiosa ou quando a finalidade é pôr em prática algumas ideologias mais ou menos desinteressadas.

Parece que o segredo é um privilégio que enobrece aquele que consegue mantê-lo e que um tesouro como esse cresce cada

---

[96] *Ibid.*, p. 75.

vez mais no interior de quem o possui. O segredo é, antes de tudo, uma garantia de continuidade. Quer tenha sido explicitado ou não, quer conserve todo seu mistério pelo fato de ultrapassar aquele que, provisoriamente, é seu humilde guardião — o segredo habita o imaginário das criaturas pensantes.

Desde a infância, todos aspiram a um saber excepcional que vá de encontro às exigências da razão e que, de maneira geral, esteja fora das normas e das aquisições banais. Desde a infância murmuramos a respeito do que é permitido ou proibido. Desde a infância, à imagem do mundo, o segredo revela-se como um caminho de acesso às verdades de contestação, irreverência, plenitude e originalidade.

As "sociedades secretas" utilizaram-se desse preâmbulo, cujos ecos somente se extinguirão com a nossa espécie. A cada tentativa elas respondem e responderão a uma espera vital.

Mais do que quaisquer outros, os pitagóricos tinham consciência da necessidade do segredo: eles desejavam manter-se à margem, em uma situação diametralmente oposta à de certos usos que, na Grécia, eram incontestáveis. Queriam ser como refugiados agrupados nessa "Magna Grécia" não homogênea e, por isso, favorável às experiências e inovações. Eles desejavam ser inteiramente "marginais".

Esse segredo dizia respeito unicamente aos valores de ordem mística, às revelações que primeiro o Mestre e, sem dúvida, as peregrinações aos santuários vizinhos, como Cumas ou Dodona, e aos afastados, como Delfos, Dídimo e Claros, ajudaram a produzir, utilizando-se das pitonisas, sacerdotes e sibilas como intermediários dos deuses?

As testemunhas concordam[97] e, além disso, uma abundância de detalhes é fornecida pelos discípulos próximos: o segredo incluía as exaustivas descobertas que a Comunidade podia realizar no terreno considerado científico.

Ali se prestavam juramentos sobre o que havia de mais sagrado, a saber: o *tetractys*,[98] a soma dos quatro números inteiros, a própria quintessência do pensamento pitagórico (sobre o qual se discutirá mais adiante).

Quem presta juramento tem como testemunhas as Forças invisíveis capazes de infligir os mais duros castigos aos traidores. Sua vingança caía não apenas sobre os culpados, mas também sobre sua descendência e, por vezes, até mesmo sobre o país inteiro.

Esta é a razão pela qual Hípaso, um dos primeiros discípulos, teria sido punido com a morte durante um naufrágio, depois de ter divulgado algo sobre o qual deveria ter se calado. "A tradição afirma que Hípaso fazia parte do grupo dos pitagóricos e, por ter sido o primeiro a revelar e construir a inscrição dos doze

97 Cf. Luc Brisson e A. Ph. Seconds, Introdução à *Vie de Pythagore par Jamblique* [Vida de Pitágoras por Jâmblico], in *Vie de Pythagore* [Vida de Pitágoras], *op. cit.*, p. XLIX e L: "O segredo permite preservar a identidade coletiva que os membros de um grupo não podem adquirir, a não ser que renunciem à sua identidade pessoal... Além disso, o segredo permite que se estabeleça uma verdadeira hierarquia entre os membros de um grupo...", "Aliás, todo grupo político expressa-se por meio de um culto comum a todos, e todo grupo religioso exerce, de uma forma ou de outra, uma influência política. Isso é ainda mais verdadeiro no caso da Escola pitagórica, cujo chefe nada mais é do que um deus ou, pelo menos, um *daimôn* enviado aos homens por Apolo para lhes trazer um ensinamento específico que, em razão de sua origem divina, deve ser reservado, ou seja, protegido pelo segredo. Segundo Plutarco (*Numa*, 22) e Nicômaco de Gerasa (segundo Porfírio, 57), a doutrina dos pitagóricos era, assim como a dos Mistérios, *arretos*, ou seja, submissa à proibição da divulgação."

98 Pensamento completo, profundo ou cômico, que faz uso de 20 sílabas. Pode ser escrito em mais de um verso, mas cada verso subseqüente deve manter a contagem de sílabas. (N.Ts.)

pentágonos sobre a esfera, ele se afogou no mar, como punição pelo sacrilégio de ter desejado atribuir a si mesmo a glória dessa invenção."[99] Segundo Clemente de Alexandria,[100] "de qualquer maneira, dizem que Hiparcos (Hípaso), culpado de haver desvelado por escrito os mistérios de Pitágoras, foi definitivamente excluído da Escola, e construíram para ele um monumento fúnebre, como se ele estivesse morto".

Qualquer que seja a versão adotada sobre o castigo de Hípaso, nada resta além do fato de que, como no caso da divulgação dos mistérios de Elêusis, nenhum perdão poderia ser esperado por essa falta inescusável.

Se nos for permitido, façamos uma digressão com relação a Hípaso colocando em cena alguns notórios personagens da Comunidade e fornecendo alguns detalhes sobre eles.

Hípaso é conhecido, sobretudo, devido ao escândalo que coloca em evidência, de forma bastante desagradável, o clima de suspeita e de exclusão em relação aos refratários. No interior da Comunidade demonstrava-se uma cumplicidade das mais calorosas. Proclamava-se que "entre amigos tudo é compartilhado". Apesar disso, as sanções precisavam ser tão implacáveis?

É possível acreditar que Hípaso,[101] oriundo de Metaponto ou de Síbaris, tenha sido por algum tempo o responsável pelos

[99] Jâmblico, *Vie de Pythagore* [Vida de Pitágoras], *op. cit.*, p. 88.
[100] Clemente de Alexandria, *Stromates* [Estrômatas], *op. cit.*, V, 58.
[101] "Hípaso de Metaponto também foi discípulo de Pitágoras. Ele afirmava que as transformações do Universo se inscrevem em um tempo definido e que o Todo é finito e eternamente dinâmico", in Diógenes Laércio, *Vie, Doctrines et Sentences des philosophes illustres* [Vida, doutrinas e proposições dos filósofos ilustres], citado in *Les Présocratiques* [Os pré-socráticos], *op. cit.*, VIII, 84.

matemáticos. Ele teria trabalhado no campo da física e lhe seria atribuído também um *Discurso místico.* Alguns fragmentos de outras obras suas são citados por Aristóteles, Diógenes Laércio e Jâmblico. Sobre ele, Aécio (século II d.C.) afirma: "Para Hípaso de Metaponto e Heráclito de Éfeso, filho de Blyson, o Todo é um, imóvel e limitado, e é o fogo que constitui o princípio inicial."[102]

Alcmêon de Crotona passa freqüentemente por fundador da célebre Escola de Medicina. Ele, porém, foi apenas o responsável pelo seu desenvolvimento. Ao redor de Pitágoras, existe uma enorme quantidade de questionamentos tanto no que diz respeito a ele próprio quanto aos seus próximos.

Para dar consistência e vida a esse grupo de inventores, surge a tentação de se realizar uma pausa para falar não somente de Alcmêon, mas também de Mílon, cujo papel no que diz respeito ao futuro da Escola (como se verá mais adiante) foi o de um sujeito ambicioso, aferrado à sua fama de atleta, cujas estratégias políticas estiveram presentes na origem do desastroso êxodo de todos os pitagóricos excluídos de Crotona.[103]

Falemos inicialmente do jovem médico cuja vocação foi confirmada pelo Mestre.[104]

---

[102] Aécio, *Opinions des philosophes* [Opiniões dos filósofos], I, V, 5.

[103] "De fato, a adolescência de Alcmêon coincide com os últimos anos da vida de Pitágoras...", in Aristóteles, *Métaphysique* [Metafísica], *op. cit.*, A, v, 986 a 22. Esta não é uma nova fonte de perplexidade, entre outras?

[104] "A mais antiga das escolas médicas é, sem dúvida, a de Crotona, na Magna Grécia, que foi célebre no último quarto do século VI a.C. Seu fundador, Alcmêon, pertencera à confraria pitagórica e havia sido um dos primeiros discípulos do Mestre de Samos... O nascimento de Alcmêon ocorreu, portanto, por volta do ano 540", cf. Robert Baccou, *Hippocrate* [Hipócrates], Seghers, 1969, p. 23.

Alcmêon tem a ousadia de praticar — ninguém havia feito isso antes dele — a dissecação, o que lhe permite compreender o funcionamento do ouvido e do olho. Empédocles, meio século mais tarde, se dedicará às mesmas investigações audaciosas. Abordagens hesitantes e emocionantes, tais como...

"É graças ao vazio que ocupa o interior do ouvido que escutamos... visto que tudo que é oco ressoa."[105]

"Para Alcmêon, a visão necessita da participação da parte transparente do olho."[106]

"Segundo Alcmêon, o que distingue o homem dos outros animais é que ele é o único a dispor da consciência, enquanto os outros animais possuem sensações sem ter consciência."[107]

"Alcmêon de Crotona acreditava que, por serem animados, os astros eram deuses."[108]

"Alcmêon afirma que os homens morrem porque não são incapazes de unir o começo com o fim."[109]

No terreno da física, Alcmêon oferece sua contribuição às teorias do Mestre e apresenta uma nova *tabela de oposições* acrescida de 10 pares. Por meio de um método analógico, ele consegue fazer coincidirem alguns fenômenos relativos aos reinos animal e vegetal. Ele delimita o parentesco que aproxima o pássaro do mamífero.

Na verdade, como pretendem alguns, terá sido ele o primeiro a afirmar o movimento perpétuo da alma imortal, uma vez que ela se move por si mesma?[110]

---

[105] Cf. Aécio, *Opinions des philosophes* [Opiniões dos filósofos], *op. cit.*, IV, XVI, 2.
[106] *Ibid.*, IV, XIII, 12.
[107] Teofrasto, *Du sens* [Sobre os sentidos], 25.
[108] Clemente de Alexandria, *Protreptique* [Protréptico], 66.
[109] Pseudo-Aristóteles, *Problèmes* [Problemas], XVIII, III, 916 a 33.
[110] Platão, *Phèdre* [Fedro], 245 c.

Algumas palavras a respeito de Demokedes, que, muito provavelmente, esteve presente na origem da decisão de Pitágoras de se estabelecer em Crotona. Ele irá reunir-se à Comunidade apenas quando esta já tiver estabelecido suas bases. Segundo Heródoto,[111] isso parece ser coisa certa. Conhecedor de sua posição de homem importante, não teria ele feito isso na esperança de se tornar um dos dirigentes de Crotona, sua cidade natal? Identificam-se ali as intenções suspeitas de alguns Pitagóricos no terreno da vida pública que provocarão longas discussões. É justamente a filha de Mílon que se casa com Demokedes, quando este reassume seu lugar na Escola.

Vejamos o que nos relata Heródoto, à sua maneira, como sempre agradável: "O rei Dario sofrera um acidente ao cair de seu cavalo durante uma caçada e havia deslocado o tornozelo. Havia muito ele adquirira o hábito de andar acompanhado pelos mais reputados médicos egípcios e pôde rapidamente recorrer aos seus cuidados. Os médicos, porém, ao manipularem o pé do rei de maneira brutal, só agravaram o problema. Durante sete dias e sete noites Dario não pôde dormir de tanto sofrimento... quando, em Sardes, alguém que anteriormente havia ouvido elogios a respeito dos méritos de Demokedes de Crotona informa o rei sobre esse médico. Dario ordena que o façam vir o mais rápido possível: ele acaba sendo encontrado no meio dos escravos de Oroités, com os quais é confundido e conduzido à presença do rei, arrastando seus ferros e coberto por farrapos."[112]

[111] Heródoto de Halicarnasso, *Enquête* [Pesquisa], *op. cit.*, III, 125, 129, 137.
[112] *Ibid.*, III, 129.

Temendo jamais poder voltar à Grécia, agora que sofria o mesmo destino dos prisioneiros, Demokedes nega possuir os conhecimentos que lhe atribuem. Dario, porém, manda que sejam trazidos chicotes e dardos, e Demokedes é obrigado a confessar seus conhecimentos. Ele acaba por curar não somente o rei, mas também a rainha Atossa, que sofria de um tumor maligno. Sua fama, antes estabelecida em Égina, estende-se posteriormente a Atenas, onde ele havia curado os pisistratidas, e finalmente alcança a cidade de Samos, quando o tirano Polícrates faz com que seja expulso de lá. Permanece com os persas muito mais tempo do que desejava e só obtém o direito de permanecer algum tempo na Grécia depois de passar por grandes dificuldades. Evidentemente, os médicos egípcios que não conseguiram curar Dario foram empalados.

Esses parênteses no decorrer de nossas investigações não têm outra razão senão a de situar alguns dos personagens mais em evidência.

Em primeiro lugar, Filolau (que pertence à geração seguinte) e Árquitas de Tarento (por volta de 440-350), Aristóteles (384-322), Aristoxeno de Tarento, filósofo e músico (século IV), Heráclides do Reino do Ponto (388-312), Diodoro da Sicília (século I), Estrabão (63 a.C.- por volta de 20 d.C.), Plutarco de Queronéia (por volta de 46 ou 49-125 d.C.), Aécio (por volta de 100 d.C.), Diógenes Laércio (século III d.C.), Porfírio de Tiro (233-303 d.C.) e , para finalizar esta lista que nada mais é do que uma referência, um tipo de jogo de ricochetes que anuncia outros desenvolvimentos, apresenta-se o informador por excelência: Jâmblico de Cálcis (250-330 d.C.).

Controlar essa profusão de testemunhas não nos dispensa de considerá-las, por vezes, com um agradável interesse.

Pitágoras não tolerava qualquer familiaridade em relação ao pequeno grupo de companheiros, cuja ligação com ele era de temor reverencial, em nossa opinião excessivo[113] — citemos detalhadamente os nomes dos componentes desse primeiro grupo de adeptos antes de observá-los em ação.

Inicialmente: Brontino de Cízico (ou de Metaponto), autor de um *Traité de la raison et de l'opinion* [Tratado sobre a razão e a opinião], citado por Jâmblico e Estobeu, assim como de poemas órficos, como o *Péplos* [Peplos] e os *Éléments de la nature* [Elementos da natureza].[114] Petron de Himera é relembrado por Plutarco, que menciona um curto fragmento desse autor no qual ele considera os 124 mundos que se deslocam através do Infinito. A cosmologia é, portanto, seu domínio.

Hípaso de Metaponto, que permaneceu tristemente célebre.

Mílon de Crotona, cujas condutas foram igualmente nefastas.

Teano, esposa de Pitágoras, nascida em Creta, que se acredita ser filha de Brontino. Cinco fragmentos de um tratado, recolhidos por Estobeu, refletem o dogma do princípio primordial instituído por Pitágoras: "Ele não disse que tudo nascia a partir do Número, mas que tudo havia se formado segundo o Número, pois é no interior do Número que a ordem essencial reside."[115]

---

[113] Jâmblico, *Vie de Pythagore* [Vida de Pitágoras], *op. cit.*, 88: "*Ele* disse, *Ele* fez", sem citar o nome do Mestre.

[114] *Ibid.*, p. 267. Diógenes Laércio, *Vie, Doctrines et Sentences des philosophes ilustres* [Vida, doutrinas e proposições dos filósofos ilustres], *op. cit.*, VIII, 42, e ver Ivan Gobry, *op. cit.*, p. 66.

[115] Tradução de Mario Meunier.

Será que foi por viver ao lado de um hábil sedutor, o qual, justiça seja feita, jamais prescindia de sua dignidade, que Teano redigiu um tratado sobre a arte de vencer os ciúmes?[116]

Provavelmente, Myia, a filha de Pitágoras e de Teano, foi esposa de Mílon. Por essa razão, Mílon recebeu um lugar na esfera política de Crotona. Myia ficou conhecida em razão de uma Carta a Fílis, que trata dos deveres de uma jovem mãe. Assunto considerado dos mais humildes em contraposição às audaciosas especulações, freqüentemente abstratas, dos personagens com quem ela convivia.[117]

O número de adeptos chega inicialmente a 300 e, posteriormente, a 600, iniciados em diversos níveis, sob a vigilância de Pitágoras no papel de orientador de consciências.

É claro que alguns sugeriram ao Mestre estender o movimento à cidade inteira. Fazer de Crotona um vasto "laboratório experimental", capaz de formar homens com uma forma especial de governar suas vidas e, sobretudo, com uma orientação política determinada em relação aos povos bárbaros e aos outros gregos.

Já vimos que a vida cotidiana é regulada pelos mais próximos com extrema minúcia, que exigem uma observância mais ou menos rigorosa dos preceitos fundamentais para os "simpatizantes", que são bastante numerosos.

---

[116] Em Ivan Gobry, *Pythagore* [Pitágoras], *op. cit.*, p. 67.
[117] Jâmblico, *Vie de Pythagore* [Vida de Pitágoras], *op. cit.*, p. 267.

O que fazem eles fora dos períodos de estudo, das reuniões e dos colóquios? O que fazem eles além das atividades obrigatórias de se banhar, fazer ginástica, dizer poesias, cantar e dançar nos dias de festa?

Eles fazem música, a música da qual decorre e sobre a qual se apóia toda espécie de Harmonia. Para os pitagóricos, a música surge sob um duplo aspecto: o que conduz à alegria natural, quase ingênua, e o que gera as leis da eternidade que regem o universo. A música abre o acesso a esse outro lado das coisas do qual se adivinha a existência. Não seria ela a própria magia antes de ser revelada como essência matemática?

No começo é a música e, com ela, a Harmonia que ela gera.

Para se penetrar — para fazer parte do *encantamento* no qual Orfeu é brilhante —, é importante familiarizar-se com quem o produz. Aprender a manejar instrumentos inventados por seres humanos comuns, ouvir o ruído das ondas, o bramido das tempestades e, sobretudo, o canto dos pássaros.

O pássaro é, simultaneamente, o instrumento e o instrumentista. Ele repete tanto o conjunto de sons comuns à sua espécie — como o chapim-real, o cartaxo comum ou o canoro papa-moscas — quanto improvisa — como a toutinegra-real, o melro ou o rouxinol. É possível sentir o esplendor e a delicadeza da alegria que o pássaro oferece a si mesmo.

A voz humana, a voz de Orfeu, possui a mesma firmeza, o mesmo poder de encantar que o canto dos pássaros. A voz é o primeiro meio de comunicação ao alcance da criança e do homem. Eles a usam instintivamente. Na Grécia, os coros ensaiavam durante o ano inteiro para se apresentarem por ocasião das festas religiosas; as *liturgias* eram confiadas aos mais ricos, que assumiam as despesas relativas a elas. A partir de

Homero, o aedo fazia-se acompanhar pela cítara e, assim como o adivinho, era um personagem enraizado no imaginário coletivo; sua presença incitava a emoção que exalta ou acalma.

Por outro lado, a música é dotada de um poder muito mais eficaz do que as terapias inventadas pela medicina. Pitágoras sabia disso.

"Quando seus companheiros se levantavam, ele os livrava de seu torpor noturno, da fraqueza e da letargia da noite com a ajuda de certos cantos, de melodias específicas, executadas na lira ou por meio da voz." "Ele fazia com que toda educação começasse por meio da música... um meio, por excelência, de proteger contra as enfermidades do corpo e da alma." "Na primavera, no centro de um círculo de cantores ele colocava um tocador de lira."[118] Os companheiros utilizavam-se igualmente da música para tratar das paixões, da depressão e do desespero. Serviam-se, nesse caso (como Pitágoras observara no Egito), de diversos encantamentos.[119] Parece que a lira, assim como a cítara, era um instrumento privilegiado; o *aulo* produzia um som que, por vezes, era capaz de provocar arrebatamentos excessivos (como tudo o que vem de Dioniso, a quem pertence o instrumento).

Em princípio, o que é a lira, o que é a cítara e o que é a flauta?

A priori, distingue-se mal a lira da cítara e da *phorminx,* ou mesmo daquela pequena harpa triangular que se parece com as

[118] *Ibid.*, pp. 64-65.

[119] *Ibid.*, p. 110.

harpas egípcias que figuram num vaso que data de 430 a.C.[120] Depois de um exame, porém, a diferença aparece, e a sonoridade não é a mesma.

Entre os instrumentos de corda, a lira é reconhecida como a mais antiga. Em nenhum caso ela pode ser confundida com a cítara em razão dos elementos que constituem uma e outra.

Hermes foi o inventor da lira, com a qual presenteou Apolo, a fim de acalmar o deus, irritado pelo rapto de 50 novilhas. Esse foi o preço da reconciliação entre o divino ladrão e seu irmão. Tendo arrancado a carapaça de uma tartaruga, Hermes implanta nela dois chifres de cabra nos quais amarra e estica sete cordas feitas a partir de tripas atadas a uma barra transversal por meio de cravelhas, sendo tudo isso sustentado por um cavalete.

Não se deve cometer o engano de considerar a cítara um aperfeiçoamento da lira. Na época clássica, os dois instrumentos coexistiam. Homero, que conhecia a cítara, não menciona a lira. É a cítara que ocupa o lugar de honra nos grandes concursos oficiais.[121]

No que diz respeito à cítara, a caixa de ressonância é feita de madeira, o que permite que o instrumento tenha maior dimensão, além de uma sonoridade mais potente. Nela também uma barra transversal e um cavalete permitem controlar as cordas, cujo número sofreu variação, aumentando, mais tarde, de três para 18.[122]

É preciso citar a *phorminx*, um tipo de cítara que apresenta o aspecto de uma lua crescente. Finalmente, a harpa, de origem

---

[120] J. Chailley, *La Musique grecque antique* [A música grega antiga], Les Belles Lettres, 1979, p. 63.
[121] *Ibid.*, p. 67.
[122] *Ibid.*, p. 66.

estrangeira, principalmente egípcia, que será designada pelo nome de *psaltérion* e que pode assumir a forma de um triângulo, daí a origem do nome *trígono*; encontram-se igualmente em uso a *sambuca,* a *nablas* fenícia de 12 cordas e algumas outras variedades de harpas originárias das ilhas e da costa jônica.

Os restos de uma *sambuca* foram encontrados em uma tumba minóica. Isto evidentemente confirma a crença de que a música grega originou-se da música de Creta.[123] Como demonstram as imagens dos aedos, geralmente representadas em vasos, a cítara e a lira eram colocadas sobre os ombros ou apoiadas sobre os joelhos.

O uso de um arco, geralmente feito de madeira, de tamanho variável, segurado com a mão direita, consta como algo certo. Como definir, porém, o que fazia a mão esquerda? Para uns, ela serve para amortecer a vibração de algumas cordas; para outros, tem a capacidade de dedilhá-las. Com seu toque único, mas criativo e ligeiro, ela produz as escalas harmônicas, como ocorre habitualmente com a guitarra. Justaposta a meia altura das cordas, ela permite que se alcancem as oitavas.

A cítara e a lira são instrumentos consagrados a Apolo.

À segunda família de instrumentos utilizados desde a época homérica, denominados instrumentos de sopro, pertence o *aulos,*[124] bastante popular e que serve tanto para ritmar a cadência dos remadores de uma galera quanto para animar as festas dionisíacas, trazendo alegria e atraindo bons augúrios. O *aulos* é também o instrumento que conduz as lentas evoluções do corifeu e do coro nas representações teatrais.

---

123 *Ibid.*, p. 74.

124 Designação particular de certo tipo de cítara. (N.Ts.)

O *aulos* não é de maneira alguma uma flauta — mesmo que uma constatação como esta seja surpreendente —, pois é dotado de uma lingüeta independente e que vibra.

O nome flauta deve referir-se à *flûte des bergers* [flauta dos pastores], simples adaptação de um pedaço de bambu ou haste sólida e oca na qual são feitos alguns orifícios; deve referir-se também à *syrinx,* ou flauta de Pã, constituída de um conjunto de bambus de tamanhos desiguais e soprada de uma maneira particular.

O que torna o *aulos* tão singular é, evidentemente, a ***lingüeta,*** que pode ser simples ou dupla, e entra em contato direto com a boca, produzindo fortes vibrações que aumentam o alcance e a diversidade dos sons. O tubo do *aulos* (que pode ser duplo, o que permite o acompanhamento em bordão) é evidentemente cilíndrico, talhado em madeira e, por vezes, em osso ou marfim; a lingüeta é feita a partir de um bambu, cujo processo de secagem dura três anos. Em geral, esse tubo recebe quatro furos, correspondentes aos quatro dedos de cada mão; o polegar serve para manter fixo o corpo (ou corpos) do instrumento. No segundo caso, os dois tubos de direção divergente são encaixados, sem que haja junção entre eles. Um apoio para o queixo por vezes auxilia o instrumentista a manusear o instrumento. A imagem oferecida aos ouvintes é bastante deselegante. Cada vez que se dá um sopro mais forte as bochechas inflam...

Alcibíades, sobrinho de Péricles, um estratego extremamente belo, cuja insolência e extravagâncias tanto incomodaram a cidade de Atenas, recusa-se, em sua época de estudante, a submeter-se a tal deturpação de seu aspecto.

Por outro lado, segundo Aristoxeno de Tarento (nascido por volta de 350), o primeiro verdadeiro teórico da música, o *aulo* soa tão falso que ele considera impossível utilizá-lo para definir os intervalos!

Eles permanecem sentados em círculo no interior da grande sala na qual o Mestre costuma deliberar; a porta aberta permite perceber o vaivém das andorinhas, ocupadas em alimentar seus filhotes empoleirados sobre os galhos das árvores.

Eles estão sentados ali como se ainda fossem os alunos de escola que foram um dia. Sem dúvida, entre eles se encontram Hípaso, Teano e até mesmo Alcmêon, mesclados aos desconhecidos que fazem parte do grupo de benfeitores da Comunidade. A Comunidade não vive apenas dos bens em comum, cujos rendimentos são cuidadosamente aumentados, mas também de oferendas feitas por qualquer rico negociante de Crotona ou da vizinha Síbaris, cidade de hábitos dissolutos.[125] Os tamboretes sobre os quais eles se instalaram evidentemente não são forrados de pele de carneiro, mas sim por uma almofada de tecido estofada com ervas secas. Alguns deles permanecem de pé; são os tocadores de *aulos,* que precisam de mais espaço para se mover. Em meio à penumbra ao fundo, perto do altar no qual ainda queimam os incensos da manhã, as fisionomias parecem austeras. Por vezes, um riso se faz ouvir, mas é logo reprimido. Quem teve a ousadia de rir? Por pouco não se começava a rir pelo fato de se ter rido.[126]

---

125 Émile Mireaux, *La Vie quotidienne au temps d'Homère* [A vida cotidiana nos tempos de Homero], Hachette, 1954, p. 83.

126 Cf. Maurice Meuleau, *Égypte, Orient, Grèce* [Egito, Oriente, Grécia], Bordas, 1965, p. 238 e seguintes.

O domínio de uma disciplina tão importante quanto a música exige uma atenção que sensibiliza a alma e expande o ouvido. As paredes da sala estão completamente nuas, mas ao redor das duas janelas foram pintadas flores-de-lis, polvos e um pássaro azul. Recordações de Creta, onde, no mar Egeu, tateia-se pela primeira vez em busca de sons. Em um canto, amontoados sobre o próprio piso, encontram-se moluscos e conchas do mar, dos quais se retiram as polpas. Ali é preciso andar descalço sobre a fina camada de areia que recobre o piso. Aliás, muitos dos discípulos se esquecem de calçar os sapatos quando estão fora da sala. De tempos em tempos, não muito longe dali, entre o murmúrio distante das vagas, ouvem-se o cantar de um cuco e os apelos roucos das gaivotas.

O organizador dessa aula de música está sentado sobre uma cadeira de pés curvos. A cítara repousa sobre o lado esquerdo de seu corpo, ele faz observações sobre a maneira correta que o arco deve roçar as cordas. Depois de haver tocado alguns breves acordes, convida os alunos a repeti-los. Nada disso está escrito, e tudo deve ser aprendido de imediato. A memória permanece constantemente em jogo, como um reservatório do invisível que existe paralelamente à proliferação das formas visíveis.[127]

Na verdade, não são todos os noviços que se dedicam com buliçoso prazer à repetição conjunta de um fragmento executado de maneira ágil no teatro consagrado a Dioniso. Acontece, porém, que Brontino, por exemplo, abandonara essas práticas desde os tempos da adolescência. Ocorre que Myia, que tocava cítara, resolve passar a tocar o *aulos*, apesar da opinião reticente

[127] A respeito dos fragmentos musicais escritos por meio do alfabeto e dos signos, consultar Chailley, *La Musique grecque antique* [A música grega antiga], *op. cit.*, p. 22.

de seu pai, pois este era considerado o instrumento das cortesãs. Em meio às cacofonias provocadas por notas musicais erradas, sucedem-se momentos de exultante triunfo, nos quais a música se transforma e abre completamente suas asas.

Alguns adolescentes, parados sobre a soleira da porta, escutam. Eles esperam sua vez. Os rapazes não se apresentam ali completamente nus, como acontece em Esparta, mas usam um tecido transversal preso ao ombro. As moças circulam umas ao lado das outras com longas túnicas que usam à maneira de Éfeso ou de Samos.

"Todas as noites, quando seus companheiros se preparavam para dormir, Pitágoras libertava-os das preocupações e tumultos do dia graças à música; purificava seus espíritos agitados concedendo-lhes um sono tranqüilo, pleno de sonhos agradáveis e, por vezes, proféticos... Em contrapartida, ele não aplicava esse mesmo método de utilização dos instrumentos e da voz a si próprio. Aproveitando-se de toda sua estupenda superioridade divina, ele apurava os ouvidos e fixava sua atenção nos acordes celestes do universo. Apenas ele percebia e compreendia *a harmonia e unissonância das esferas* e do conjunto dos astros em movimento."[128]

[128] Jâmblico, *Vie de Pythagore* [Vida de Pitágoras], *op. cit.*, p. 114.

Sempre presente na Comunidade, a importância da música é tão grande que atinge todos os domínios; ela é fundamental não apenas para o progresso das disciplinas de ordem científica, mas também para os detalhes da vida cotidiana.

Em países próximos ou distantes, é conveniente procurar alguns pontos de referência relativos à importância da vibração e de seus efeitos. Pitágoras somente tivera a audácia de inovar porque outros, antes dele, já haviam aberto o caminho. A questão aqui será tratar, mas apenas brevemente, do poder atribuído ao som — ao som fundamental —, utilizando, para isso, fatos que as civilizações antigas nos concederam por empréstimo. Posteriormente, sempre haverá tempo de passar aos sistemas instituídos, aos métodos, aos cálculos e ao estabelecimento da harmonia determinada pelos *modos* musicais.

De onde provêm esses *poderes* atribuídos ao som, à palavra, à música e a todas as formas de vibração?

Primeiramente do Egito, onde nasceram os mistérios que Orfeu celebra e divulga por toda a Grécia. "Em honra dos mistérios de Elêusis ressoam os címbalos de bronze" (Píndaro [poeta lírico], *Isthmiques* [Ístmicos]). No Egito, Pitágoras aprendera que, para criar o mundo, Rê contentava-se em fazer o espaço vibrar com a musicalidade de sua voz (a maior parte das teologias reconhece no Verbo esse mesmo poder). Aliás, a entonação é fonte ilimitada de energia. A entonação pode promover a tranqüilidade ou o mal-estar.

Clemente de Alexandria situa os cantores, os hinistas egípcios, entre os sacerdotes superiores, pois o importante é que os sons sejam absolutamente perfeitos, que o ritmo das melodias esteja de acordo com as pronúncias sagradas.[129]

A música pode cobrir-se de *vibrações verdadeiramente assassinas* e infernais (o que continua a ser algo atual...). Da mesma forma que as fórmulas mágicas tão veneradas pelos egípcios, por meio das quais é possível prejudicar livremente os inimigos e, até mesmo, destruí-los.

A importância da palavra mestra está ligada ao seu suporte musical,[130] que é a voz humana, considerada como instrumento.

Quando emitida através do espaço, a uma velocidade completamente inimaginável, essa voz humana deve ajustar-se à irradiação sonora de cada um dos planetas. Sua eficácia depende dessa equivalência.

Ísis, a deusa detentora de poderes mágicos em honra de quem, a cada primavera, eram celebrados os mistérios, por meio de procissões que anunciavam as cerimônias de Elêusis (o mito osírico da ressurreição que obseda e obsedará para sempre a humanidade encontra-se no coração dessas fervorosas manifestações), perde em eficiência para o primeiro dos detentores da

---

129 Cf. S. Sauneron, *Les Prêtres de l'Ancienne Égypte* [Os sacerdotes do antigo Egito], *op. cit.*, p. 65.

130 "A antiga sabedoria dos gregos está ligada à música. O mais musical e o mais sábio entre os deuses era Apolo, e entre os semideuses, Orfeu", in Ateneu, *Les Deipnosophistes* [O banquete dos sofistas], Les Belles Lettres, 1956, 14, 632C.

fórmula, ou seja, Thot,[131] o íbis divino, o escriba sagrado que incubara o ovo do mundo[132] e a quem se atribui — de acordo com diferentes versões — a criação universal, tendo utilizado para isso apenas o *som* de sua voz.

Em conseqüência de sua familiaridade com a vibração eterna por ele emitida, algumas tradições egípcias atribuem a Thot a origem de todas as coisas.

Como deve ter sido imenso (e útil aos seus propósitos) o assombro de Pitágoras ao descobrir a ligação que Thot estabelecera entre a mística e a ciência. Thot foi o inventor não apenas da aritmética, da topografia, da geometria e da astronomia, mas também da adivinhação, da magia, da medicina, da cirurgia, da música e dos instrumentos de sopro e de cordas e, em primeiro lugar, do desenho e da escrita.

Seguramente, os encantamentos mencionados por Jâmblico não tinham outra origem.

Como negligenciar a influência exercida pelos países do Oriente próximo ou distante? A Caldéia, a Mesopotâmia e a Pérsia, por exemplo, onde o sujeito em questão mais ou menos ditava os comportamentos?

É no Tibete que se estabelece um parentesco mais preciso com as convicções dos sacerdotes egípcios. Certamente, a Grécia

---

131 "A principal festa do deus com cabeça de íbis, ensina-nos Plutarco, era celebrada no dia 19 do mês de Thot, alguns dias após a lua cheia, no início do ano, quando todos se dirigiam aos amigos com as seguintes palavras: 'Doce é a verdade...'" Cf. Félix Guirand, *Mythologie générale* [Mitologia geral], Larousse, 1935, pp. 22-23.

132 "O Ovo visto como um símbolo da criação?... pode ser encontrado nas Índias, na Pérsia, na Assíria e no Egito." Do próprio ovo, por meio do pássaro, brota o canto do mundo. Além dos órficos, esse tipo de cosmogonia era professado por Epimênides de Creta. Em sua comédia *Oiseaux* [Pássaros], Aristófanes retirou cenas bastante surpreendentes dessa cosmogonia. Cf. Guthrie, *Orphée et la Religion grecque* [Orfeu e a religião grega], *op. cit.*, p. 109.

não poderia estar informada dessas semelhanças. A Índia e o Tibete permaneciam fora do círculo de países com os quais se realizavam trocas. Quem pode afirmar, porém, que certos itinerantes não trouxeram alguns fragmentos de seus saberes?

É interessante traçar um paralelo entre as aquisições feitas pelos pitagóricos e as realizadas pelos habitantes do Teto do Mundo, tanto uns como os outros fascinados, simultaneamente, pelas mesmas questões. "O segredo desse poder oculto do som e da vibração, que oferece a chave dos mistérios da criação e da força criadora, assim como descobre a natureza das coisas e os fenômenos vitais, era bem conhecido dos antigos profetas, tais como os *rishis,* sábios que viviam nas encostas do Himalaia, os 'magos' da Pérsia, os adeptos da Mesopotâmia, os sacerdotes egípcios e os iniciados gregos..."[133]

Na Índia, o conhecimento e a experimentação em relação ao som fundamental se desenvolveram por intermédio dos exercícios de ioga; sua tradição, conhecida sob o nome de *yogacara,* ainda se mantém no presente em territórios que vão do Tibete ao Japão, em países nos quais se pratica o budismo *mahaiana.*

Alexandra David-Neel descreve um "Mestre do som" que, como Pitágoras, afirmava que todos os seres e coisas emitem sons segundo a sua natureza...[134] Todos os seres e coisas são *agregados de átomos que dançam e, com seus próprios movimentos, emitem sons.*

---

133 Lama Anagarika Govinda, *Les Fondements de la mystique tibétaine* [Os fundamentos da mística tibetana], Albin Michel, 1990, p. 28. Segundo Louis Gernet, "Atena havia igualmente inventado o 'nome de sete cabeças', um som emitido pela flauta: os sons produzidos pelo instrumento representavam o sibilar das serpentes Górgonas, ouvido quando Perseu decapitou a Medusa...", in *Le Génie grec dans la religion* [O gênio grego na religião], *op. cit.*, p. 123.

134 Alexandra David-Neel, *Voyage au Tibet* [Viagem ao Tibete], Plon, 1927, cap. VIII.

No Tibete, os Mestres ensinam que a força do *mantra* (oração ritual) "reside no efeito das ondas sonoras ou oscilações das ínfimas partículas de matéria que — a experiência pode demonstrar — agrupam-se em determinadas formas geométricas que correspondem à qualidade, à intensidade e ao ritmo do som".[135]

A eficácia de um mantra, contudo, somente se manifesta se a recitação for realizada por um iniciado, ou seja, por aquele que assumiu, na totalidade de seu ser, os efeitos do mistério cósmico de onde saiu o *Verbo* e que foi, simultaneamente, concebido pelo *Verbo.*

Trata-se, nem mais nem menos, de acordar — de reavivar — em si próprio forças latentes que podem ser boas ou más e fazer uso imediato delas.

É possível considerar a prática mântrica como a provável manifestação de uma sabedoria que requer disciplina e paciência na jornada interior.

Por isso, a vocalização do OM MANI PADME HUM tibetano,[136] que se for repetido infinitamente resplandece como a aurora no coração daquele que o recita, só exerce seu efeito benéfico se houver ausência precisa de intenção. A entrada no Vazio inicial, cujas ondas fluem e giram como o voar das pombas ou como um enxame de cometas, exige vacuidade e respeito da parte de quem tem a ousadia de manipular a fórmula que oculta o *segredo* por *excelência.* Em todo caso, um segredo humilde com o qual o som produzido pelas ondas bate às portas incomensuráveis do tempo.

Tantas vezes mal utilizadas e ridicularizadas, a magia da palavra e a magia do som são anuladas por sua própria supera-

---

135 Lama Anagarika Govinda, *Les Fondements de la mystique tibétaine* [Os fundamentos da mística tibetana], *op. cit.*

136 "A jóia no coração do lótus."

bundância. Inumeráveis fetos que emergiram das sombras e que nelas voltam a imergir. A voz pode não ser mais do que uma forma de ruído.

É imensa a beleza das entonações que o homem é capaz de emitir, e elas subjugam e abalam quando se trata, por exemplo, de Orfeu.

Falar da palavra. Celebrar as maravilhas e delícias do canto.

Inicialmente, o som é como um sopro. Ele toma emprestado ao vento sua impalpável leveza, sua doçura e sua impetuosidade.

O *encantamento* nasce e se forma a partir do momento em que a *voz* passa a celebrar, a modular conscientemente, a modelar seu fluxo sobre as forças do Invisível. Quem é que fala aqui por nosso intermédio? Muito mais do que fazem os longos discursos, sua coloração particular revela o estado alcançado por todo ser humano. Seu mais íntimo ser. Seu devir latente. Seus medos e seus desejos.

Diversidade extrema de inflexões e tonalidades que pode adquirir uma voz quando se expressa normalmente por meio da música que pode ser introduzida de forma estridente, desagradável ou refinada.

O canto das sereias que se encontravam encarapitadas nos mastros do barco em que Ulisses navegava possuía estridores funestos? Em princípio, toda voz constitui um apelo, uma provocação à resposta. A voz do poeta magnifica qualquer coisa, mesmo que essa coisa nunca tenha existido, não exista mais ou venha a existir algum dia. A voz é algo incomensurável.

A voz do Mestre provocava um encantamento consentido por todos? Escutamos os ecos de sua voz sonora e grave secretamente trabalhada por uma exultação sem qualquer objetivo, prudentemente controlada, mas que magnificava o menor murmúrio. Esta era precisamente a voz de Pitágoras.

Foi a partir do "canto" das cigarras e dos pássaros que Orfeu encontrou as revelações e os ensinamentos. No cadinho de sua imobilidade, em sua violenta monotonia, as cigarras não cessam de forjar sua própria fluidez, sua própria liberação. Por meio dessa cadência seca e regular, dessa fuga imóvel, uma senha se repete. Qual é esta senha?

A voz do Invisível assemelha-se à voz das ondas, que se eleva e depois se desfaz. Assim como faz a Pitonisa em Delfos, quando anuncia mensagens incompreensíveis. Como a voz dos profetas que fustigam a ignorância e a má vontade.[137]

A voz tranqüiliza a criança que chora e o homem enlutado.

---

137 "... Virtude terapêutica das palavras e do canto reunidos em *dísticos*... que curam, purificam, tranqüilizam, adormecem, sugerem e conjuram segundo seu conteúdo e a arte daquele que os utiliza. Pitágoras servia-se deles para promover a calma e a saúde...", "Ele talvez não fosse temerário em imaginar, no passado de *Delfos*, um momento em que a música ocupara um lugar mais importante do que os textos que o fazem pensar.", "O canto, acompanhado pela cítara, ali teria sido de uma eficácia imediata, *encantatório*... Isso explicaria a devoção dos pitagóricos, grandes adeptos da *catártica musical*, por Apolo Pítico...", ou seja, por Apolo, o Purificador. "Apolo foi exilado por ter derramado sangue: os pitagóricos deviam sentir-se próximos a esse deus que reconhecia a importância da impureza e da purificação." (Cf. Marie Delcourt, *L'Oracle de Delphes* [O Oráculo de Delfos], Payot, 1955, pp. 202, 204 a 207.)

Por trás da cortina que o separava dos discípulos que buscavam seu próprio ser original — por trás dessa cortina onde ele se ocultava para não impedir que eles usassem de franqueza —, o Mestre ouvia vibrar sua própria voz em expressões de interrogação, de acusação e compaixão.

Tudo isso como um músico experiente que sabe como transformar-se em taumaturgo, como curar enfermidades e ressuscitar os mortos.

ʘʘʘʘ

Como é imperioso o coro simples dos grilos, que oscila entre as fronteiras do agudo e do inaudível, sob o luar de uma noite de verão! Produz-se um fervilhar de presenças que admiram o vazio celeste no qual os planetas murmuram em uníssono.

Com seu ronronar, os gatos estabelecem um diálogo idêntico e geram o desfiar de uma interminável litania. Os gatos sagrados do Egito — que, como Pitágoras pôde constatar, eram embalsamados como criaturas humanas — sabiam produzir um determinado som, sem razão aparente e totalmente sem utilidade. Instintivamente, eles captavam no ar a vibração externa, reproduzindo-a em si mesmos com uma misteriosa beatitude.[138]

Com os olhos cerrados, imobilizados em uma atitude perfeita como a das estátuas, eles desfrutavam infatigavelmente desse modesto ritual.[139] Guardavam seu segredo desde há muitos milênios e não cessaram de fazê-lo.

---

[138] Essa vibração ininterrupta, essa "nota em sustenido" emitida pelo gato relembra singularmente a voz de um pássaro crepuscular, o engole-vento.

[139] Devido à raridade de gatos na Grécia, a doninha domesticada tinha o privilégio de caçar os camundongos da casa.

Os companheiros em ação

Não se pode pretender fazer um balanço, nem mesmo aproximativo, das pesquisas e descobertas realizadas em domínios tão diversos como a astrologia, a matemática, a música e a medicina, entre outros. Em circunstâncias nas quais a abordagem permaneceu completamente empírica, sustentada pela necessidade das crenças e narrativas tradicionais, o objetivo é manter os dados o mais perto possível do real. Nesse caso, porém, a própria narrativa legendária da epopéia pitagórica tenta exaltar ainda mais os créditos atribuídos ao Mestre.

Com toda a razão, Pitágoras continuará como um estímulo a essa maneira escrupulosa de examinar as causas e efeitos considerada como o fundamento de toda ciência.

Ele pratica isso (talvez em primeiro lugar) em um domínio em que reina precisamente a incerteza, ou seja, a música.

A música é tão inatingível quanto o vento. Os sons produzidos possuem um caráter fugidio, aleatório, e podem ser tão cativantes como os cantos dos pássaros. Cantos que não são improvisados, mas característicos de cada espécie, sendo permitido a cada um dos indivíduos da mesma espécie produzir variações, mesmo que bastante limitadas, salvo quando se trata de um ilustre virtuose chamado "rouxinol".

Diante das manifestações comuns a muitos países percorridos por ele, nos quais a música se encontra em lugar de suprema honra, Pitágoras nada criará de novo. Ele tentará descobrir as razões desse fenômeno único, do qual participam a ciência e a magia, provavelmente em pé de igualdade. Procurará captar o que são a exatidão e a eficácia diante da exaltação, por vezes imoderada, que a música pode produzir, como, por exemplo, no caso das Bacantes ou dos Coribantes.

"De Creta chegaram aos helênicos a lira de sete cordas e a flauta de buxo... De maneira geral, os gregos precisaram receber de seus precursores ou tomar emprestado de seus vizinhos os gêneros e modos de suas músicas.[140] Os gêneros, em número de

---

[140] "Os teóricos utilizam o termo *modus* como sinônimo de *tom* e de *trope* (sistema harmônico)... Esse emprego generalizado no sentido de 'tipo de melodia' remonta ao grego *tonos* e constitui, sob diferentes terminologias, um conceito largamente difundido... *Modus* é empregado mais precisamente no sentido de escala-tipo, entendida como uma oitava...", in *Dictionnaire de la musique* (Science de la musique) [Dicionário da música (Ciência da música)], sob a direção de Marc Honegger, Bordas, 1977, t. II, p. 620. "A palavra *modo* não possui nenhum equivalente em grego... A palavra 'modo' da forma como a empregamos deve primeiramente ser definida. Na teoria clássica de nossa música, ela designa a disposição dos intervalos sem levar em conta a altura absoluta da nota; assim, o nome 'maior' é uma abreviatura convencional que designa a disposição dos intervalos de *dó* a *dó*, sem a tecla negra (no caso do piano); *ré* maior significa que se reproduzem os mesmos intervalos que de *dó* a *dó* entre *ré* e *ré* (razão da introdução de um *fá* sustenido e de um *dó* sustenido), cf. Chailley, *La Musique grecque antique* [A música grega antiga], *op. cit.*, p. 106. "É preciso *distinguir o termo modo do termo escala, pois esta última é apenas um catálogo de sons disponíveis*, enquanto o modo é a organização estruturada desses sons [...] assim determinado, um modo é facilmente reconhecido e adquire uma personalidade que permite atribuir-lhe um papel social ou religioso e, até mesmo, mágico, de onde surge a noção de *etos* que recebe um lugar tão importante na 'ética' platônica conhecida por quase todas as músicas orientais (*ragas* hindus etc.)... É dentro de tal contexto — e somente assim — que adquirem sentido as famosas prescrições da *République* [República] de Platão (que se apóia escrupulosamente sobre as teorias de Pitágoras)." Cf. Platão, *République* [República], in *Œuvres* [Obras], *op. cit.*, III, pp. 398-399.

três, classificados segundo a extensão dos intervalos que separavam as cordas, na cítara simples de quatro cordas, eram o *diatônico,* utilizado com mais freqüência, o *enarmônico,* e o *cromático,* mais freqüentemente empregado na época arcaica." Os modos, também em número de três, eram "o dórico, o eólio e o jônico",[141] aos quais se acrescentaram os modos "bárbaros", como o frígio e o lídio. Entretanto, o desenvolvimento do lirismo só foi possível por meio de uma readaptação da música minoana, na qual se empenharam o frígio Olimpos e o lésbio Terpandro, por volta do período compreendido entre 710 e 670, o que foi um passo decisivo para a arte da cítara.[142] "As escalas compostas de sete sons foram utilizadas na Antigüidade pelos chineses, hindus, egípcios e gregos. A escala fundamental dos gregos era a dórica, cuja analogia com a nossa escala maior é curioso assinalar. Enquanto a nossa escala é essencialmente *ascendente,* a dórica é essencialmente *descendente...* o lugar dos semitons nas duas escalas é o mesmo."[143]

Mais uma vez aqui as tramas de inumeráveis contradições se estreitam quando se trata de conhecer uma realidade sempre fugidia, para nós provisoriamente fora de alcance, cuja relatividade diante do devir perpétuo só pode ser mensurada pelas irônicas constatações de Heráclito de Éfeso.

---

[141] Cf. G. Glotz, *Histoire grecque* [História grega], *op. cit.*, t. II, p. 149.

[142] Cf. *ibid.*, t. I, p. 534.

[143] Paul Landormy, *Histoire de la musique* [História da música], Éd. Mellottée, 1942, p. 8.

Das profundezas do tempo, a voz de Jâmblico se faz ouvir por meio de uma profusão de palavras que iluminam esse grande vazio. Esta é a explicação dada por ele sobre como Pitágoras tentou *retornar às origens*, como era habitual, visto que seu objetivo era fazer da música o fundamento único das coisas:

"Certa vez, enquanto se encontrava imerso na reflexão e no cálculo, ele tentava descobrir algum instrumento sólido e infalível que auxiliasse o ouvido, como fazem o compasso e a régua no caso da visão ou, ainda, com a permissão de Zeus, como no caso do tato, que pode recorrer à balança ou a sistemas de medida. Por vontade divina, ocorreu que, no momento em que passava ao lado de uma oficina de ferreiro, ouviu o ruído dos martelos que batiam sobre o ferro em uma bigorna, produzindo sons que se mesclavam e se fundiam uns nos outros, com exceção de dois deles. Nesses sons, ele reconheceu o acorde da oitava, o da quinta e o da quarta. Cheio de alegria, entrou na oficina do ferreiro e, depois de algumas tentativas, descobriu que a diferença entre os sons dependia do peso dos martelos. Recolheu alguns pedaços de metal de peso idêntico ao dos martelos e seguiu em direção à sua casa.

"A partir de uma cravelha embutida na parede, ele esticou quatro cordas e amarrou um peso em cada uma delas. Em seguida, ao tocar as cordas uma por uma, encontrou as harmonias já descobertas e constatou que o som produzido pela corda esticada pelo peso menor estava a uma oitava do som produzido pela corda que suportava o peso maior. Em seguida, indicou com precisão que a oitava consistia em uma relação dupla, como os próprios pesos demonstravam." A partir disso, Pitágoras pôde estabelecer os acordes da quarta e da quinta.

Em seguida, "ele extrapolou e, habilmente, incorporou a cravelha embutida na parede ao cavalete do instrumento 'tensor de cordas', enquanto a tensão produzida em função dos pesos era obtida pela rotação das chaves." "Foi assim", continua Jâmblico, "que Pitágoras descobriu a progressão, que, no gênero diatônico, dirige-se do mais grave ao mais agudo. Quanto aos gêneros cromáticos e enarmônicos, ele os ajustou a partir do diatônico."

O gênero diatônico, como se sabe, compõe-se de um semitom, de um tom e de um outro tom que formam a quarta. A quinta é obtida acrescentando-se um tom.

"Imediatamente após essa quinta, um semitom, um tom e mais um tom produzem uma outra quarta, ou seja, uma relação de *epítrito*.[144] Em seguida, no heptacorde mais antigo, cada tom encontrado no quarto nível, a partir do mais baixo, constituía, em relação aos outros tons, o acorde da quarta... enquanto no octacorde pitagórico, sistema que consistia na conjunção de um tetracorde e um pentacorde, todas as notas separadas por quatro intervalos produzem, uma junto com a outra, um acorde da quinta... Dizem ter sido assim que Pitágoras descobriu a ciência musical e, depois de organizá-la em um sistema, ele a transmitiu."

"Trabalhem o monocórdio." Segundo Aristide Quintiliano, orador latino do século I de nossa era, teria sido essa a última recomendação que Pitágoras deixou a seus discípulos ao morrer.

---

144 Cf. Jâmblico, *Vie de Pythagore* [Vida de Pitágoras], *op. cit.*, pp. 117-118 e n. 117-3. "A quarta a 4/3 é produzida por pesos que se encontram em uma relação de 9/6. Relação de epítrito: n + n/3." Epítrito, de *epitritos*, que compreende um inteiro + 1/3.

A constatação dessa primeira abordagem investigativa conduzida por Pitágoras, em um domínio em que tudo havia permanecido como uma questão de "ouvido", de um prazer desprovido de regras e praticamente instintivo (misteriosamente instintivo), foi que a música, tocada havia séculos na Grécia pelos instrumentistas — os citaristas, entre outros — por ocasião das festas religiosas e, mais tarde, nos concursos, encontrava-se ainda ao abrigo das análises e especulações reservadas até então às chamadas ciências exatas.

Segundo a tradição, o que teria levado Pitágoras a procurar... o fundamento de uma explicação sistemática das coisas fora a constatação experimental de que as *qualidades* e as *relações* entre os acordes musicais são constituídas por *números*: quando os martelos batem sobre a bigorna, a altura dos sons varia de acordo com o peso deles e, também, dos pesos que esticam as cordas.[145]

A partir dessas bases bastante prosaicas e materiais, nada impede Pitágoras de alçar vôo e elevar-se do gênero humano às esferas divinas, de considerar que a música, assim como as *iniciações* e a *adivinhação*, são trampolins iguais e necessários a essa superação de si que provoca a "loucura divina", o que, na mesma época e a milhares de quilômetros de distância dali, os discípulos do budismo chamavam de Iluminação e de o Despertar de Buda.

Retornemos uma vez mais a essas preliminares, que podem surpreender, simultaneamente, por sua rusticidade e pelo rigor de suas determinações.

---

[145] Cf. sobre esse ponto Léon Robin, *La Pensée grecque et les Origines de l'esprit scientifique* [O pensamento grego e as origens do espírito científico], Albin Michel, 1948.

O monocórdio, usado mais tarde até a Idade Média, torna-se um instrumento constituído por uma prancha sobre a qual se estica uma corda feita de tripa de animal ou de metal; um cavalete móvel permite ajustar à vontade o comprimento da corda e, assim, medir os intervalos. De acordo com a opinião de eminentes especialistas, o monocórdio é o instrumento mais preciso para ajustar os sons da harmonia. Na Idade Média, igualmente, ele é um instrumento pedagógico usado para determinar a afinação correta: ele é o ancestral do nosso moderno diapasão.

Em princípio, o que é verdadeiramente o som? Téon de Esmirna (início do século II d.C.) atribui aos pitagóricos a seguinte definição: "Se toda modulação e todo som são voz, se toda voz é ruído, se o ruído é uma percussão do ar que não é trespassado, é evidente que em meio à imobilidade do ar não seria possível haver nem voz, nem ruído, nem som. Ao contrário, quando o ar é trespassado e colocado em movimento, o som é produzido de maneira aguda se o movimento é rápido, e grave se o movimento é lento."[146]

---

[146] "Por seu lado, Eubólido e Hípaso propõem uma ordem diferente de acordes. De acordo com eles, o aumento numérico corresponde a um aumento do superparcial, segundo uma lei constante: deve existir aí uma correspondência entre o dobro e a metade e entre o triplo e o terço. Conseqüentemente, se se tomar o dobro, obter-se-á, a partir dele, o acorde da oitava; mas, se se tomar a metade, ou seja, de qualquer maneira, o inverso, obter-se-á a quinta como superparcial... Dessa forma, a partir da reunião da oitava e da quinta, que já constituem um único acorde, ele próprio multiplicado pela quarta, obtém-se um acorde quádruplo denominado dupla oitava. Também de acordo com Eubólido e Hípaso, a ordem é a seguinte: oitava, quinta, oitava e quinta, quarta, dupla oitava." (Cf. Boécio, *Institutions musicales* [Instituições musicais], in *Les Présocrátiques* [Os pré-socráticos],

"No fim do século VI, a música como arte havia atingido um grau de perfeição bastante elevado", afirma Baccou.[147] Desde o século precedente, no qual Terpandro inventara a lira heptacórdica, a técnica relativa a esse instrumento havia se aperfeiçoado bastante. No tocante aos instrumentos de sopro, sabia-se construir as flautas Lídias admiravelmente afinadas. Afirmação discutível, como se viu...

Obtidos por tateios e aproximações sucessivas, esses resultados não provam que se havia alcançado um conhecimento racional da natureza do som e das condições exatas de sua produção.

Nesse domínio, assim como em muitos outros, a arte baseada na intuição exata é anterior à ciência alicerçada na reflexão.[148] Pitágoras foi o primeiro a aprofundar a idéia de que todos os fenômenos são regulados a partir de relações numéricas, a pensar que os sons, particularmente os sons *perfeitos, cujo acorde o ouvido alcança imediatamente,* deviam ser o resultado de certas correspondências facilmente traduzidas pelos números. A partir de

---

op. cit., II, 19; Boécio, filósofo, poeta e estadista, nasceu em Roma em 480 e morreu em 524).

147 Robert Baccou, *Histoire de la science grecque* [História da ciência grega], Aubier, 1951, p. 120.

148 "O século IV a.C. foi dominado pela personalidade do primeiro verdadeiro teórico na história da música, Aristoxeno de Tarento, nascido por volta de 350. Ele mesmo estudara com os Pitagóricos, provavelmente ao lado de Aristóteles, mas não demorou a opor-se violentamente a eles, pois recusava de forma incessante a existência de uma submissão da música às matemáticas e defendia a *supremacia do ouvido* como juiz em primeira e última instâncias. Seus escritos teriam sido numerosos. Deles restam apenas os três primeiros volumes de seus *Éléments harmoniques* [Elementos harmônicos]..." (cf. Chailley, *La Musique grecque antique* [A música grega antiga], *op. cit.*, p. 20). Esta nota permite concluir a respeito da inteligência e perspicácia de Aristoxeno, que veementemente toma partido contra os "harmônicos", que, sobre seus monocórdios, mutilam os intervalos a golpes da razão.

então, ele se dedicou ao estudo da produção dos sons que denominamos consonantais, ou seja, os sons que se situam no intervalo entre dois extremos de uma oitava, a quarta e a quinta (a saber, o *fá* e o *sol*, quando se trata em nossa escala do *dó* maior).

Ele descobriu também que os sons que produzem a quarta possuem entre si uma relação em *epítrito*, ou seja, uma relação de 4/3, que denominamos sesquitércia, enquanto os que produzem a quinta se encontram em uma relação *hemiólia*,[149] ou relação de 3/2, por nós denominada sesquiáltera. Quanto aos sons que produzem a oitava, eles possuem entre si uma dupla relação, ou seja, se representamos o primeiro *dó* por meio do número 1, o *dó* da oitava será representado pelo número 2.

Ao conduzir mais adiante as investigações, Pitágoras estabeleceu que na oitava superior da escala natural, a relação da quarta da tônica dessa escala é igual a 8/3 e pode ser denominada polissuperparcial, pois é igual a 2 + 2/3, e que, por outro lado, a relação da quinta está em razão tripla (3/1), e a relação da dupla oitava em razão quádrupla...

Se dividirmos uma corda esticada em quatro partes iguais sobre o cânone harmônico, o som produzido pela corda inteira formará, juntamente com o que é produzido por três partes da corda, o acorde da quarta; a relação é epítrito. Com o som produzido por duas partes ou metade da corda, ele formará o acorde da oitava e a relação será dupla. Com o som produzido pela quarta parte da corda, ele dará o acorde da dupla oitava, e a relação será quádrupla.[150]

---

[149] Método de notação musical no qual um grupo de três figuras musicais pretas devia ser executado ao mesmo tempo em que brancas intercaladas. (N.Ts.)

[150] Antes de Aristoxeno, Árquitas de Tarento (por volta de 430-348) havia privilegiado três campos de pesquisa, entre eles a matemática e, em relação com esta, a música. Esta será sua argumentação a propósito das descobertas científicas dos pitagóricos. Eis o que diz a seu respeito Cláudio Ptolomeu, astrônomo grego,

O *Tetractys*, 1, 2, 3, 4, encerra todas as consonâncias, pois contém as da quarta (4/3), da quinta (3/2), da oitava (2), da oitava e da quinta (3) e da dupla oitava, a saber: as razões em epítrito, hemiólia, dupla, tripla e quádrupla.[151]

Na verdade, não parece que Pitágoras tenha realizado essas experiências com o instrumento que Téon de Esmirna denomi-

---

nascido no Egito no século II d.C.: Árquitas de Tarento (entre os discípulos de Pitágoras, o mais interessado na música) esforça-se em manter uma continuidade regulada pela proporcionalidade entre os elementos do acorde, como a que existe entre as divisões dos tetracordes (seqüência de quatro notas que cobrem dois tons mais um semitom), considerando-se que uma das propriedades da música é a comensurabilidade dos intervalos... Ele estabelece, portanto, três gêneros: o primeiro enarmônico, o segundo cromático e o terceiro diatônico... Ele afirma que para esses três gêneros o último intervalo é igual à relação superparcial de 28/27; quando pertence ao gênero enarmônico, o intervalo médio é de 36/35; e ao gênero diatônico é de 8/7", in *Harmoniques* [Harmônicas], cf. *Les Présocratiques* [Os pré-socráticos], *op. cit.*, 13. "São numerosos", afirma Porfírio de Tiro, "aqueles que, entre os anciãos, partilham da opinião de que um intervalo musical é uma relação... como Árquitas em seu *Traité de musique* [Tratado de música]. Eis o que Árquitas escreveu a respeito das *médias* (*médias* = *mésotétès* em grego, elemento de preenchimento dos intervalos). Em música existem três médias: a aritmética, a geométrica e a subcontrária, também denominada harmônica. Fala-se em média aritmética quando três termos possuem entre si uma proporção segundo um determinado excesso, e o excesso do primeiro em relação ao segundo é o mesmo que o excesso do segundo em relação ao terceiro. Segundo esta proporção, o intervalo dos dois termos maiores é menor, enquanto o dos dois menores é maior. Fala-se de média geométrica quando a relação entre três termos é tal que o primeiro está para o segundo assim como o segundo está para o terceiro... Fala-se de média subcontrária, a que denominamos harmônica, quando a relação entre três termos é a seguinte: o primeiro termo ultrapassa o segundo por uma fração dele mesmo, e o termo do meio ultrapassa o terceiro por uma fração equivalente", cf. Porfírio, *Commentaires sur les Harmoniques de Claude Ptolémée* [Comentários sobre as Harmônicas de Cláudio Ptolomeu], in *Les Présocratiques* [Os pré-socráticos], *op. cit.*

151 Cf. Téon de Esmirna, matemático e filósofo platônico do século II d.C., *Musique* [Música], I, 12. Consultar A. Rey, *La Jeunesse de la science grecque* [Os primórdios da ciência grega], *op. cit.*, p. 460.

na cânone harmônico; o mais provável é que ele tenha utilizado duas cordas de mesmo tamanho e igualmente estendidas em uníssono. Se se interceptasse a metade de uma dessas cordas, *pressionando-lhe o meio com um dedo*, obter-se-ia, com a outra corda inteira, uma consonância da oitava.

Téon de Esmirna afirma que Hípaso de Metaponto, um dos primeiros discípulos de Pitágoras, o mesmo acusado de ter transgredido a lei do segredo, havia chegado aos mesmos resultados ao observar em recipientes (mais ou menos cheios) ressonâncias possíveis de calcular por meio de números.

Tomando dois recipientes semelhantes e de mesma capacidade, ele deixou um deles vazio e encheu o outro até a metade; depois, ao golpear cada um deles, obteve a consonância da oitava. Deixando ainda um deles vazio e enchendo a quarta parte do outro, ele obteve, ao golpeá-los, a consonância da quarta.[152]

Observa-se que Pitágoras e seus discípulos, prossegue Robert Baccou, conseguiram determinar as relações de consonância por meio de uma interpretação racional e matemática da experiência. Eles conceberam uma unidade de medida musical, o *tom*, que definiam como *o intervalo da quarta e da quinta,* das quais eles haviam calculado exatamente o valor ao dividir entre elas as relações expressas por essas consonâncias.

$$\frac{3/2}{4/3} = 3/2 \times 3/4 = 9/8$$

Foi essa definição que lhes permitiu classificar os diversos tipos de modulações em três gêneros.

Téon de Esmirna afirma: "Quando a voz, modulada nos limites de sua extensão, passa de um som grave a um som mais

[152] Cf. Hípaso de Metaponto, *Les Présocratiques* [Os pré-socráticos], *op. cit.*

agudo, produzindo *o intervalo de um semitom,* que, em seguida, alcança o intervalo de um tom, passa para um outro tom e continua a modular, não pode existir ali outro intervalo que não seja o de um tom *que produz um som agradável*... Esse gênero de modulação é denominado *diatônico*, seja porque comumente se eleva por meio de tons, seja em virtude do vigor e da firmeza que demonstra.

Quando a voz produz um primeiro som e, ao alcançar um semitom, eleva-se em um som mais agudo e, depois, ao atingir um semitom a mais passa para um terceiro e, esforçando-se para avançar com a modulação, produz ainda mais um tom próximo do anterior, ela não pode observar outro intervalo que não seja uma *terça menor não descomposta*... esse gênero de modulação denomina-se modulação *cromática* (de *chroma*, cor) porque se afasta do primeiro e muda de cor... Finalmente, existe um terceiro gênero de modulação que se chama *enarmônico*, que acontece quando, a partir de um som mais grave, a voz modula o tetracorde e realiza uma progressão por *díese* (ou um quarto de tom) e, em seguida, uma *outra díese* e um *duplo tom*."[153]

Até aqui foi apresentado "todo o interesse dos trabalhos de Pitágoras e de seus primeiros discípulos no domínio das *teorias numéricas* da música, nas quais ele se revela um precursor de gênio".[154]

---

[153] Dâmon de Oa (conselheiro de Péricles) foi, antes de tudo, músico. Ele estabelecia correspondências notórias entre a música, a psicologia e a legislação, disciplinas que deviam fundamentar-se sobre a noção pitagórica de *Harmonia*. Na *République* [República] de Platão encontra-se esta frase atribuída ao célebre músico: "*Em nenhuma parte podem ser mudados os modos musicais sem que se mudem também as mais importantes leis que regem a cidade.*"

[154] Foi a partir de Creta que chegaram à Grécia a música e os instrumentos primordiais. Os cretenses sempre foram considerados dançarinos e cantores extraordinários em razão do entusiasmo e da riqueza de seus ritmos. "Denominava-se

ⵙⵙⵙⵙ

Antes de abordar de maneira específica a parte exclusivamente científica das pesquisas pitagóricas com respeito à geometria e à aritmética, é conveniente estabelecer a importância de uma noção particular, a noção de *Número*.[155]

"Sendo o *Número* a essência universal das realidades, ele é o meio pelo qual elas são formalmente consideradas como um Ser único... Sendo o Número a substância do Todo, é ele que produz a unidade material das coisas. Esse Um é a *Mônada,* que constitui o Número perfeito e original, da mesma forma que a unidade aritmética é o princípio de todos os números. Entende-se que, para Pitágoras, o Um seja o número *Acabado*... Pitágoras sempre colocou o *Peras* em oposição ao *Ápeiron,* ou seja, o Finito ao Infinito, o Determinado ao Indeterminado e, melhor ainda, o Acabado ao Inacabado." "A *Díade,* elemento de divisão e de oposição, é, portanto, imperfeita; ela é o *Inacabado*", escreve Ivan Gobry.[156]

O Número aparece como a essência universal, a Mônada, como a essência do perfeito, e a Díade como a essência do imperfeito.

Para Pitágoras, a Tétrade, que representava o número 4 e partir da qual se originou o *Tetractys,*[157] é a chave de toda estru-

---

crética a sucessão de um tempo longo, um tempo breve e um tempo longo, e peônica a combinação de três tempos breves e um longo." Cf. Paul Faure, *La Vie quotidienne au temps de Minos* [A vida cotidiana na época de Minos], Hachette, 1978, p. 350.

155 De acordo com Estobeu, "a Mônada é, portanto, o princípio do Número, e o Número é a multiplicidade composta a partir das Mônadas".

156 *Pythagore* [Pitágoras], *op. cit.*

157 Para Pitágoras, o *Tetractys* era um triângulo de 10 pontos usado como símbolo místico para a perfeição dos números e de seus elementos. Os 10 pontos do triângulo representam os números de 1 a 10, assim como todos os números. (N.Ts.)

tura física e mental.[158] Esse *Tetractys*, caldeirão simbólico da Escola, possui características sagradas e é formado pela adição das quatro primeiras cifras (1, 2, 3, 4), e resulta na Década, ou seja, na perfeição, pois no número 10 encontram-se acoplados o 1 e o 0, como preferiam considerar os gregos.

Segundo Téon de Esmirna, a Tétrade é o fundamento do mundo sensível: o 1 explica o ponto; o 2, a linha; o 3, a superfície; e o 4, o volume. O Pseudo-Jâmblico enumera os quatro elementos (água, ar, terra, fogo), as quatro fases da vida, as quatro estações etc.

"A década havia surgido como um número cuja essência era totalmente particular — além disso, ela era a base da remuneração tradicional, beneficiava-se de um excepcional conjunto de propriedades e ocupava, conseqüentemente, um lugar de escolha na série natural. Isso explica o fato de ter sido considerada na Escola como um número perfeito. Um tipo de entidade 'demônica' no famoso juramento dos adeptos: '*Não, eu juro por aquele que transmitiu à nossa alma o* Tetractys, *no qual se encontram a fonte e a raiz da natureza eterna.*'"[159]

---

158 "O *antropos* ideal possui uma medida quadrada, cujo ponto de número cinco é o centro, o tórax, arco do coração, que é 'a urna de ouro'. Igualmente, existe parentesco entre as quatro forças elementares e as partes do corpo humano..." (cf. Ysé Tardan Masquelier, *L'Archétype de la quaternité dans Jung et la Question du sacré* [O arquétipo da quaternidade em Jung e a questão do sagrado]; Albin Michel, col. "Spiritualités vivantes", 1998, p. 165). E ainda: "O Quatro aparece freqüentemente nos sonhos dos homens modernos, com significados mais ou menos constantes e, na maior parte do tempo, ignorados pelos sujeitos."

159 Cf. I. Gobry, *Pythagore* [Pitágoras], *op. cit.*, e Robert Baccou, *Histoire de la science grecque* [História da ciência grega], *op. cit.*, p. 110.

A partir desses conceitos que se estenderão à cosmologia e determinarão principalmente uma explicação para a Harmonia do universo, que patamar explicativo conseguirão atingir as investigações conduzidas pela Comunidade quanto às temáticas simultâneas do mundo concreto e da teoria?

"Sem dúvida alguma, os topógrafos do Egito e da Babilônia não esperaram por Pitágoras para medir o perímetro dos terrenos, calcular suas superfícies e modificar seus contornos quando as enchentes do rio faziam desaparecer os pontos de referência. O manual do calculador, escrito sobre o papiro *Rhind* por volta de 1600 a.C. [...], nos oferece os resultados de um saber cristalizado e empírico, mas positivo. Nele podem ser lidas, entre outras, algumas soluções aproximadas e praticamente precisas para problemas da geometria elementar [...] Admite-se que os egípcios, caldeus, persas e hindus tenham conhecido diversas provas intuitivas do *teorema* de Pitágoras... A demonstração por meio de causas, a teoria fundamentada na razão, a vontade de explicação e aplicação universais, porém, pertencem unicamente aos gregos..."[160]

Mesmo que seja difícil estabelecer um inventário sobre o assunto, parece que Pitágoras e seus discípulos conseguiram determinar o número *par* e o *ímpar*. Foram eles os primeiros a representar os números por meio de pontos. "Os pontos dispostos em linha reta formam um número linear; todo número inteiro é linear; se dispusermos os números em forma de triângulo e colocarmos sobre as linhas horizontais um ponto, depois dois, depois três e depois quatro, sucessivamente, formaremos os números triangulares 1, 3, 6, 10; um número quadrado é consti-

[160] Cf. Paul Faure, *La Vie quotidienne des colons grecs au VIe siècle av.J.-C.* [A vida cotidiana dos colonos gregos no século VI a.C.], Hachette, 1978, p. 371.

tuído de pontos colocados em forma de quadrado. Como se pode constatar, são estabelecidas as *tábuas,* que fazem com que os números de potência *n* correspondam aos números lineares. Dessa forma, são geradas as figuras planas. Os números que representam o plano geram, por sua vez, os sólidos: a pirâmide nada mais é do que uma série de pontos sobre quatro planos."[161] O famoso "número de ouro", do qual se falará mais tarde, não será nada mais do que uma proporção de ordem estética entre dois termos de grandeza.

Por outro lado, foram os pitagóricos que enunciaram a importante teoria das *médias,* já mencionada na música, mas que também diz respeito à aritmética ("quando, entre três números, o maior ultrapassa o do meio na mesma quantidade em que o do meio ultrapassa o menor") e, igualmente, à média geométrica (a/b = b/c) e seu contrário, a média harmônica (1/b média aritmética de 1/a e 1/c), encontrada nas 6 faces, 8 vértices e 12 arestas de um cubo.

Eles podem ser observados, igualmente, ao se traçarem os cinco poliedros regulares: o tetraedro, que deu origem à pirâmide, o hexaedro ou cubo, o octaedro, com 8 faces, e o dodecaedro, com 12 faces. Depois de ter inscrito o pentágono dentro de um círculo, com ajuda da régua e do compasso, eles puderam contemplar maravilhados a própria imagem de uma estrela-do-mar de cinco pontas. Por meio de proliferações do abstrato, surgiu uma realidade totalmente pura, no candor de sua magnificência.

Estrela-do-mar, revelação divina, que eles utilizam entre si como um signo de reconhecimento.

---

[161] Cf. Paul Faure, *op. cit.*

Pitágoras deve à Caldéia, à Babilônia, às regiões da Suméria e da Acádia e, é claro, ao Egito os sólidos conhecimentos matemáticos que lhe propiciaram o sucesso em suas descobertas. A partir do terceiro milênio (o segundo para o Egito), à medida que o saber matemático crescia, sua transmissão tornou-se um fato incontestável. Os fragmentos encontrados atestam isso.

"As tábuas de multiplicação foram encontradas, em sua maior parte, nas escavações em Nippur. [...] Cada uma das tábuas nos fornece as multiplicações de 1 a 20, depois de 30, 40 e 50, como multiplicandos... Os multiplicadores, em número de 46, são os números 2, 3, 4, 5, 6, 8, 9, 12, 18, entre outros... e, para terminar, 3.000, 16.000, 162.000, 180.000. Temos também quatro tábuas de divisão, por divisores que vão de 1,5 a 81."[162]

Evidentemente, a notação é sexagesimal, notação de origem suméria, à qual se acrescentou uma numeração decimal de origem acadiana ou semítica, posterior à primeira. O maior múltiplo sexagesimal ali encontrado foi o 60^4, ou 12.960.000, que os babilônios denominavam *sargal.*[163]

Por outro lado, formulada de maneira surpreendente, a *numeração de posição,* à qual os gregos não conseguirão chegar, foi uma descoberta capaz de fazer a ciência dos números sair do campo utilitário para entrar no terreno do pensamento abstrato.

Nesse caso, a existência do *signo* 0 é de importância capital. O número 12 e seus submúltiplos 3 e 6 e seus múltiplos (60 permanecendo como base) 36, 72, 144, 180 são números de valor primordial. O que deles nos restou foi o uso das noções de dúzia e de meia dúzia efetivadas em trocas comerciais.

---

162 A. Rey, *La Science orientale avant les Grecs* [A ciência oriental antes dos gregos], La Renaissance du livre, 1930.

163 Pequenas pedras encontradas pelas pesquisas arqueológicas em Nippur, nas quais foram identificadas notações matemáticas. (N.Ts.)

Assim como no Egito, a geometria assírio-caldéia se desenvolverá, evidentemente, em função das necessidades imediatas da topografia. O *sistema métrico* ali permanecerá bastante complexo.

"As únicas coisas de que se tem certeza são a inscrição do hexágono na circunferência, sua decomposição em seis triângulos equiláteros e a igualdade do raio da circunferência ao lado do hexágono nela inscrito... E, em conexão com essa construção..., a divisão aritmética da circunferência em 360 graus, a divisão sexagesimal dos graus, herdada por nossa ciência e que ainda persiste, apesar de a *gradação decimal* ser considerada mais lógica e natural."[164]

Já se faziam tentativas no sentido de medir a diagonal de um triângulo retângulo, denominada *hipotenusa,* que será identificada no famoso teorema de Pitágoras, cálculos que provavelmente se relacionavam com a arquitetura, se é que é possível acreditar nas chamadas tábuas de Pinches. De qualquer maneira, a resolução se efetua por meios diferentes dos de Pitágoras. "O teorema será o centro dos primeiros trabalhos da geometria grega e sua pedra angular." Trata-se de uma "solução abstrata, rigorosa e geral, *necessária e universal*".[165]

---

[164] Cf. Robert Baccou, *Histoire de la science grecque* [História da ciência grega], *op. cit.*, p. 105: "Pitágoras estabeleceu, a princípio, uma primeira distinção entre os números pares e ímpares, definindo uns como os que podem ser divididos em duas partes iguais e os outros como os que não podem. Entre os números pares — acrescentarão os primeiros pitagóricos — uns são simetricamente pares, os outros são assimetricamente pares, e os últimos simetricamente ímpares, devido ao fato de que eles resultam respectivamente da multiplicação de dois pares, da multiplicação de dois números quaisquer, um par, outro ímpar, ou, finalmente, da multiplicação de números ímpares por dois... Dessa divisão fundamental serão deduzidas todas as outras."

[165] A. Rey, *La Jeunesse de la science grecque* [Os primórdios da ciência grega], *op. cit.*

A representação tanto dos números pares quanto dos ímpares por um conjunto de pontos dispostos de maneira a formar um ângulo reto pode ser considerada simultaneamente um meio de análise — sendo sua natureza fundamentalmente diferente — e como uma maneira de compreender que certas relações numéricas são tão indiscerníveis quanto fundamentais.[166]

"Pitágoras mensura o mundo", afirma Hérmias, filósofo grego que viveu entre os séculos II e III d.C. Recordemos mais uma vez que, para ele, os verdadeiros princípios não são os chamados elementos materiais, mas sim *as condições que presidem sua combinação* e formam as bases da organização do Cosmo. Em todo o caso — e isto se torna incrivelmente espantoso —, a abordagem de Pitágoras sobre esse assunto é das mais rigorosas. Esta é a conclusão a que chegou o célebre Proclos, filósofo de Alexandria, em seu *Commentaires sur le premier livre des Éléments d'Euclide* [Comentários sobre o primeiro livro dos Elementos de Euclides]:

Os pitagóricos consideram o ponto uma *unidade* definida por sua posição.

Para eles, o ponto aparece como análogo à mônada; a linha à díade (visto que ela exige dois pontos); a superfície à tríade

[166] Cf. Proclos, *Commentaires sur le premier livre des Éléments d'Euclide* [Comentários sobre o primeiro livro dos Elementos de Euclides], in *Les Présocratiques* [Os pré-socráticos], *op. cit.*: "Em um triângulo retângulo, o quadrado construído sobre a hipotenusa é igual à soma dos quadrados construídos sobre os lados do ângulo reto", relembra Euclides. Segundo Proclos, para celebrar uma descoberta de tão grande envergadura, relata-se que Pitágoras, seu autor, sacrificou um boi, algo que pode ser considerado surpreendente.

(como o triângulo, que é determinado por três pontos); e o sólido à tétrade (que, em sua origem, possui quatro pontos não situados sobre um mesmo plano).

Os pitagóricos demonstram que, ao redor de um ponto, podem ser construídos três tipos de figuras regulares ou iguais: seis triângulos, quatro quadrados ou três hexágonos.

Eles podem demonstrar como os ângulos interiores de um triângulo são iguais a dois ângulos retos.

Pitágoras descobriu o teorema que leva seu nome e que lhe foi atribuído por Vitrúvio, Plutarco, Diógenes Laércio, Proclos, entre outros.

"Nós acreditamos", afirma Robert Baccou ao se indagar longamente sobre a maneira pela qual Pitágoras chegou a uma descoberta de tão grande repercussão, "que a demonstração pitagórica estava bem próxima da que pode ser encontrada em Euclides (proposição 47 do livro I dos *Éléments* [Elementos]) e é reproduzida pela maior parte de nossos manuais elementares."

Euclides, matemático e filósofo platônico, que ensinava em Alexandria durante o reinado de Ptolomeu I, no século III a.C., certamente obtinha seus conhecimentos a partir dos escritos pitagóricos posteriores, que, por isso, violavam a obrigação essencial do *segredo*. Na verdade, essa obrigação imposta pelo Mestre constitui-se em um paradoxo, pois exclui todos aqueles que não pertencem a uma elite de eruditos e iniciados. Limitar-se a essa idéia (e a limitação não se restringiu apenas a ela) não seria o mesmo que privar toda a humanidade das riquezas fundamentais sem as quais ela não pode progredir? Pitágoras, contudo, desconfiava, com toda a razão, da utilização imprudente das descobertas científicas, de sua "exploração comercial", como se tornou comum em nossa época, colocando em perigo a sobrevivência da Terra.

Além dessas fecundas tentativas, podem ser enumeradas diferentes aquisições, como a construção do pentágono estrelado, já mencionado anteriormente, signo de convergência e denominado *Higiéia,* originado a partir do nome da deusa da Saúde, filha de Asclépio.

Jâmblico afirma que os pitagóricos teriam examinado o problema da quadratura do círculo e inventado também o problema da aplicação das superfícies a uma dada reta.

"Estas são", afirma Eudêmio (aluno de Aristóteles, autor de livros como *Ética* e *Física*), "antigas descobertas que se devem à musa de Pitágoras, tais como a parábola das superfícies, sua hipérbole e sua elipse... Quando se traça uma reta e, sobre ela, se aplica uma superfície dada, dizemos que a superfície constitui uma parábola; quando se faz com que o comprimento dessa superfície fique maior do que a reta, obtém-se a hipérbole; quando se faz com que ela fique menor, de forma que uma parte da reta fique fora da superfície aplicada, obtém-se a elipse."[167]

De acordo com Proclos, Pitágoras teria portanto conseguido construir os cinco sólidos regulares inscritíveis na esfera: tetraedro, cubo, octaedro, dodecaedro e isocaedro. Alguns acreditam, porém, ter sido Filolau (século V a.C.), seu mais eminente discípulo, quem, na realidade, determinou a posição dessas últimas figuras.

O importante, enfim, é não negligenciar o testemunho de Aristóteles (*Analytiques* [Analíticas]) que antecipa o fato de que os pitagóricos conheciam a existência das "quantidades irracionais".

---

[167] Cf. Robert Baccou, *Histoire de la science grecque* [História da ciência grega], *op. cit.*, p. 117.

Evidentemente, as atribuições feitas tanto ao Mestre quanto a seus discípulos fazem com que sejamos tentados a considerá-los intercambiáveis. Já constitui algo extraordinário o fato de que esse cadinho de idéias e experiências audaciosas, mesmo em sua formulação mais ou menos aproximativa, tenha estado na origem de tudo que foi elaborado posteriormente.[168]

Legado dos Antigos, a ciência dos números, o culto ao Número considerado um tipo de quintessência, foi uma pesquisa sobre o que, mais tarde, se denominou o *número de ouro*.

Em seu tratado *De divina proportione* [Sobre a proporção divina] publicado em Veneza, em 1509, Luca Pacioli, monge franciscano e matemático, exalta a felicidade da descoberta. Essa alegria incomparável que Pitágoras certamente sentiu: *Gran jubilo e summa letitia che have Pictagora quando con certa scientia*... Será revelada como uma doutrina maior, a doutrina da *proporção divina*.[169]

Qualificado posteriormente como número de ouro, esse mesmo número regia tanto a mística como a astronomia, a álgebra, a geometria, a arquitetura, a escultura, a música. A proporção considerada, representada por um número denominado *irracional*, decorre do domínio do extraordinário e, portanto, do

---

[168] A matemática é pouco lembrada em *Vie de Pythagore* [Vida de Pitágoras] redigida por Jâmblico. No entanto, o programa de estudos obrigatórios comporta bem essa disciplina. Jâmblico só menciona o que constitui as relações musicais, a construção da esfera a partir de pentágonos e as correlações entre os lados de um triângulo retângulo.

[169] Marius Clayet-Michard, *Le Nombre d'or* [O número de ouro], PUF, col. "Que sais-je?", 1973.

divino. Segundo Pitágoras e seus discípulos, essa mesma proporção, de característica especialmente misteriosa, envolvia os números qualificados como irracionais.

É importante lembrar a esse respeito a existência de formas tão perfeitas quanto singulares, demonstrações verdadeiramente silenciosas, que podem ser encontradas, por exemplo, no reino vegetal, nas flores, cujas pétalas encontram-se dispostas *geometricamente* e apresentam extrema precisão quanto ao desenho e ao número. Devemos lembrar também a profusão de disposições na sábia arquitetura das conchas, nas quais o cone, a espiral, o domo, as cristas, os poliedros, infalivelmente espiralados, sempre se transformam em obras de arte que correspondem, sem dúvida alguma, ao que rege a harmonia das esferas.

Não há dúvidas de que foi dali que se originaram as pirâmides e o Partenon.

Já é tempo de emitir alguns comentários a respeito das origens da denominada ciência *física,* nas quais os pitagóricos encontraram os substratos necessários às suas *démarches.*

Na verdade, a física pitagórica apóia-se essencialmente na física dos "fisiólogos" jônicos, uma vez que postulam a existência de quatro elementos: a terra, a água, o ar e o fogo.

Existe, porém, em Pitágoras, assim como depois dele em Heráclito, a supremacia atribuída ao fogo, particularmente a um fogo central.[170]

---

170 Cf. J. Burnet, *L'Aurore de la philosophie grecque* [A aurora da filosofia grega], Payot, 1952, p. 339: "Nós sabemos que Hípaso considerava o fogo o primeiro princípio."

Existe, igualmente (sempre como em Heráclito), um tipo de movimento perpétuo gerado pelos contrários, o Bem e o Mal, o Acabado e o Inacabado, o Par e o Ímpar, o Limitado e o Ilimitado.[171]

A Escola de Mileto naturalmente deve ter assegurado seu papel no que diz respeito às condições da geometria na Grécia no período que antecedeu a época de Pitágoras.

Como se sabe, Tales era um físico famoso que conduzia suas investigações no campo da geometria e da astronomia. Apolodoro afirma em suas *Chroniques* [Crônicas] que Tales nascera no primeiro ano da 35ª Olimpíada. Os teoremas a ele atribuídos, segundo Proclos e Diógenes Laércio, entre outros, estabelecem as seguintes conclusões:

O círculo é dividido por seu diâmetro em duas partes iguais.

Os ângulos da base de um triângulo isósceles são iguais.

Quando duas linhas retas se cortam, os ângulos opostos resultantes são iguais.

O ângulo inscrito em uma semicircunferência só pode ser um ângulo reto.

Diógenes Laércio revela a maneira pela qual Tales "havia mensurado as pirâmides ao observar a sombra projetada por elas no momento em que ela é igual à nossa", proposição que Diógenes recebera de Hierônimo.

Tales é o verdadeiro criador da geometria, como afirma Robert Baccou? Teofrasto teria tido razão ao considerar esse mesmo Tales o principal precursor das ciências da natureza? De qualquer forma, foi a água que Tales escolheu como *arqué* ou

171 "É a doença que transforma a saúde em algo agradável; é o mal que gera o bem; é a fome que provoca o desejo pela saciedade, e a fadiga, o desejo de repouso", Heráclito de Éfeso, *Fragments* [Fragmentos], trad. de Jean Voilquin, in *Penseurs grecs avant Socrate* [Pensadores gregos antes de Sócrates], *op. cit.*, p. 80.

princípio primordial das coisas. Logo depois dele, os outros jônicos escolherão como *arqué* um elemento informal, o infinito, ou *ápeiron* (como Anaximandro), ou ainda o ar, o sopro, *aérios* ou *pneuma* (como em Anaxímenes).[172]

A chamada ciência física, desenvolvida por esses pioneiros, foi retomada pela Escola de Crotona: "Para Filolau", afirma Aécio, "é o fogo que ocupa o centro do Universo."[173] Segundo Abel Rey, "para dizer a verdade, não conhecemos a física pitagórica senão por meio da obra de Filolau, da qual só soubemos por intermédio de comentários posteriores... É bem possível, porém, que o que foi atribuído a Filolau seja um conjunto de resultados que resume e condensa o trabalho feito durante todo o século V no seio do pitagorismo".[174] "Apesar de seguir a explicação de Anaximandro sobre os corpos celestes, Pitágoras se inspirava mais na teoria geral da realidade de Anaxímenes."[175]

À guisa de conclusão, vejamos o que revela Estobeu, ao citar um extrato das *Bacchantes* [Bacantes] de Filolau: "O mundo é uno; ele começou a nascer *a partir do centro* e seguiu nas mesmas proporções para cima e para baixo. O que se situa acima em relação ao centro encontra-se em posição *inversa* ao

---

[172] "Para Anaximandro, os astros são como coroas de ar em forma de rodas de fogo, por cujos orifícios as chamas são lançadas", segundo Aécio, *Opinions des philosophes* [Opiniões dos filósofos], *op. cit.*, 11, 13, 7. "A lua é um círculo dezenove vezes maior do que a terra e se parece com a roda de uma carroça", *ibid.* Anaxímenes, por sua vez, professa que "os astros estão fixos como pregos na abóbada do cristal", *Aécio*, 16, 6. "Os astros não se localizam sobre a Terra, mas giram ao redor dela", *Aécio*, II, 19, I-2. Cf. *Les Présocratiques* [Os pré-socráticos], *op. cit.* para estes textos.

[173] Cf. *Opinions des philosophes* [Opiniões dos filósofos], *op. cit.*, II, VII, 7.

[174] Cf. A. Rey, *La Jeunesse de la science grecque* [Os primórdios da ciência grega], *op. cit.*, p. 307.

[175] Cf. J. Burnet, *L'Aurore de la philosophie grecque* [A aurora da filosofia grega], *op. cit.*, p. 84.

que está situado abaixo... pois em relação ao centro as direções são idênticas, mesmo que seus sentidos sejam inversos." Complementaridade dos contrários, ambigüidade fundamental e triunfante de tudo que existe, que nasceu do *Um* e que a ele retorna em um movimento perpétuo. E, se é que se pode dizer, em um movimento imóvel ou de uma imobilidade em perpétua mudança.

Se a física for entendida como uma ciência dos fenômenos da natureza ou como um sistema igual ao construído pelos gregos, ela não existe entre os caldeus e assírios. Em contrapartida, foram eles os pioneiros no campo da astronomia e, em particular, da astrologia. Por isso, os pesquisadores da Escola de Crotona sempre se referiam a eles.

"Uma concepção próxima à dos egípcios, não muito diferente da história do Dilúvio, que apresenta o céu como que formado por águas vindas do alto: uma bolha hemisférica em meio à água sobre a qual flutua o hemisfério terrestre. Na região assírio-caldéica, porém, essa imagem especificamente egípcia... na qual os astros são conduzidos por barcos análogos aos que navegam sobre o Nilo... parece ceder lugar à imagem de um céu sólido, de onde caem os meteoritos de metal ou de pedra já observados desde tempos muito antigos..."[176]

O inventário dessas argumentações, que remonta ao terceiro milênio — no que diz respeito à *eclíptica,*[177] por exemplo —, contém, entre outras coisas, um traçado da rota do sol no céu, assim como a divisão sexagesimal do *tempo* e do *círculo.*

Os mais antigos documentos a respeito do zodíaco (observações transmitidas aos gregos) são procedentes dos caldeus e,

---

[176] A. Rey, *La Science orientale avant les Grecs* [A ciência oriental antes dos gregos], *op. cit.*, pp. 152-185.

[177] Círculo Máximo da esfera celeste ou plano da órbita terrestre. (N.Ts.)

provavelmente, datam, com já se viu, do terceiro milênio. "O equinócio da primavera localizava-se, então, na constelação de Touro, que permaneceu como símbolo do sol da primavera, Marduk. Uma tábua de Assurbanipal (segundo terço do século VII) dividida em 12 setores iguais e cada um deles em vinte divisões... exibe para cada mês as estrelas que, em razão de seus alvoreceres helíacos, indicam o início do mês e das décadas... "[178]

Evidentemente, as famosas *tábuas* representam o essencial da matemática e da astronomia dos caldeus e dos assírios. Além do empirismo das observações feitas, nelas se encontra uma maneira de codificar a sucessão e, sobretudo, a repetição dos fenômenos que formavam as séries. Essa foi, certamente, a gênese de uma atitude *científica e racionalista* da qual os gregos tirarão proveito.

Na verdade, "a cosmologia pitagórica é mal conhecida, sobretudo, sem dúvida, porque a atenção dos espectadores foi dirigida preferencialmente para as especulações matemáticas da Escola; talvez também porque ela pouco se diferenciava da cosmologia de Anaximandro e ainda menos da de Anaxímenes... De fato, o mundo foi constituído a partir de um tipo de aspiração do ar ilimitado (*pneuma*) externo ao céu. Ao absorvê-lo, o próprio vazio passou a separar as coisas. O agente dessa aspiração e da determinação que resulta dela é um misterioso fogo central que os pitagóricos[179] simbolicamente denominavam a

---

[178] A. Rey, *La Science orientale avant les Grecs* [A ciência oriental antes dos gregos], *op. cit.*, pp. 152-185.

[179] "A maior parte dos que pensam que a totalidade do céu é finita situam a Terra no centro da esfera. Mas os italianos que denominamos pitagóricos pensam o contrário. De acordo com eles, o centro da esfera é ocupado pelo fogo, enquanto a Terra, que é um astro entre os outros, se insere ao redor do centro segundo uma órbita circular e, assim, produz a noite e o dia", cf. Aristóteles, *Traité du ciel* [Tratado sobre o céu], II, XIII, 293 a 18.

mãe dos deuses ou, dito de outra forma, dos astros. Mais ou menos sob os moldes de um ser vivo, o mundo assim constituído passa a se organizar progressivamente... Longe, porém, de se constituir em um progresso sem fim, essa evolução culmina, pelo menos segundo Filolau, com o *grande ano*, para, em seguida, recomeçar perfeitamente idêntica a si mesma."[180]

"É em torno do fogo central que tudo se ordena e que se realiza a revolução circular dos dez corpos celestes. A parte mais elevada e envoltório do Universo era denominada Olimpo; ela contém em si o céu dos elementos fixos, de onde talvez o movimento próprio, do Oriente para o Ocidente, *teria sido reconhecido pela primeira vez por Pitágoras* e, além disso, um fogo oposto ao fogo central, no qual os elementos existem em toda a sua pureza..."[181]

O Cosmo, que fascina a nossa humanidade, contém os cinco planetas familiares, além do Sol e da Lua. A Terra não é considerada o centro, mas se move em torno do fogo central. Dentro de uma zona de invisibilidade situava-se uma *antiterra,* cujo papel parece ter sido o de explicar os eclipses da lua e do sol. Como se fossem *espelhos*, a lua e o sol recebem unicamente do fogo central a luz que em seguida emitem.

---

[180] "Os elementos predominam, cada um a seu turno, no decorrer de um ciclo e desaparecem uns dentro dos outros... Eles tanto se reúnem para formar um único organismo, por exigência da Atração, quanto, ao contrário, se separam sob o efeito da Repulsão, a ponto de a Unidade antes adquirida desaparecer completamente...", cf. Empédocles de Acragás, *De la nature* [Sobre a natureza] (trad. de S. Jacquemard); consultar também S. Jacquemard, *Héraclite d'Éphèse ou le Flamboiement de l'obscur* [Heráclito de Éfeso ou o esplendor do obscuro], Éd. Arfuyen, 2003. A partir dali, Empédocles considera como evidência o fato de que o Cosmo obedece a um *movimento de expansão e de contração sem fim,* uma revelação revolucionária que a ciência moderna nada faz além de confirmar.

[181] Cf. Léon Robin, *La Pensée grecque et les Origines de l'esprit scientifique* [O pensamento grego e as origens do espírito científico], *op. cit.*, p.75.

A Via-láctea era considerada, com razão, a poeira dispersa de um astro calcinado. Segundo Filolau, a Lua, devido à longa extensão de seus dias, produziria plantas e animais maiores e mais belos do que os de nossa Terra. Em seu livro *Opinions des philosophes* [Opiniões dos filósofos], Aécio relata:

"Cada astro", ele afirma ainda, "é o lugar exclusivo de um número; sendo o fogo central o fogo do *Princípio do Um*; a antiterra é o lugar do primeiro 1 da década; a Terra, o lugar do 2 ou da Opinião; e o Sol, o lugar do 7, isto porque, a partir dos elementos fixos, ele ocupa o sétimo posto..."

A partir de então é formulado o conceito que nos familiariza com a essência do mundo. Esse conceito diz respeito à *harmonia na qual vivem as Sereias.*[182] "Se um corpo que se move rapidamente produz um som, por analogia deve acontecer a mesma coisa com os astros. Sua velocidade variará de acordo com sua distância, assim como a velocidade das vibrações varia de acordo com o comprimento das cordas da lira. *As consonâncias da lira devem ser encontradas no sistema celeste.* Por que não ouvimos essa harmonia? É precisamente *porque não deixamos nunca de ouvi-la,* pois um som só pode ser percebido em razão dos silêncios."

Essa afirmação fascinante e de importância incomensurável, cuja credibilidade continua impossível de ser demonstrada, será tratada mais adiante.

[182] Cf. *ibid.*, p. 78.

Segundo a afirmação de Anaximandro, a pluralidade dos mundos não pode ser concebida pelos pitagóricos, visto que para eles a *Mônada* era considerada o número perfeito.

No que diz respeito à Terra, parece que Pitágoras foi o primeiro a ensinar sobre sua *esfericidade.*[183] Tales e seus sucessores tomavam-na por um cilindro plano. Qual é a posição da Terra no Cosmo? Ela se move em círculo em torno do fogo central, que não é o Sol, como havia sido dito. As opiniões divergem, porém, quanto às posições ocupadas pelo Sol, pela Lua, por Mercúrio e por Vênus. Como as explicações se estendem por séculos, no que diz respeito a Pitágoras e aos pitagóricos, podemos manter as conclusões tiradas por Filolau: "O centro é, por natureza, o primeiro, e em torno dele giram dez corpos divinos: o céu e, depois dele, a esfera dos elementos fixos,[184] os cinco planetas, aos quais ele acrescenta o Sol, sob o Sol a Lua, sob a Lua a Terra e sob a Terra a Antiterra." (Revelado por Aécio em *Opinions des philosophes* [Opiniões dos filósofos].)

A música, a geometria e a astronomia são disciplinas que empregam números, e os Companheiros se dedicam a elas com um ardor que, indubitavelmente, ainda hoje nos fascina.

---

183 Cf. Robert Baccou, *Histoire de la science grecque* [História da ciência grega], *op. cit.*, p. 126.

184 "Em oposição aos astros errantes, as estrelas constituem um único sistema obtido a partir de um bloco que possui o mesmo movimento uniforme...", cf. A. Rey, *La Jeunesse de la science grecque* [Os primórdios da ciência grega], *op. cit.*, p. 408.

Eles procuram — eles encontram — os segredos das forças que atuam de maneira ínfima ou gigantesca — ao redor das miseráveis vidas humanas. Buscam o meio de produzir a tão desejada fusão — por ora ainda imaginária — entre as criaturas feitas de poeira que eles continuam a ser, em face da eternidade, e a própria eternidade que não cessa de moldá-los, devorá-los e, por vezes, os faz resplandecer como espelhos.

Como última explicação, surge o que se pode chamar de instrumento das metamorfoses, que os órficos designavam como *soma-sema*, o *corpo-túmulo*. Em primeiro lugar, Pitágoras venera Orfeu, aquele que distribui iniciações.

A medicina é considerada um recurso que assegura ao corpo o indispensável bem-estar. "Entre as ciências", afirma Jâmblico, "dizem que os pitagóricos honram particularmente a *música*, a *medicina* e a *mântica*."[185] "Em medicina, o que praticam, sobretudo, é a parte consagrada ao regime alimentar, área em que são extremamente precisos; o que tentam aprender, em primeiro lugar, são os signos que permitem reconhecer a proporção entre as bebidas, os alimentos e o repouso; posteriormente, eles são os pioneiros na pesquisa sobre a constituição dos alimentos e na elaboração de regras sobre esse assunto. Os pitagóricos utilizavam os cataplasmas em escala muito maior do que seus predecessores. Ao mesmo tempo, davam menos valor aos medicamentos em voga, sobretudo os indicados contra ulcerações, além de aceitarem com reservas as incisões e cauterizações. Podiam empregar os *encantamentos* para algumas enfermidades. Acreditavam também que a *música* contribui bastante para a conservação da saúde..."

---

185 "Qual é o mais sábio dentre os nossos conhecimentos? A medicina."

Esta foi uma breve exposição do que constitui o essencial do regime alimentar pitagórico na vida cotidiana.

Quais foram os caminhos percorridos pelo Mestre antes de adotar um estilo de vida que, atualmente, podemos qualificar de "naturalista"? O que ele havia observado no Egito?

"Os médicos egípcios sempre tiveram uma grande reputação. Alguns preciosos papiros com informações médicas que chegaram até nós testemunham a extensão de seus conhecimentos."[186] "Entre eles, a medicina era dividida em especialidades: cada médico cuidava apenas de um tipo de enfermidade. Conseqüentemente, o país estava repleto de médicos, especialistas em olhos, cabeça, dentes, abdômen ou ainda em enfermidades de origem incerta."[187]

Os medicamentos utilizados continham não somente substâncias de origem vegetal, mas também minerais, como o sal, o alume, o nitro, o sulfato de cobre e a pedra *menfítica,* que se aplicava sobre o corpo por ocasião das intervenções cirúrgicas e que possuía o poder de *torná-lo insensível.* Para nós é motivo de perplexidade o grande número de receitas que contêm, entre outros, elementos como sangue desidratado, chifres de cervo, leite de mulher que deu à luz um menino, excrementos de leão e o cérebro de uma tartaruga.[188]

Qualquer problema médico (isso foi conhecido por meio do Papiro de Rhind[189]) é exposto metodicamente: inicialmente, procede-se a um *exame médico*; em seguida, é enunciado o *diagnóstico* e, posteriormente, procede-se ao *prognóstico* e ao *veredicto.*

---

186 Cf. Lefebvre, *Essai sur la médecine égyptienne d'époque pharaonique* [Ensaio sobre a medicina egípcia da época faraônica].

187 Cf. Heródoto de Halicarnasso, *Enquête* [Pesquisa], *op. cit.*, II, 84.

188 Cf. A. Rey, *La Science orientale avant les Grecs* [A ciência oriental antes dos gregos], *op. cit.*

189 O Papiro de Rhind ilustrou o método egípcio de multiplicação. (N.Ts.)

"Enfermidade que tratarei (prognóstico favorável).
Enfermidade que combaterei (prognóstico duvidoso).
Enfermidade da qual não tratarei (prognóstico desfavorável)."

Para concluir, era feita uma descrição do *tratamento*.

No campo da cirurgia, os egípcios parecem ter praticado a trepanação.[190] Por outro lado, o papiro em questão revela um surpreendente conhecimento sobre anatomia — sem dúvida alguma, fruto da prática do *embalsamamento*. A atitude do médico aqui parece ser essencialmente de cooperação com a natureza. A dieta alimentar ocupa um lugar de honra. Os pitagóricos, que são pessoas frugais, não deixarão de fazer uso dela.

Duas expressões sempre aparecem nos papiros — que certamente datam de 2000 a.C. —, nos quais toda a ciência médica do Egito encontra-se consignada: *arte do médico* e *arte dos encantamentos*. Estas duas tendências evidentemente se completam, mas existe entre elas uma separação bem nítida. A medicina permanece como uma técnica, nada mais que isso, sem nenhuma intrusão da metafísica.

Quais eram os procedimentos médicos na Grécia desde a época de Homero?

"A partir dos dados encontrados na *Ilíada* e na *Odisséia*, é possível fazer uma idéia do que deveria ser a arte da medicina nos tempos de Homero. Além de extensos conhecimentos anatômicos, esses poemas revelam... a prática corrente dos procedimentos cirúrgicos, simples mas racionais, e a utilização de uma

[190] Cf. *ibid.*, p. 319.

terapêutica à base de plantas, raízes e mesmo de alguns produtos químicos, como, por exemplo, o óxido de ferro ou o sulfato empregado como desinfetante."[191] Como deixar de evocar o famoso *ditame*, este bálsamo em cuja constituição entra uma planta maravilhosa que cura todos os ferimentos?

Parece certo que a medicina era denominada sacerdotal pelo fato de os sacerdotes oficiarem nos templos de Asclépio, filho de Apolo, retratado em Creta sob a forma de um deus-serpente, origem do *caduceu* representado ainda nos dias de hoje.[192] Essa medicina sacerdotal antecedeu a que se poderia qualificar de medicina "laica".

Os primeiros templos dedicados a Asclépio foram construídos na Tessália; posteriormente, foram erigidos o de Epidauro, na Argólida, famoso por suas cerimônias de *incubação* (que estão na origem de certas técnicas em uso na psicanálise moderna), o templo de Cós e, finalmente, o de Atenas.[193]

No interior desses templos geralmente se encontravam uma fonte sagrada destinada às abluções e purificações, os pórticos, sob os quais se abrigavam os peregrinos e enfermos que ali dormiam para poder sonhar, e, por meio desses sonhos, receberem os conselhos do deus, e os *naos*, ou santuários, que continham a estátua do deus e de sua filha, Higiéia, deusa da saúde.

O sacerdote que exercia funções nos templos possuía conhecimentos médicos? É bastante provável.

---

[191] Cf. R. Baccou, *Hippocrate* [Hipócrates], *op. cit.*, p. 17.

[192] Cf. G. Glotz, *Histoire grecque* [História grega], *op. cit.*, t. I, p. 510.

[193] R. Baccou, *Hippocrate* [Hipócrates], *op. cit.*, p. 21: "Provavelmente, as prescrições encontradas sobre os ex-votos com a habitual menção: — o deus ordenou-a no decorrer de um 'sonho' — eram prescrições feitas pelo sacerdote, o intérprete do deus. Em geral, elas são bastante simples e prescrevem sobretudo banhos, massagens, bálsamos, algum tipo de dieta ou poções adocicadas à base de mel. Algumas vezes, indicam a necessidade de uma intervenção cirúrgica."

Independentemente de qualquer lugar de culto, a mais antiga das escolas de medicina, na qual estavam consignados os resultados de observações minuciosas, parece ter sido a Escola de Crotona. Posteriormente, surgiu a Escola da Sicília, cujo fundador foi Empédocles de Acragás e, em seguida, a de Eudóxio de Cnido, rival da Escola de Cós, que estabeleceu suas atividades durante a primeira metade do século V a.C.[194]

Apesar das asserções de alguns, que fazem de Alcmêon o fundador da Escola de Crotona, é possível concluir que ela já existia antes de Pitágoras estabelecer-se na Magna Grécia. Aristóteles menciona esse detalhe sobre Alcmêon, o que permite estabelecer uma cronologia segura: "De fato, a adolescência de Alcmêon coincide com os últimos anos de Pitágoras."[195]

Discípulo cuja atitude de obediência era mais ou menos rigorosa, Alcmêon deve ter sido uma ajuda preciosa para o Mestre à medida que este foi envelhecendo. O Mestre havia atuado no núcleo de uma escola de medicina em pleno desen-

---

[194] "A característica essencial da ciência oriental, anterior à ciência grega, consiste no fato de essa ciência ser quase exclusivamente prática. Visando primeiramente à utilidade, ela não saberia ser desinteressada, ou seja, livre em suas pesquisas... ela permanece estreitamente ligada às aparências, aos fenômenos, cujas causas não se preocupa em sondar..." "A verdadeira ciência nasceu da especulação audaciosa dos filósofos", cf. Robert Baccou, *Histoire de la science grecque* [História da ciência grega], *op. cit.*, p. 33. Empédocles, o fundador da Escola da Sicília, inspirou-se na Escola de Crotona. Ele situa a sede da consciência no coração, e não no cérebro. Citado como o mais famoso entre seus discípulos, Akron (segundo terço do século V a.C.) estudou a influência do ar e dos ventos sobre a saúde e cuidou dos atenienses durante a peste de 430. Esta parece ter sido uma febre eruptiva que tinha parentesco com a varíola. Quanto à Escola de Cnido, ela foi responsável pela formação de Hipócrates (nascido por volta de 460 a.C.), o maior médico da Antigüidade.

[195] *Métaphysique* [Metafísica], *op. cit.*, A, V, 986 a 22.

volvimento.[196] Certamente, não se deve negligenciar a presença de Demokedes, médico originário de Crotona, que viveu durante muito tempo na corte do rei Dario e conseguiu curar este e Atossa, sua esposa, afligidos por diversos males. Depois disso, Demokedes teria conseguido, não sem dificuldades, retornar a Crotona, onde aderiu ao movimento pitagórico e se casou com a filha de Mílon.

A Alcmêon é atribuído um *Traité de la nature* [Tratado sobre a natureza], do qual alguns fragmentos são citados por Aristóteles, Clemente de Alexandria, Diógenes Laércio e Aécio.

De acordo com Teofrasto, Alcmêon foi o primeiro a estabelecer "a diferença que existe entre os animais e os homens". O homem "é o único a dispor de consciência, enquanto os outros possuem sensações sem ter consciência". (Definição esta das mais contestáveis...)

Alcmêon examina os diferentes órgãos que permitem a comunicação com o mundo exterior: a *audição* (os ouvidos contêm um vazio que ecoa), o *olfato* (a respiração penetra até chegar

---

196 Relata-se que Alcmêon teve como discípulo esse Demokedes, que foi médico de Polícrates antes de tê-lo sido dos pisistrátidos e de Dario na Pérsia. Demokedes estudara medicina em Crotona, cidade que abandona, nos diz Heródoto de Halicarnasso (*Enquête* [Pesquisa], *op. cit.*, III, 125-127), devido ao caráter irascível de seu pai, sacerdote de Asclépio e, talvez, um pitagórico. Demokedes somente se aproximaria do pitagorismo mais tarde, provavelmente na esperança de desempenhar um papel político em Crotona. Ao fugir da corte de Dario, ele teria desposado a filha de Mílon, atleta vencedor dos Jogos de Olímpia. Demokedes pagou uma grande quantia por esse contrato de casamento para demonstrar que era um homem influente em sua pátria. Apreciemos esta observação de Demokedes, relatada por Estobeu: "O desenvolvimento da mente é paralelo ao do corpo, e, quando o corpo envelhece, a mente envelhece igualmente e perde sua acuidade em todos os tipos de atividade", cf. *Florilèges* [Florilégios], citados in *Les Présocratiques* [Os pré-socráticos], *op. cit.*, IV, 50, 80.

ao cérebro), o *paladar*, que atua por meio da língua, a *visão* se efetua por meio da água que banha os olhos, os quais contêm fogo, visto que um choque sobre o olho provoca centelhas.[197]

Em resumo, enquanto no período anterior, e mesmo no posterior a ele, o *coração* era considerado a sede do pensamento, essa função, segundo Alcmêon, pertence ao *cérebro*, ao qual alguns condutos denominados *poros* transmitem as diferentes mensagens recebidas pelos órgãos dos sentidos.

Não se deve esquecer que Alcmêon será o primeiro a praticar a *dissecação* e a ultrapassar os limites, se não dos interditos, pelo menos das tradicionais repugnâncias de ordem religiosa.[198] "Por analogia com o mundo e seu fogo central, o corpo humano parece ter seu princípio no calor: calor da semente, calor da matriz — e no desejo que esse calor tem de ser atenuado pelo frio... Ao agir sobre o sangue, os humores e a bile, o excesso ou a falta de resfriamento causam indiretamente as enfermidades. Desta forma, a vida normal é uma *harmonia*, um acordo entre os contrários."[199]

Vemos aqui enunciado o princípio fundamental do avanço da doutrina pitagórica e desvelada sua quintessência: uma evidente *harmonia* governa o Cosmo e se manifesta *em todos os domínios*: em primeiro lugar, no domínio da música, que subentende os *Números*; em seguida, no da geometria, da física, da

---

[197] Cf. Calcídeo, *Commentaire sur le Timée* [Comentário sobre o Timeu], citado in *Les Présocratiques* [Os pré-socráticos], *op. cit.*: "Aquilo que permite saber", segundo Alcmêon em particular, "que a origem desses canais que transmitem a luz é única é principalmente a dissecção... Por outro lado, observou-se que o olho propriamente dito é constituído de quatro membranas ou túnicas, de consistência diferente."

[198] R. Baccou, *Hippocrate* [Hipócrates], *op. cit.*, p. 32.

[199] Cf. L. Robin, *La Pensée grecque et les Origines de l'esprit scientifique* [O pensamento grego e as origens do espírito científico], *op. cit.*, p. 80.

astronomia e da medicina. A *Harmonia* aparece como a resolução e a chave de todos os fenômenos. Para concluir, Alcmêon, que já havia penetrado nos mecanismos secretos do corpo, afirma que a alma que governa esses mesmos mecanismos nada mais é do que uma vibração da Harmonia universal.

Por outro lado, como revela Aécio, Alcmêon atribui o sono "a uma contração do sangue nas veias, e o despertar a um afluxo do sangue; a contração total produz a morte". "Foi preciso esperar mais de seis séculos para que Galeno, em sua famosa obra contra Erasístrato, fizesse esse estudo avançar e ainda mais de quatorze séculos para que Harvey, inspirado por Galeno..., finalmente descobrisse o mecanismo da circulação."[200]

Pouco depois da tentativa de Alcmêon, Filolau, autor (entre outras) da obra *De la nature, du monde, de l'âme* [Sobre a natureza, o mundo, a alma], chega a conclusões similares: "O calor constitui nosso corpo... a semente é quente e está na origem do ser vivo... É na bile, no sangue e na fleuma que residem as causas das doenças. Este princípio é enunciado da seguinte maneira: o sangue... fica grosso em conseqüência de uma contração da carne; em contrapartida, ele se torna mais fino como resultado de uma dilatação dos vasos..."

Encontramo-nos diante dos balbucios de uma ciência que não dispunha de nenhum dos meios de investigação que gradualmente iriam proliferar-se. No que concerne à física e à astronomia, a constatação é a mesma. Esta é a razão das fulgu-

---

200 R. Baccou, *Hippocrate* [Hipócrates], *op. cit.*, p. 26.

rantes intuições que ainda nos surpreendem: "O ouvido é semelhante a um relógio", "Os dois olhos produzem apenas uma única visão", "Os cabelos, as folhas, as asas exuberantes dos pássaros e as escamas que nascem sobre as formas marinhas possuem a mesma natureza", "No Todo não existe nada que seja vazio. Qual seria a origem de qualquer coisa que o aumentasse?", "Elementos eternos".[201]

Apesar de ter vivido um século depois do Mestre de Crotona, Empédocles, que era médico, homem de ciência, adivinho e filósofo, possuía certamente o mesmo gênio vibrante que Pitágoras, de quem ele afirmou: "Vivia entre outros homens um ser prodigiosamente sábio que possuía os dons do espírito em profusão e consagrava suas forças às pesquisas científicas. Bastava que ele concentrasse o pensamento para perceber imediatamente tudo que dizia respeito a dez ou vinte gerações." Um belo testemunho de cumplicidade dirigido a um ser excepcional, cuja identidade não é necessário esboçar...

"Ao aguçar o órgão da audição, *ele fixava seu intelecto nos acordes celestes do Universo*: parecia que apenas ele era capaz de ouvir e compreender a harmonia e a consonância das esferas e dos astros que se movem por si mesmos. Essa harmonia emitia um som mais pleno e completo do que as harmonias terrestres."[202]

---

201 Cf. Empédocles de Acragás, *De la nature* [Sobre a natureza], trad. de Jean Voilquin, *Les Penseurs grecs avant Socrate* [Os pensadores gregos antes de Sócrates], *op. cit*, pp. 121-141.
202 Jâmblico, *Vie de Pythagore* [Vida de Pitágoras], *op. cit.*, p. 65.

Esse é o fantástico resultado de uma pesquisa paciente e exuberante sobre tudo que existe e permanece fora do alcance. Revela-se uma serenidade radiante e atemporal, um vaivém preciso e precioso entre contrários, do Ínfimo em direção ao Imenso. A Harmonia e o próprio ajustamento no qual começo e fim, morte e vida se encontram e se anulam.

Qual o caminho para alcançar semelhante compreensão, imediata e transbordante, na qual não há mais necessidade de temer a dissonância?

Pitágoras e seus discípulos desobstruíram gradualmente esse caminho, a partir do qual finalmente pudemos alçar vôo.

A *Harmonia* permanece como a palavra-chave e a conclusão para todas as formas de conduta em domínios dos mais diversos. Como vimos, ela foi gerada pelo Número, pois o Número serve de suporte para todas as espécies de estruturas; é a própria geometria que governa as formas que se reproduzem, dos cristais de gelo até as asas fusiformes das andorinhas-do-mar. Quente e frio, fluxo e refluxo, inspiração e expiração, saúde e doença, sofrimento e bem-estar são regidos pelas mesmas leis de equilíbrio que se apóiam numa fecunda desordem aparente.[203]

---

203 Cf. Estobeu, *Choix de textes* [Textos escolhidos], in *Les Présocratiques* [Os pré-socráticos], *op. cit.*, p. 504: "No tocante à natureza e à *harmonia*, eis o que acontece: o ser das coisas, que é eterno, e a própria natureza requerem um conhecimento divino e não humano; isto porque nada do que existe poderia ser conhecido por nós se não houvesse um ser fundamental das coisas do qual o mundo é composto: os limitantes e os ilimitados... A grandeza da harmonia é constituída pela quarta e pela quinta. A quinta é um tom maior que a quarta. De fato, uma quarta separa a corda mais alta, *hípate*, da corda média, *mese;* uma quinta separa a corda média, *mese*, da mais baixa, *nete*... A quarta possui uma relação de 3/4, a quinta de 2/3 e a oitava de 1/2."

"O que existe de mais sábio? O Número. O que existe de mais belo? A Harmonia." Nestes dois artigos da profissão de fé dos *acusmáticos* se encontra enunciado o mistério de uma quintessência.

De acordo com Filolau, a coisa mais bela a ser considerada é *a unificação do múltiplo* e *o acordo do discordante.* Para Filolau (fr. 10 D), a alma é precisamente esse acordo, essa harmonia do corpo... A vida dos humanos, quando regulada pelo conhecimento, constitui uma harmonia, um acordo de contrários.[204]

Retornando à música das esferas, ela fascina (e continua sempre a fascinar) tanto o inconsciente dos místicos como o dos cientistas. Os pitagóricos possuem essa particularidade extremamente invejável de serem simultaneamente místicos e cientistas.

"Pelo fato de observarem", afirma Aristóteles, "que as propriedades e relações musicais podiam ser expressas por meio de números e que, evidentemente, todas as outras coisas se assemelhavam aos números, eles mesmos foram os pioneiros em tudo que envolve a natureza; formularam a hipótese de que os elementos que compõem os números são os mesmos elementos de todas as coisas e que o céu, como um todo, é Harmonia e número."[205]

Ignoramos como Pitágoras e os pitagóricos definiam e estabeleciam cifras precisas a respeito da "harmonia das esferas",

---

[204] Cf. L. Robin, *La Pensée grecque et les Origines de l'esprit scientifique* [O pensamento grego e as origens do espírito científico], *op. cit.*, p. 81: "A alma é precisamente esse acordo, essa *harmonia* do corpo. O corpo é comparável a uma lira, mas a oposição entre o quente e o frio... substitui nele a oposição entre o agudo e o grave; na qualidade de contrários, eles o mantêm em tensão; na qualidade de correlativos, eles conservam sua unidade."
[205] Aristóteles, *Métaphysique* [Metafísica], *op. cit.*, A, V, 985 b 23.

também denominada "música das esferas". Este é um poema atribuído a Alexandre da Etólia (metade do século III a.C.), que resume tudo que é possível concluir sobre esse assunto:[206]

"Localizada perto do centro [do mundo], a Terra ecoa o som grave da *hípate* e a *nete* responde à esfera estrelada.

O Sol, a partir do centro dos astros errantes, faz ressoar a *mese*, e o círculo gelado encontra-se em *acorde de quarta*...

A um tom abaixo está o astro Hélio...

A um semitom mais baixo se coloca Hermes, o astro que cintila, depois a Lua e, enfim, a Terra, à qual cabe, em relação ao Sol, o acorde de quinta..."

"A cítara de *sete cordas* é o símbolo do universo divino" (a hípate é a nota mais grave da lira: o *mi*. A nete, o *mi* agudo. A mese, nota central: o *lá*).[207]

No campo da música, "a harmonia é, em sentido amplo, a maneira pela qual os sons e intervalos articulam-se entre si... a oitava é uma harmonia privilegiada, pois é a primeira consonância formada por consonâncias" (segundo Nicômaco). "O harmonista é aquele que mensura os intervalos no *monocórdio* para depois discorrer sobre eles por meio de acordes *cifrados*."[208]

---

206 Cf. R. Baccou, *Histoire de la science grecque* [História da ciência grega], *op. cit.*, p. 130.

207 Na Grécia as cordas da lira recebiam os nomes das deusas Hípate, Nete e Mese. (N.Ts.)

208 Cf. J. Chailley, *La Musique grecque antique* [A música grega antiga], *op. cit.*, pp. 23-24. Nicômaco de Gerasa, *Introduction arithmétique* [Introdução aritmética], citado in *Les Présocratiques* [Os pré-socráticos], *op. cit.*,

Seja qual for o campo para o qual a atenção se dirige, a resolução dos contrários cujo resultado é a Harmonia é operada por meio de cálculos.

É exatamente isso que nos adianta Estobeu:

"No tocante à natureza e à *harmonia*, eis o que acontece: o ser que existe em todas as coisas, cujo caráter é eterno, e a própria natureza requerem um conhecimento divino e não humano... nada poderia ser conhecido por nós se não existisse um ser fundamental em todas as coisas que compõem o mundo, a saber: as coisas *limitantes* e as *ilimitadas*."

Filolau afirmava que "para todos os homens a natureza do Número é cognitiva, diretiva, educativa e, sobretudo, motivo de perplexidade e ignorância... Na realidade, ao adequar todas as coisas à alma por meio da sensação, o *número* as torna reconhecíveis e comensuráveis entre si... Por outro lado, a natureza do número, assim como a *harmonia*, não admite a falsidade...".[209]

O termo Cosmo é utilizado por Pitágoras, não em seu primeiro sentido de *ordem*, mas para designar o universo percepti-

---

II, XIX: "A harmonia nasce unicamente dos contrários, pois a harmonia é a unificação dos complexos e a concordância dos opostos." Nicômaco foi um matemático do século I de nossa era, autor, entre outros, de um *Manuel d'harmonie* [Manual de harmonia] que se assemelhava às teorias dos pitagóricos.

[209] Porfírio, *Commentaires sur les Harmoniques de Ptolémée* [Comentários sobre as Harmônicas de Ptolomeu], *op. cit.*, I, 6: "Se Árquitas e Dídimo são dignos de crédito, alguns pitagóricos, depois de terem fixado as relações de consonância, instituíam comparações entre essas relações e para colocar em evidência as que eram melhores procediam mais ou menos assim... no caso da relação 2/1, que corresponde à oitava, eles suprimiam 1 a cada um dos dois termos, o que dava 1. Em seguida, no caso da relação 4/3, que corresponde à quarta, eles eliminavam 1 de cada um dos dois termos, o que dava: 1 subtraído de 4 igual a 3, e 1 subtraído de 3 igual a 2... Eles davam o nome de *semelhantes* às unidades subtraídas, e de *não-semelhantes* aos restos obtidos após as subtrações das unidades."

vel, cujo eixo é o fogo central. Evidentemente, a alma do mundo está na origem da *harmonia* que o governa.

"Dentro desse grande Cosmo, o homem constitui por si só um pequeno cosmo."[210] É devido à lei da Harmonia que o corpo e a alma se interpenetram. A própria alma é um Número, ou seja, uma realidade primordial que nunca chega à decomposição. "Cada grego, fosse ele *teólogo* órfico, matemático, discípulo de Pitágoras ou físico jônico, fazia a mesma suposição fundamental de que na base dos *múltiplos fenômenos* do mundo certamente existia uma *unidade essencial*... Por meio de que procedimento ela se multiplicava de maneira a produzir a diversidade de deuses, de homens e da natureza? Como é possível realizar a unidade do Todo e a destruição das partes?"[211]

Heráclito de Éfeso, que nasceu mais ou menos 40 anos depois de Pitágoras, dará uma definição de Harmonia que talvez resuma todas as interpretações feitas a esse respeito:

"Os homens não sabem mais que aquilo que é variável permanece em acordo consigo mesmo. Existe uma *harmonia das tensões opostas como as do arco e da lira.*"[212]

---

210 I. Gobry, *Pythagore* [Pitágoras], *op. cit.*, p. 51.

211 Nicômaco de Gerasa, *Introduction arithmétique* [Introdução aritmética], *op. cit.*, II, XXVI: "De acordo com Filolau, a expressão *média harmônica* teria surgido pelo fato de que ela pode ser encontrada em todas as *harmonias geométricas*; sempre, segundo ele, o cubo é uma harmonia geométrica, porque se encontra em harmonia com as três dimensões, visto que ele é o produto de um número multiplicado três vezes por ele mesmo... o número das arestas de qualquer cubo é 12, dos ângulos, 8, e das faces, 6. E é fato que o 8 é a média harmônica entre 6 e 12."

212 É Heráclito de Éfeso quem ousará proclamar: "O fato de aprender muitas coisas não instrui a inteligência, ou seja, ele teria instruído Hesíodo e Pitágoras, assim como Xenófanes e Hecateu." Cf. *Les Penseurs grecs avant Socrate* [Os pensadores gregos antes de Sócrates], *op. cit.*, p. 76.

O portador do duplo atributo que simboliza o que é contraditório é exatamente o deus Apolo, venerado principalmente por Orfeu e Pitágoras. É Apolo quem retesa a corda de seu arco cuja flecha fere e mata. É ele também quem distende as cordas de sua lira que exalta, excede e libera toda a matéria de seu peso.

Para concluir e para que a noção de Número possa planar sobre as diversas especulações que esse mesmo Número reconcilia — para planar como a águia que Jâmblico[213] revelou haver tocado Pitágoras com toda a extensão de suas asas divinamente abertas —, é necessário fazer com que o emblema pitagórico do *Tetractys* se eleve novamente no horizonte. Tetractys ou tétrade? Por vezes, alguns confundem os dois conceitos.

"Por outro lado", diz Aécio,[214] "ele considera que a natureza do Número é a *década*; de fato, os gregos, como todas as nações bárbaras, contam até 10 e depois recomeçam a partir da unidade... O poder do número 10 está oculto no número 4 e no interior da tétrade... pois, se partindo da unidade adicionarmos os quatro primeiros números, obteremos o número 10... (ou o Tetractys)."

O exemplar equilíbrio do Tetractys, base da numeração tradicional, não teria nascido do fato de que ele contém tantos números pares quanto ímpares?[215]

---

[213] Jâmblico, 62 e 142.

[214] *Opinions des philosophes* [Opiniões dos filósofos], *op. cit.*, I, III, 8.

[215] Porfírio citando Árquitas de Tarento, in *Commentaires sur les Harmoniques de Ptolémée* [Comentários sobre as Harmônicas de Ptolomeu], *op. cit.*, I, 6: "Conseqüentemente, os *não-semelhantes* dos diferentes acordes são o produto de uma *combinação* (os pitagóricos denominam combinação a operação que funde dois números em um só). Recapitulemos os *não-semelhantes* de algumas das consonâncias: 1 para a oitava, 5 para a quarta e 3 para a quinta. Segundo eles, quanto menor é o número do não-semelhante, mais harmonioso é o acorde: desta forma, o que produz a *harmonia* da oitava é o fato de que seu *não-semelhante* é *1*."

Essa busca do Absoluto, cujo domínio jamais será alcançado pelos humanos, assim como as especulações simultaneamente engenhosas e inúteis, perpetuar-se-ão até a extinção do objeto da pesquisa e dos pesquisadores no transcorrer do *ilimitado* devir de nosso planeta (não tenhamos nenhuma ilusão quanto a isso).

Distantes e comoventes, muitos deles dignos de elogio por sua temeridade sem faltas, apesar da insuficiência de meios de que dispunham, é assim que os Companheiros em ação aparecem aqui.

O tempo das dissonâncias

No recolhimento de sua beleza infinita, a praia encontra-se deserta. As ondas ali se sucedem umas às outras ao ritmo impalpável do tempo.

Antes de sentir, de desfrutar sob os pés descalços a fria mensagem da areia, Pitágoras detém-se por alguns segundos para apreciar a monumental imagem das cristas brancas das ondas que continuamente se elevam e se deixam cair produzindo o ruído perpétuo de um raio em uma tempestade violenta, em um simulacro de vôo que é simultaneamente um jogo de destruição.

Um privilégio proporcionado pela solidão da aurora, antes de enfrentar a habitual multiplicidade de tarefas. Este é um momento de escuta e fascinação. Quem fala a quem? A fronteira entre aquele que escuta e aquele que se faz escutar é totalmente abolida.

Ao redor do templo de Hera, que se ergue em meio à clareira como um navio em pleno mar, a praia é plana e rochosa. No inverno, o vento sopra furiosamente contra as colunatas. Naquele momento determinado, porém, ouve-se o farfalhar dos esguios pinheiros curvados entre os juncos, das eufórbias e das cinerárias sobre as quais, por vezes, pousam alguns chascos ou um rouxinol de canto roufenho.

Respirar a imensidão. Respirar a liberdade. Pitágoras de Samos sente-se definitivamente sem desejos e sem remorsos. Percebe-se dono de uma jubilação incomum que envolve tudo que se descortina diante dele.

Caminha com o passo livre e resoluto de um homem cujo corpo não revela de maneira alguma a perda da juventude. Ao ser tocado pelo vento, seu rosto não apresenta o aspecto de uma máscara, mas assemelha-se ao espaço de afloramento de um acordo musical com o real.

Ele se inclina para recolher um daqueles mariscos espinhosos dos quais se retira a polpa. Que tipo de conhecimento a respeito do Número pode determinar com perfeição todas as peculiaridades desse marisco? Uma ciência natural que se harmoniza com a matéria? Milênio após milênio? Dentro dessa concha espiralada, na qual reina um molusco viscoso, quem é que faz os cálculos e toma medidas arquiteturais precisas e sem erros? O artista em questão jamais contemplará o que concebeu e realizou.

O que sabemos nós do deus que habita em nosso interior, seja ele denominado Zeus ou Apolo?

Ele sorriu. Um acontecimento raro que se atribui ao estado de abandono em que se encontrava. Talvez essa tenha sido sua única dificuldade, pois sorrir foi uma atitude que ele nunca se permitiu. Qual seria a razão desse luto íntimo? Luto de si mesmo? Luto diante da impossibilidade de alcançar o estado de pureza, cuja ausência envenena o mundo?

Ele sempre encontrou o que procurava. Procurou por toda parte, menos para encontrar do que para estar seguro de que a procura e a investigação jamais chegariam ao fim. Ainda guardava dentro si as imagens da Babilônia, lugar em que os magos se ocupavam ativamente de seu ofício, como abelhas em uma colmeia, assim como as imagens do Egito, lugar em que as pirâmides se enraizavam no céu e provocavam a intensa luminosidade de um bólide de energias erráticas em meio ao Inconcebível.

A cidade em que ele pensa com maior gratidão talvez seja Creta. Ele amava essa ilha afastada que flutuava entre correntes contrárias que se dirigem da Grécia aos desertos da Arábia, entre os fluxos migratórios dos pássaros, dos milhafres, dos grous, das poupas e das rolinhas. Creta e todas aquelas montanhas escavadas com centenas de cavernas sagradas.

Uma pausa sobre o Egito, lugar em que o hieróglifo representa a multiplicação dos segredos contidos na imageria e o irreal forja e marca o real. Em Creta são encontradas as imagens simbólicas da flor-de-lis, do grifo, do polvo, do touro divino, da brilhante plumagem do abelheiro verde e vermelho, e do machado composto de lâminas geminadas.

Por que o polvo com seus horríveis e asfixiantes tentáculos? Por que o machado, capaz de abater com um só movimento basculante o verso e o reverso, o sim e o não, o amanhã e o ontem?

Sem dúvida, ele havia penetrado com muita agilidade no interior de uma dessas grutas repletas de morcegos e sombras provenientes do Hades — uma dessas cavernas que os tremores de terra, tão numerosos em Creta, cavaram justamente sob os picos das montanhas. O monte Ida corta os céus e, mais alto do que os outros, acumula a neve do inverno em seu pico rochoso. Foi ali que o peregrino de Samos conheceu os horrores e a familiaridade com a morte, a exemplo do poeta Orfeu, que sabia como realizar qualquer espécie de encantamento.

O mundo das trevas o engoliu. Ele sentiu a dor lancinante do abscesso, ouviu as turbulentas alvíssaras do esperado triunfo. Compreendeu que aquilo que não pode ser conhecido jamais poderá existir.

Quando a terra treme em Creta, os roedores abandonam suas tocas, os cães uivam e os pássaros marinhos voam em espirais nas alturas. Por todas as partes, vêem-se campos repletos de escombros, ruínas de muralhas que há quase 1.000 anos eram esplêndidos palácios e que, lentamente, foram recobertos pelo rúmex. Ali, as cigarras cantam com a mesma voz dos astros.

A música de Creta, de onde se originou toda a harmonia encontrada nas cidades da Ática, da Fócida e da Élida, acompanha o ritmo das colheitas, da fabricação dos vinhos e da construção das casas. As liras de quatro cordas, siringes, tímpanos, crótalos e sistros do Egito não são sempre capazes de fazer o coração dos homens bater mais rápido?

Com a garganta e a boca cerradas, ele emite uma longa vibração sonora. Ele sabe que esse som se desdobra em outros sons. Ancorada nas profundezas de sua garganta, sua voz funde-se com a regularidade e o movimento das ondas.

Que imenso poder possui a voz. Após uma refeição frugal, ele reunira alguns de seus discípulos mais próximos. No centro da sala, um tocador de cítara manejava o plectro marcando o ritmo com o pé, enquanto homens e mulheres entoavam, com genuína inspiração, uma daquelas melodias cantadas por Terpandro ou Hesíodo. A alegria que demonstravam não era fingida.

O próprio Mestre jamais havia deixado de proclamar seu desejo de que a música pudesse curar todos os males. A música acalma as paixões e cóleras; ela é um bálsamo contra a dor, um encantamento capaz de afastar forças assustadoras.[216]

---

[216] Jâmblico, *Vie de Pythagore* [Vida de Pitágoras], *op. cit.*, p. 111: "Ele havia composto certos cantos com o objetivo de lutar contra as paixões da alma, contra a depressão e o desespero — invenções das mais úteis; havia outras, contra os movimentos de cólera e de agressividade, e contra os exageros cometidos por uma alma afligida por esses males. Ele havia inventado, ainda, um outro gênero de melodia contra os desejos. Eles também faziam uso da dança."

Como está vazia a praia na qual caminha aquele homem vestido de branco, de feições admiráveis, que desfruta da solidão! É nesse instante (o fato parece confirmar a elevada opinião que muitos expressam a respeito dele) que entra em cena a águia branca.[217] Será que a ave surgiu a partir do lado sinuoso da praia que dissimulava a opulenta cidade de Síbaris há pouco destruída pela guerra?

O espaço em que voa o pássaro alarga-se progressivamente, e, abaixo dele, estende-se o mar agitado. Finalmente, acontece a esperada fusão entre o espetáculo e o olho que o assiste. Esta cena não é algo muito maior do que o resplandecente sinal do arco-íris, diante do qual ninguém se espanta? Os sinais são abundantes, mas os espectadores, não.

De que maneira os que receberam o privilégio de *estar ali* naquele momento podem deixar de ser dominados pelo orgulho e pela arrogância? Um exercício perigoso no qual o sujeito se vê como observador e acredita estar dispensado de qualquer outra coisa.

No céu, a silhueta do pássaro em busca da presa vai se tornando cada vez mais precisa.

Sem dúvida alguma, trata-se de uma águia. É a águia branca, que habitualmente pesca nos rios ao longo da costa. Diante do templo da deusa, rodeado de colunas e entalhado com silhuetas, a ave descreve lentamente uma órbita. De súbito, suas longas asas e sua cabeça altiva elegem como alvo o homem ali de pé.

---

217 *Ibid.*, p. 62: "Enquanto ele se encontrava em Olímpia, juntamente com seus discípulos para tratar de assuntos relativos aos presságios, símbolos e sinais enviados pelos deuses, afirmando que, para os homens realmente amados pelos deuses, *estes enviam certas mensagens e vozes*, uma águia começou a voar acima deles; disseram que a ave baixou e, tendo tocado Pitágoras com uma de suas asas, retomou seu vôo em direção às alturas." Trata-se aqui do gavião-pescador, uma águia branca que habita os rios costeiros.

Enquanto a ave se aproxima, Pitágoras observa detalhadamente sua pálida plumagem, salpicada aqui e ali por algumas manchas discretas, o bico em arco, os olhos fulgurantes. Deveria ele estender o braço para receber esse fardo verdadeiramente divino? Que tipo de revelação semelhante criatura carrega consigo? Que personagem do passado assume sua forma? O que será que se quer comunicar com isso?

Uma exclamação de alegria positivamente escapa dos lábios do Mestre, sempre tão seguro de si mesmo.

O majestoso animal toca-o com uma de suas poderosas asas e, rapidamente, se distancia. Afasta-se em direção à cidade onde as Erínias[218] urravam desvairadamente no calor da batalha.

Na verdade, como se defender do abatimento provocado pelos recentes acontecimentos que fizeram a Grécia tremer? O que ele poderia ter feito? O que deveria ter feito ele, o Mestre, a quem todos ouviam? A multidão de refugiados — eram cerca de 500 — invadia, dia após dia, as ruas de Crotona. Sempre houve e sempre haverá refugiados no mundo. É preciso deixá-los perecer juntamente com a atmosfera de terror e ódio que transportam com eles?

É necessário fazer desaparecerem essas pessoas de faces marcadas pela angústia, que, pelo desejo de vingança, se insur-

---

218 Na mitologia grega, as Erínias são divindades perseguidoras dotadas de uma inesgotável sede de vingança. Apesar de sua ascendência divina, os deuses do Olimpo sentem por elas uma certa repulsa e simplesmente as toleram. Os homens, por sua vez, as temem e fogem delas. (N.Ts.)

gem contra a indiferença generalizada em relação ao problema extremamente urgente de comer e dormir?

É necessário expulsá-las impiedosamente para além das fronteiras e deixar aos deuses, de quem são criaturas, a preocupação com sua sobrevivência, sejam elas culpadas ou não de sacrilégio?

Socorrer pessoas que se conduzem como ímpias não é o mais terrível ultraje que se possa cometer contra os Imortais?

Será que esses depravados, esses libertinos, esses inimigos do povo, que não têm direito senão a passar por todo tipo de necessidades, assim como os escravos — como os milhares de escravos de Mileto, por exemplo, que penam a fim de que uma minoria de homens endinheirados, cheios de arrogância, trafiquem com os negociantes do mundo inteiro —, será que esses depravados, empanzinados de vinho das ilhas de Tasos e de Quios, de tordos, de calamares, de *escargots* e de vulvas de leitoa, mereciam que, pelo simples fato de irem ajoelhar-se como suplicantes diante dos altares, se expusesse a cidade de Crotona ao perigo?

Depois de ter-lhes restituído a chance de viver, ninguém poderia fazer outra coisa senão acolher esses suplicantes, sob pena de cometer um sacrilégio semelhante ao que ocorrera em Atenas no caso dos Alcmeônidas. Já havia um século, um sujeito conhecido pelo nome de Cílon havia conseguido fugir a tempo. Seus cúmplices, porém, reunidos diante do altar de Atena, depois do malogro do golpe com o qual pretendiam apossar-se da acrópole, foram todos executados.

A magnitude do sofrimento que afligiu os alcmeônidas, responsáveis por um crime de tais proporções, é algo que ainda se pode constatar.

A presente tragédia, ou seja, a destruição total de Síbaris, iniciou-se em razão da confusão provocada por um grupo de desterrados. Que Síbaris tenha organizado sua própria decadência, resultado de torpezas confirmadas, ninguém contesta. O Mestre, contudo, recusa-se a qualquer dialética cuja tendência seja absolver os bem-pensantes de Crotona que não recuaram diante de atos dignos de bárbaros.[219]

Era absolutamente necessário castigar Síbaris. Massacrar a população inteira — com exceção dos fugitivos —, destruir templos e casas, inundá-los sob as águas do rio seria a manifestação máxima de uma ferocidade que todo homem oculta dentro de si mesmo. Algo que ele deve reprimir sob pena de não receber, nesta vida ou em outras, nem mãos, nem um rosto, mas sim as presas e garras de um animal carniceiro.

Na verdade, o ataque partiu da cidade rival, situada em uma região quase adjacente. Foi Síbaris quem atacou primeiro. Crotona não fez nada mais do que se defender. Uma evidência que em si causa um certo alívio. O mal, porém, foi cometido em razão da violência empregada pelas forças em ação.

No passado, houvera o caso de Síris, cidade bem próxima de Síbaris, que recriminava sua vizinha por barrar-lhe a rota do Norte e a do Oeste, impedindo-a de comerciar seus produtos, entre eles trigo e óleo.

Com a ajuda de Metaponto e de Crotona, implicada de maneira curiosa nessa sórdida história, Síris viu-se em má situação, reduzida à impotência. Foi nessa época, justamente, que

219 Estrabão, *Géographie* [Geografia], *op. cit.*, VI, 1, 13: "Os sibaritas, porém, foram vítimas de seu próprio luxo e orgulho. Em setenta dias toda a sua prosperidade foi aniquilada pelos crotonianos, que, após haverem tomado a cidade, desviaram o curso do rio sobre ela e a inundaram."

Pitágoras desembarcou na bela enseada cercada de montanhas por entre as quais cruzam barcos e gaivotas.

Como sempre, a infelicidade ronda por todos os lados. Vinte anos mais tarde, ou seja, em apenas um mês, o choque entre as armas, os gritos das vítimas trespassadas por elas e os terríveis relinchos dos cavalos que tombavam na batalha ainda ecoam como tantos outros gemidos oriundos do Hades. O que será que ocorreu ao certo para que se chegasse a tal ponto?

Parece que toda a responsabilidade pelo caso recaiu sobre Teles, um demagogo em fúria que criticava os habitantes de Crotona por sua boa conduta e acusava seu governo desprezível de ser formado por aristocratas. É certo que com suas atitudes incisivas e zombeteiras ele visava Pitágoras e sua Escola, assim como todos os simpatizantes que o rodeavam, vindos de regiões circunvizinhas.[220]

---

[220] Diodoro da Sicília, *Bibliothèque historique* [Biblioteca histórica], *op. cit.*, livro XII, IX : "Os gregos haviam fundado a cidade de Síbaris na Itália, na confluência de dois rios, o Crates e o Síbaris (este último deu seu nome à cidade). Graças à fertilidade do solo, a cidade atingiu um rápido crescimento. Os colonos, que ocupavam um território vasto e fértil, adquiriram grandes riquezas. Concederam o direito de cidadania a muitos estrangeiros e, devido ao seu rápido desenvolvimento, criaram a reputação de serem mais poderosos que os outros habitantes da Itália. A população cresceu tanto que chegou a contar com 300 mil cidadãos. Naquela época, havia em Síbaris um demagogo chamado Teles, que começou a fazer acusações aos homens mais considerados da cidade. Com seus discursos, levou os sibaritas a confiscar os bens de 500 dos mais opulentos cidadãos e a condená-los ao exílio. Os desterrados se refugiaram em Crotona e foram em praça pública, diante dos altares, suplicar por asilo. Teles imediatamente enviou para lá alguns deputados encarregados de exigir dos crotonianos a extradição dos desterrados ou, em caso de recusa, declarar guerra a eles. A assembléia reuniu-se para deliberar se era necessário entregar os italiotas aos sibaritas ou enfrentar a guerra contra um inimigo muito mais poderoso. Tanto o senado como o povo hesitaram sobre que partido tomar. Para evitar a guerra, a maioria desejava votar pela extradição dos suplicantes, mas o filósofo *Pitágoras* aconselha-os a salvar aqueles infelizes e dirige os sufrágios..."

Será que sem a intervenção do espartano Dorieu, filho do rei Anaxândrido, tantos vitupérios vulgares teriam terminado em um confronto como esse, no qual o agressor acabou por perecer?

É importante recuperar na memória (memória, a primeira ocupação de todo homem que deseja ser dono da sucessão de seus dias) as circunstâncias exatas do caso.

Dorieu, o Espartano, depois da morte de seu pai, não aceita mais as imposições dos mais velhos. De acordo com as leis, quem deve receber o poder é Cleômenes, seu irmão mais velho. Cleômenes é, porém, uma pessoa muito vulnerável, obcecado por visões, enquanto Dorieu demonstra qualidades extraordinárias. Por outro lado, depois do brilhante período que se segue à segunda guerra de Messênia, o poder de Esparta declina. A bela cerâmica que a cidade exportava para Samos, Cirene, Tarento e Etrúria, e que fazia concorrência com a cerâmica de Corinto, desaparece completamente. "Esparta vive fechada em si mesma, sem ambicionar novas conquistas, sem pretender manter aquelas que já possuía e desfrutar, em meio às cidades gregas, da fama de uma cidade de grande valor militar e austera virtude."[221]

Resolvido a levar uma existência tão brilhante quanto arriscada, Dorieu afasta-se de Esparta para fundar uma colônia. Uma bela iniciativa que deve ser precedida por uma peregrinação a Delfos em busca dos conselhos da Pitonisa. Uma viagem que Dorieu deixa de fazer em virtude da irritação e do mal que lhe causa a ascensão de seu irmão Cleômenes ao trono. O que prova como a vigilância dos deuses é sempre perfeita. Ele leva seus navios para a Líbia[222] e se estabelece em uma região encan-

---

221 Cf. François Chamoux, *La Civilisation grecque* [A civilização grega], Arthaud, 1989, p. 71.

222 Heródoto, *Enquête* [Pesquisa], v. 40-45.

tadora às margens do rio Cínipis. A reação da vizinhança não tarda. Com uma perversa brutalidade, os líbios e cartagineses perseguem os novos colonos e obrigam Dorieu a voltar para o Peloponeso.

Ali, o destino faz com que, sem nenhuma ligação aparente, as trajetórias de certos personagens se cruzem e se confundam.

Um certo Antícares, homem originário de Éleon, incita Dorieu a permanecer na região de Érix, na Sicília, que Héracles havia conquistado. Como se afirmava que os reis de Esparta eram descendentes do famoso herói, Dorieu considera a proposta digna de crédito. Dessa vez, a Pitonisa foi consultada e aprovou formalmente a decisão. Dorieu iça suas velas imediatamente em direção à Itália.

Ele encontra um exército ensandecido que não sabia a quem pedir socorro. Eram os habitantes de Crotona que os sibaritas se preparavam para atacar. De acordo com suas próprias convicções políticas, Dorieu, o Espartano, aceita combater para salvar da oligarquia aqueles compatriotas que, expulsos por Teles, haviam se refugiado em Crotona.

Como havia ocorrido na campanha contra Síris,[223] os sibaritas imaginam poder vencer rapidamente os inimigos, cuja

---

223 Cf. G. Glotz, *Histoire grecque* [História grega], *op. cit.*, t. I, p. 191: "Enquanto os bárbaros ficam à espreita ou se lançam ao ataque, os gregos se dilaceram entre si... Na Enotria, a concorrência dos transportes estabelecida através do istmo conduz a lutas implacáveis. Inicialmente, Síbaris entra em combate com Síris, que lhe barra a rota do Norte e pretende apropriar-se da rota do Oeste. Sob os golpes de Síbaris, auxiliada por Metaponto e Crotona, Síris foi abatida por volta de 530 e só subsiste na dependência da confederação aquéia. Logo depois, Locres é atacada por Crotona..."

reputação de austeridade e integridade é provavelmente exagerada em virtude de sua ligação com a renomada Escola.

Não sem bazófia, eles avançam com seus 300 mil soldados de infantaria e seus cavaleiros, que desfilam diante de um exército de importância bem menor. A oposição dos crotonianos não contém mais do que 100 mil defensores. A razão dessa absurda demonstração, que irá terminar muito mal para os agressores, se resume a isto: o afluxo de estrangeiros, que compõem uma parte da população de Síbaris e que para lá se dirigem em busca do enriquecimento rápido e dos prazeres encontrados em profusão naquela cidade, termina por gerar um tipo de governo exclusivamente popular.

Os valores e virtudes do passado, defendidos por Homero, são considerados obsoletos e alienantes. Todo aquele que defende a primazia do pensamento deve ser eliminado. É o que proclama publicamente Teles, o atual ídolo da juventude. Aumenta o descontentamento provocado por ele, traduzido na incriminação de 500 cidadãos dos mais influentes e, coisa singular, dos mais abastados. Eles nada têm de exemplar, mas não escondem sua preferência pela oligarquia, um sistema pelo qual Crotona tem grande consideração. Todos eles são condenados ao exílio, e seus bens, confiscados.

Com a vida em perigo, alcançam a cidade vizinha e refugiam-se nos lugares invioláveis nos quais os deuses recebem a homenagem de seus fiéis. Ajoelham-se nos altares da mesma maneira que milhares de suplicantes já haviam feito antes deles. Rapidamente, Teles envia a Crotona uma equipe de embaixadores que exigem a extradição imediata dos culpados. Por que esse furor renovado? O que eles querem é uma execução pública, espetáculo dos mais ignóbeis, pelo qual o povo é sempre voraz?

A Assembléia delibera. Pitágoras participa pessoalmente das atividades, pois o assunto o toca bem de perto. Até que limite se podem suportar as ondas da infâmia e das provocações? A humanidade seria aniquilada por completo. Sem dúvida, o pior de tudo é que Teles não aceita recusas e vocifera a ameaça de uma guerra imediata. Questiona-se com toda a consciência o que seria conveniente fazer.

É lícito afirmar que essas pessoas que aqui chegaram em busca de socorro são melhores do que aquelas que as perseguem? Por causa de um punhado de negociantes, muitas vezes desonestos, que perderam suas riquezas, devemos temer o pior. Por causa de alguns políticos desejosos de poder e orgulhosos de desfilar montados em seus cavalos árabes; por causa de alguns bufões e de outros faladores enviados a Síbaris, por Atenas ou pela Lacedemônia, a fim de recrutar para suas Ligas mortalmente inimigas o maior número possível de combatentes; por causa de pessoas por vezes menos dignas de piedade do que aqueles que as perseguem, assistiremos à destruição de Crotona? Enviá-los de volta à cidade vizinha como uma mercadoria defeituosa é, evidentemente, responsabilizar-se por sua morte.

Um dilema como esse é algo tão opressivo que são precisos um dia e uma noite para debatê-lo na Assembléia. Depois que Pitágoras é solicitado a emitir sua opinião, o voto é quase unânime.

Quando o Mestre aparece na soleira da porta escoltado por alguns adeptos, a exclamação é enorme. Ligeiramente claudicantes, com suas faces completamente lisas à moda dos dóricos e a longa cabeleira branca presa à nuca por um laço, os mais idosos sorriem. Vestem-se como pastores ou entalhadores de pedra.

As coisas se resolvem com extrema rapidez, como se há muito tempo Síbaris desejasse uma revanche. Os sibaritas gargalham entre si diante da idéia de trespassar com suas espadas esses detestáveis fazedores de sermões, esses sábios cujas descobertas fascinavam e entusiasmavam o mundo grego.

É evidente que Pitágoras e os pitagóricos em geral recusaram-se a participar da batalha. No momento em que a horda dos hoplitas avançava em direção às muralhas de Crotona, Pitágoras ofereceu incenso diante do altar de Apolo.

O Mestre, porém, recusava-se a dar qualquer instrução aos simpatizantes que se declaravam a favor de uma defensiva considerada absolutamente lícita. O que fez com que eles passassem a seguir o comando de Mílon.[224]

Houve apenas uma batalha, que aconteceu nas cercanias do rio Tetraris, na metade do caminho entre as duas cidades em guerra. Ali ocorreu um fato extraordinário, que alguns preferiram considerar uma intervenção divina. No fragor do tumulto provocado pelos 300 mil homens do inimigo em combate contra os 100 mil crotonianos, é bem possível acreditar na veracidade de uma peripécia como essa.

O fato de que em Síbaris era costume domesticar os cavalos, oriundos do Egito e da Arábia, ensinar-lhes alguns passos especiais e coreografias minuciosamente estudadas, executadas ao

[224] Diodoro da Sicília, *Bibliothèque historique* [Biblioteca histórica], *op. cit.*, livro XII, IX: "Sob o comando de Mílon, o atleta, que, graças à sua força extraordinária, foi o primeiro a colocar em fuga o grupo inicial de oponentes... Dizem que, ao marchar para o combate, ele levava uma coroa sobre a cabeça, como os vencedores dos Jogos Olímpicos, vestia uma pele de leão e carregava um bastão, como fazia Hércules."

som de flautas, levou algumas pessoas a acreditar na inconcebível aventura que se segue (revelada por Plutarco)[225]: ao ouvirem o som distante dos trompetes e das flautas, vindo das muralhas de Crotona, os cavalos dos sibaritas teriam começado a dançar.[226] A desordem teria se instalado à medida que os cavaleiros tentavam, em vão, dominar suas montarias. Esta teria sido a razão da derrota dos sibaritas e da reconquista da coragem e da audácia por parte dos hoplitas comandados por Mílon. Teria sido necessário um artifício como esse para legitimar o fato de que Crotona, apoiada pelos deuses, deveria vencer a batalha? Esta fábula, que logo em seguida se espalhou, é muito bela para ser verdadeira. Sobre esse assunto, Pitágoras ainda permanece pensativo.

Imediatamente, esboça-se o sombrio reverso de todas as coisas. A vitória teria sido suficiente. Sempre de tocaia, porém, a *hybris* desonra e subjuga os triunfantes que não têm controle sobre si mesmos. Os habitantes de Crotona (dentre os quais se encontram até mesmo alguns pitagóricos que comumente pregam a moderação e a tolerância) não se contentam apenas com a vitória sobre seus inimigos: eles os massacram sistematicamente. Pior que isso, desejam aniquilar Síbaris, débil covil de praze-

---

225 *Œuvres morales* [Obras morais], Hachette, 1870, t. IV, p. 233.

226 Vicenzo Barone, *Sibari, Realta di una Leggenda* [Síbaris, realidade de uma lenda], Edizione Magna Graecia's, 1987: "Os últimos 70 dias de guerra contra Crotona se tornaram fabulosos em razão do imaginativo conto dos cavalos que, no fragor da batalha, preferiram dançar a se engajar nas tropas do fortíssimo Mílon, pois era dessa maneira que haviam sido adestrados por seus cavaleiros que amavam muito mais os lautos banquetes e as alcovas de colchões forrados por pétalas de rosas" (p. 5). "Afirma-se, contudo, que o motivo determinante da derrota de 510 a.C. teria sido a debilidade dos costumes, pois, no fragor das armas, os cavalos, que haviam sido adestrados para a dança, em vez de avançarem contra o exército inimigo comandado por Mílon, preferiram dançar" (p. 20).

res imorais. Depois de inundada, essa cidade execrável deve desaparecer: a idéia é romper os diques do rio Crates e dar vazão às suas águas turbulentas. O silêncio da morte flutuará por toda parte...

Um grito de horror eleva-se tão alto que seu eco é ouvido na Ásia Menor.[227] Até aquele instante, essa havia sido a mais assustadora catástrofe a atingir uma cidade grega. O direito de resposta foi ultrapassado. Trata-se decerto da ferocidade, da raiva à qual se abandonam os homens quando dominados por forças tenebrosas causadoras da pior calamidade que a humanidade teve de suportar. Como devem ter festejado os abutres que desceram planando silenciosamente das florestas da Sila em grandes vôos!

Seria esse o ponto a que deveria chegar um lugar que adquirira e pregara tanta sabedoria e que, por iniciativa de algumas pessoas, considerava-se uma cidade perfeitamente exemplar? A manifestação de uma espécie de loucura não é algo que sempre devem temer aqueles que exigem muito de si mesmos? A formulação *Meden agan*, nada em excesso, jamais deve ser negligenciada: Pitágoras acaba de receber uma lamentável e dolorosa demonstração desse "teorema"!

Chegamos assim a Mílon, sem dúvida alguma o responsável por uma contradição que só pode denegrir a reputação da Escola.

---

[227] Heródoto de Halicarnasso, *Enquête* [Pesquisa], *op. cit.*, V, 44; Diodoro da Sicília, *Bibliothèque historique* [Biblioteca histórica], *op. cit.*, XII, x; Estrabão, *Géographie* [Geografia], *op. cit.*, VI, I, 13; G. Glotz, *Histoire grecque* [História grega], *op. cit.*, t. I, p. 194.

Ninguém ousaria tomar a iniciativa de instaurar um processo contra Mílon. A multidão o aplaude e honra como um semideus, como se ele fosse o próprio Héracles. Mílon, o genro de Pitágoras,[228] se considera, quase com toda a certeza, uma nova encarnação de Héracles, de quem exibe os atributos. A partir desse momento, começam a surgir os interditos e as prescrições.

A silhueta atlética de Mílon encobre subitamente o horizonte. Ele avança, passo a passo, coberto pela mesma pele de leão com a qual Héracles se revestira depois de ter vencido o animal carnívoro que aterrorizava os habitantes de Neméia, um burgo do Peloponeso em cujas circunvizinhanças ergue-se um templo dedicado a Zeus Nemeiano. Todos os anos, no apogeu do verão, celebram-se ali os Jogos Nemeianos. Assim paramentado e brandindo uma maça, ele entrou em um transe de fúria no qual abater o maior número possível de homens tornou-se um feito extraordinário.

Em comparação a seus colegas da Escola, Mílon é, com certeza, uma espécie de monstro. Para ele, esse adjetivo não é exagerado. Assim como não é exagerado para Dioniso, com toda a sua excentricidade, nem tampouco para Apolo. Mílon sabe disso e deleita-se em ser designado desse modo. Para ele, acumular provas de sua força é um desafio. O que desafia ele, porém? Segundo afirmam, o Mestre e seus discípulos praticam uma ascese que consideram bastante equilibrada e exigem de si mesmos a renúncia à indolência e aos desejos do corpo. Mílon

228 Sobre esse assunto, são múltiplas as contradições, pois Diógenes Laércio relata o seguinte (*Vie, Doctrines et Sentences des philosophes illustres* [Vida, doutrinas e proposições dos filósofos ilustres], *op. cit.*, VIII, 20): "Segundo alguns, Pitágoras somente sacrificava vítimas que não possuíam alma: galos, cabritos de leite e o que chamamos de porcos de leite, mas não os cordeiros. Aristoxeno, no entanto, afirma que ele permitia que se consumisse carne animal, com exceção do boi, utilizado para o serviço, e do carneiro."

absolutamente não obedece a esses princípios: sua reputação de devorador de carne crua já era algo estabelecido. Sim, ele é um zeloso e valoroso adepto de Dioniso e de suas Bacantes.[229]

Nascido em Crotona, quem é Mílon senão um atleta a quem as tão aclamadas vitórias, houve pelo menos seis delas, atirou em conivências perigosas e, por vezes, inquietantes com os *daimôns*, os gênios maléficos, os súcubos que vagueiam pelo mundo? Quando Pitágoras chegou, ele oficiava os rituais no templo de Hera Lakinia, a protetora dos bois.[230] Por uma razão evidente, as vítimas sacrificiais eram ainda mais suculentas que as outras.

Com voz baixa, mas firme, o Mestre por vezes deixa em estado de alerta aquele com quem possui um estreito parentesco. O que dizem um para o outro? Somente os deuses ouviram seus diálogos.

---

229 Jeannine Auboyer, *La Vie quotidienne dans l'Inde jusqu'au VIIIe siècle* [A vida cotidiana na Índia até o século VIII], Hachette, 1974, p. 144: "Pode parecer contraditório que, em um país no qual a ortodoxia reprovava a alimentação à base de carne, a caça e a pesca tenham sido admitidas entre as atividades reconhecidas como profissionais. De fato, a ameaça a qualquer tipo de vida só podia ser considerada com horror pelos teóricos da transmigração das almas e da 'não-violência'. Nesse aspecto, porém, a Índia é essencialmente paradoxal. Ao lado da teoria, existe sempre lugar para uma explicação mais ou menos falaciosa que torna possível aquilo que está sendo formalmente defendido." Cf. Jâmblico, *Vie de Pythagore* [Vida de Pitágoras], *op. cit., p.* 100: "Em tudo que diz respeito à caça, eles [pitagóricos] não admitiam que ela fosse praticada, nem que alguém se dedicasse a ela a título de exercício."

230 Cf. R. Bosi, *Cités grecques d'Occident* [Cidades gregas do Ocidente], *op. cit.*, p. 121: "Dentro do grande cinturão que envolvia o templo de Hera Lakinia, certamente preexistente à fundação de Crotona, passavam manadas de bois, como lembram Lívio e Teócrito: existiam, de fato, laços culturais entre Hera e os bovinos, exatamente como nos santuários de Argos e de Dodona. O culto a Hera e aos bovinos está igualmente ligado ao culto à chuva para o crescimento das pastagens. É provável que o atleta crotoniano Mílon tenha sido sacerdote do culto a Hera, no Lacínio."

Esse sacerdote de Hera, atleta de renome e prestígio, é um jovem de origem nobre. Sua família ocupa em Crotona um lugar eminente, designado apenas aos poderosos.[231] Teria sido essa a razão pela qual Pitágoras autorizou o casamento de sua filha Myia[232] com esse perigoso libertino? Até hoje ninguém sabe. Apesar de suas boas intenções, ele continua a ser perigoso: a "seita", que alguns se apressam em caluniar, necessita de um defensor dessa envergadura. "Esse pitagórico da elite contrasta, violentamente, com o filósofo de Samos por uma série de aspectos; o regime alimentar é, a princípio, o mais surpreendente

231 Estrabão, *Géographie* [Geografia], *op. cit.*, VI, I, 12: "Segundo Éforo, Crotona foi habitada primeiramente pelos iapiges. Esta cidade parece ter cultivado particularmente as artes da guerra e as disciplinas atléticas. Houve até mesmo uma Olimpíada na qual os sete primeiros colocados na corrida realizada no estádio vinham de Crotona, o que permitiu que se afirmasse, aparentemente de forma bastante justa, que o último dos crotonianos era o primeiro de todos os outros gregos. A partir desse acontecimento, surgiu também a expressão proverbial 'mais saudável até mesmo que Crotona, que dava a idéia de que esse lugar devia conter algum princípio especial que gerava saúde e vigor... Os numerosos pitagóricos de Crotona contribuíram igualmente para sua glória, principalmente Mílon, o mais célebre dos atletas, que se tornou discípulo de Pitágoras durante a longa permanência deste na cidade. A esse respeito, conta-se que um dia, enquanto os filósofos faziam sua refeição juntos, uma das colunas do salão começou a se curvar; Mílon colocou-se no lugar dela e salvou não apenas a vida de todos os seus companheiros, como também conseguiu, ele mesmo, esquivar-se. Seguro como se sentia de sua força, é possível acreditar que tenha morrido da forma como relatam alguns autores (cf. *Timeu,* século V). Eles contam, de fato, que um dia, ao caminhar através de uma densa floresta e ter-se afastado consideravelmente de seu caminho, ele avistou um grande tronco de árvore no interior do qual estavam enfiadas algumas cunhas de lenhador. Introduzindo na fenda primeiro as mãos e depois os pés, ele reuniu todas as suas forças para abrir um pouco mais o tronco e, finalmente, parti-lo. Porém, só conseguiu abrir o tronco o suficiente para que as cunhas saíssem dali. Imediatamente as duas partes do tronco se fecharam outra vez. Enclausurado nessa armadilha, foi deixado como pasto aos animais ferozes."

232 Cf. M. Detienne, *Les Jardins d'Adonis* [Os jardins de Adônis], *op. cit.*, p. 83.

entre eles. Em Crotona, enquanto Pitágoras impõe-se como um 'homem divino' (*theios aner*) e é considerado um outro Apolo hiperboreano que se nutre de alimentos maravilhosos, Mílon de Crotona torna-se célebre em toda a Antigüidade por seu desmesurado apetite... Certo dia ele engoliu mais de dez quilos de carne, igual quantidade de pão e bebeu mais de dez litros de vinho. Uma vez, em Olímpia, onde havia triunfado nos Jogos por seis vezes, ele colocou sobre os ombros um touro de quatro anos, fez um *tour* pelo estádio, sacrificou o animal e, sem a ajuda de qualquer conviva, devorou-o até a última bocada."[233] O exagero é evidente, e ninguém pode negar que o objetivo é denegrir a imagem de Mílon. Alguns poderão observar nele a exaltação de uma criatura que aspira a um *status* divino. Nossa semelhança com os deuses se dá mais pela prática da abstinência, como acontece com Pitágoras, ou pelo hábito aterrorizante da bulimia?

Apesar de tudo, a vitória contra os sibaritas, três vezes mais numerosos, vai depender de Mílon. É em sua casa que os pitagóricos deliberam sobre os acontecimentos políticos.[234] Os Imortais parecem forçar o Mestre de Crotona, seu austero representante, a fazer estranhas concessões. A soberba devido à qual o reprovam teria suscitado, por meio do jogo da Nêmesis, essas deploráveis transigências de sua consciência?

---

[233] *Ibid.*, p. 83.

[234] Cf. Diógenes Laércio, *Vie, Doctrines et Sentences des philosophes illustres* [Vida, doutrinas e proposições dos filósofos ilustres], *op. cit.*, VIII, 6: "Ele concedeu as leis aos italiotas e foi homenageado juntamente com seus 300 discípulos que administraram perfeitamente os negócios públicos a ponto de fazerem de sua cidade uma quase aristocracia."

Como quer que seja, Mílon é um homem de relações calorosas, tanto no estádio como na ágora. Como cabe a qualquer grego, a farta distribuição de abraços, os intermináveis discursos e o uso mais ou menos imoderado do vinho são indispensáveis. Esse pitagórico, que destoa de todos os outros, seduz a população de Crotona e faz com que ela se sinta segura. De um lado, na elaboração de sistemas científicos, estão os melhores e mais honoráveis representantes de uma Escola em pleno trabalho que vivem em comunidade e, portanto, em um certo isolamento; de outro, uma grande quantidade de curiosos vindos de lugares distantes, estudantes, prosélitos mais ou menos fanfarrões e alguns simpatizantes, sempre bem-vindos em razão de suas generosas doações.

Mílon incita os pitagóricos a exercer sua influência até mesmo no terreno da política. Aliás, tanto para ele como para o Mestre, é adequado que o modo de vida de cada um esteja em conformidade com a realidade subjacente que governa o mundo. São os pitagóricos que desvelam os mistérios e os arcanos dessa realidade. Em conseqüência disso, a política, por meio da qual são manipulados os desejos e as necessidades coletivos, na qual são erigidas as barreiras e formulados os interditos benéficos a todos, deve ser conduzida em harmonia com tudo que leva a cidade de Crotona a adquirir uma fama de sabedoria jamais alcançada anteriormente.

Pitágoras permite que Mílon faça isso? Parece que esse era o único papel conveniente para ele. Ele ouve, argumenta e determina com seriedade a participação de uns e de outros. Suas preocupações, porém, são de diferente magnitude, e ele não esconde isso de ninguém. Para ele, era inteiramente conveniente que um pequeno número de seus melhores discípulos tivesse em mãos o destino dessa colônia suficientemente próspera e que, sem cometer nenhum tipo de excesso, jamais se deixassem dominar pelas exigências populares aparentemente democráticas.

Pitágoras sempre se recusara a preencher qualquer função de caráter oficial. Ele concede aos que o cercam liberdade suficiente para isso? É provável que sim, uma vez que, diante dos pitagóricos e de seus aliados, começa a aparecer um adversário que encarna o descontentamento público.[235]

Da mesma forma que Teles fizera em Síbaris, em Crotona um sujeito de nome Cílon incita a multidão com seus discursos em prol de um governo popular, ridicularizando as práticas da Escola e, sem dúvida, alertando-os contra interditos sacrílegos, como a recusa em praticar sacrifícios de sangue: uma ofensa pela qual, mais cedo ou mais tarde, os deuses os farão pagar. Além do mais, deve-se viver apenas de pão e água límpida? Invenções tolas de um Grande Homem que se considera um Apolo.

---

235 O que acontece fora dali, na Grécia e na Ásia Menor, e sobre o que os pitagóricos de bom grado se interessam? Teano e Brontino, Alcmêon e Petron comentam entre si os acontecimentos? Petron sustenta que 183 mundos se deslocam através do Infinito... Naquela época, discutia-se a reconstrução do templo de Delfos, da qual foram encarregados os alcmeônidas, a expedição de Dario contra os citas e a intervenção feita na Ática pela Lacedemônia, que, curiosamente, concordava com a ruína de Síbaris, a fim de que dela fossem expulsos os tiranos pisistrátidos. Daqui em diante existirá pouco espaço para as reformas propostas por Clístenes, sujeitando-se melhor a democracia à cidade de Atenas... Democracia que, de qualquer forma, para os "sábios" da Escola, parece ilusória e perigosa.

Originalmente, Cílon fazia parte do grupo de adeptos, mas fora excluído em virtude de má conduta. Isso explica tanta fúria e rancor. "O Senado inclina-se diante das manobras dos oponentes, recusando-se a seguir os defensores da Antiga Constituição (a saber, Alcímaco, Dímaco, Méton, Demokedes), e vota novas emendas, que permitem *a todos os cidadãos candidatarem-se às magistraturas.*"[236]

A réplica dos pitagóricos é considerada uma provocação. Longe de se retirarem do debate público, eles se reúnem, a fim de decidir a conduta a tomar. Irão eles solicitar a ajuda de alguma cidade inimiga? Depois de terem exterminado os sibaritas, irão eles, em nome da moral e dos bons princípios, abrir todos os portões de Crotona à gente de Síris, de Metaponto, de Atenas ou da Lacedemônia?

Isso é algo a ser temido. Finge-se temer. Nessa ocasião, a vitória sanguinária sobre Síbaris e o livre curso que se deu à fúria deixaram seus vestígios, além de um profundo mal-estar. Para que pregar a tolerância, a harmonia e a compaixão quando se trata de animais ferozes como os homens? De qualquer forma, Síbaris foi quem tomou a iniciativa do conflito. Não foi Crotona a primeira a atacar. Isso é algo que jamais deve ser esquecido.

Os principais discípulos reuniram-se à noite na casa de Mílon. Pitágoras ficara retido em outro lugar — provavelmente pelo aparecimento de um cometa em queda vertiginosa sobre a Terra, que talvez fizesse explodir nosso planeta e seus habitantes. Uma agradável resposta dos Imortais às futilidades e às recriminações humanas!

A multidão — ou pelo menos os colegas da oposição — cercou a casa na qual o atleta, coroado de murta, discursa para os

---

[236] Cf. I. Gobry, *Pythagore* [Pitágoras], *op. cit.*, p. 24.

indecisos, pacifistas ou não, a fim de despertar-lhes uma combatividade urgente e necessária. Será que isso os levará a expulsar o Mestre e seus discípulos de Crotona, como alguns ousam declarar em altos brados pelas ruas?

Naquele preciso momento, os mais exaltados, fantasiados de heróis e prontos a dar a vida pelo supremo prazer da vingança, aproximam-se brandindo suas tochas acesas. Ateiam fogo ao edifício e massacram, um a um, aqueles que não conseguiram fugir. Alguns dos que escaparam correram apressadamente em direção ao porto.[237]

As razões do descontentamento progressivo foram emergindo pouco a pouco e se transformaram em exasperação. Como se pôde chegar a esse ponto?

A priori, os habitantes de Crotona deveriam ter-se sentido honrados pela presença de uma comunidade que impressionava toda a Grécia. Trata-se de uma presença excessivamente vigilante? Em todo caso, essa presença impõe algumas restrições de ordem mística que parecem ser ameaças contra a liberdade e a igualdade. Os gregos de todos os tempos — mesmo quando exer-

---

[237] *Ibid.*, p. 24: "Em Crotona, a luta antipitagórica era conduzida por um certo Cílon, que, inicialmente, era postulante dentro da Comunidade e dela havia sido expulso por comportamento indigno. Sua admiração se transformara em ódio, e, por isso, ele funda um partido político, os cilonianos. Segundo Apolônio, que obteve suas informações a partir de Timeu, o papel dos cilonianos não teve importância até a guerra de Síbaris; depois dela, o partido aristocrático dividiu entre si os despojos dos vencidos, o que desencadeou a campanha antipitagórica de Cílon, que começou a encontrar eco no meio da população."

ciam o papel de tiranos que se dizem defensores do povo — adoravam provocar colapsos súbitos, como os desastres, as derrotas, o exílio e a perseguição, como se essas situações fossem uma resposta do destino diante de qualquer tentativa promissora.

Não é da natureza dos homens admirar por muito tempo os que são melhores do que eles, ou seja, aqueles que se vangloriam de ser iniciados e estão prontos a toda espécie de renúncia. "Para mim, basta", dizia Hesíodo, o Sábio — que se encantava com o canto da cotovia —, "que eu possa conseguir repouso à sombra de uma rocha, um pouco do vinho de Biblos, uma panqueca bem grossa e o leite das cabras que já não amamentam mais...." Uma simplicidade tão bela que emocionava Pitágoras. Rodeavam o Mestre, porém, alguns espíritos cujas intenções secretas provocavam dúvidas e controvérsias intermináveis.[238]

Não parece possível que um delírio coletivo teria sido reprovado aos adeptos da Escola. Entretanto, as recriminações eclodem.

---

[238] Cf. M. Detienne, *Les Jardins d'Adonis* [Os jardins de Adônis], *op. cit.*, p. 85: "Por intermédio desses dois tipos de comportamento, descobrem-se duas orientações do pitagorismo que podem parecer contraditórias, mas são profundamente complementares. De um lado, a exigência da saúde individual; de outro, a vontade de reformar a cidade. De um lado, uma seita religiosa fechada em si mesma: os Trezentos Pitagóricos, que vivem à margem da sociedade e da cidade; do outro, uma sociedade aberta que tem vocação para a política: os Dois Mil Crotonianos, que, segundo a tradição, Pitágoras teria convertido e atraído para seu projeto de reforma política e religiosa. Não se trata da simples escolha de uma dieta, seja ela carnívora ou vegetariana. Para os pitagóricos, a cozinha é uma maneira de aceitar o mundo ou de renunciar a ele."

Seguramente, Mílon revela-se um dos personagens mais ambíguos. Ele ambiciona honras e poder. O fato de se haver introduzido na intimidade de Pitágoras, casando-se com sua filha, era a garantia de que esse crotoniano participaria de um movimento destinado a viver dias gloriosos.[239] "Enquanto os órficos se conduziam como puros renunciantes, o grupo dos pitagóricos distinguia-se deles radicalmente ao assumir duas atitudes diferentes em relação ao sacrifício de animais. Em sua prática social, concedia um lugar igual para os dois comportamentos alimentares."[240] Ao mesmo tempo que surpreende e escandaliza alguns, Mílon assegura que outros não tenham problemas de consciência. Pela mesma ação, a porta se abre a todo tipo de contradições.

Por outro lado, Mílon entabulava amizades comprometedoras com os estrangeiros que o admiravam; um comportamento considerado perigoso aos olhos do Mestre e de seus próximos, que se esquivam de proferir qualquer palavra vã e que não

239 Heródoto de Halicarnasso, *Enquête* [Pesquisa], *op. cit.*, III, 137: "A única mensagem da qual os encarrega Demokedes, no momento em que deixavam o porto, foi anunciar a Dario que ele havia desposado a filha de Mílon."

240 Cf. M. Detienne, *Les Jardins d'Adonis* [Os jardins de Adônis], *op. cit.*, p. 94: "Assim como o são a malva e o asfódelo, que desempenharam o papel de alimentos perfeitos no pensamento pitagórico. De fato, essas duas plantas, que são comestíveis em seu estado selvagem, exercem papel importante na composição dos alimentos adequados à supressão da fome e da sede, esses superalimentos que magos extáticos como Pitágoras, Epimênides e Ábaris têm o privilégio de consumir." É curioso encontrar em *Les Travaux et les Jours* [Os trabalhos e os dias], de Hesíodo, uma alusão igualmente entusiástica a essas duas plantas. Por outro lado, sempre de acordo com Detienne (*ibid.*, p. 94), "ainda muito mais que a malva e o asfódelo, a natureza das plantas aromáticas é própria às exigências religiosas da seita pitagórica. Alimentos considerados divinos, como o néctar e a ambrosia, e as plantas aromáticas, também são elementos constitutivos da natureza dos deuses. Altar, templo, vestimentas, tudo que faz parte da vida dos habitantes de Olímpia é aromático e perfumado".

admitiam os falsos companheirismos nem a perda de tempo.[241] De qualquer maneira, a exasperação toma conta daqueles que observam o ponto a que chegam os belos discursos concernentes à não-violência. O território de Síbaris foi repartido entre os vencedores, os pastos verdes, os bois, as cabras, os touros, os magníficos cavalos e as mulheres, que foram feitas concubinas ou escravas... A lei do mais forte vencerá sempre.

Essa é a razão pela qual Pitágoras acabou por cativar Metaponto, juntamente com um punhado de discípulos. Ele se sente ridicularizado, desconsiderado pelo rumo dos acontecimentos, pelo choque causado por tudo aquilo que havia desejado instaurar e que se voltou contra ele. Depois de 20 anos passados em Crotona, que cidade o acolheria sem desconfiança?

Seus aliados permanecem no mesmo lugar. O Mestre os observará de longe, mais ou menos felizes em executar suas manobras. Alguns exilados, estabelecidos em Locres, tentarão em vão reavivar o entusiasmo inicial. Em inúmeras cidades da Itália, após a morte de Pitágoras, suas doutrinas, antes tão valorizadas, serão sistematicamente rejeitadas até chegar à completa erradicação. Os imigrantes prosélitos serão caçados, mortos ou exilados. Não restará mais nenhum pitagórico no mundo? Claro

[241] Jâmblico, *Vies* [Vidas], *op. cit.*, p. 200: "Vejamos qual era, segundo a tradição, sua concepção de opinião. É inconcebível aderir a qualquer opinião sobre qualquer assunto e, particularmente, à opinião da maior parte das pessoas, pois *somente um pequeno número delas é capaz de pensar* e de ter opiniões com fundamentos; neste caso, somente as pessoas instruídas estão incluídas, e elas existem em pequeno número!"

que sim! É nesse momento que germinará, como nunca, a semente adormecida mantida em *segredo* pelos membros da Comunidade.

Pitágoras acreditava seguramente que do mal suportado com persistência e dignidade o bem maior poderia surgir.

Para os pitagóricos, "*o poder deveria ser concedido aos homens investidos do saber,* nos quais ciência e religião encontram-se indissoluvelmente ligadas. O uso da força e da violência, assim como da riqueza, deve ser colocado a serviço desse saber".[242] Parece que, na Itália, na época em que o Mestre ainda estava vivo e depois de sua morte, alguns grupos tentaram apoderar-se das magistraturas. O que explica a oposição diante de uma possível intromissão da "seita". Seria melhor designá-la como ordem religiosa? Por definição, o objetivo da "seita" é incorporar-se à vida pública e instaurar ali uma nova ordem.

"Entre amigos tudo é comum." Este é o argumento postulado pela administração do movimento de Crotona. Não há possibilidade de mal-entendidos quanto aos assuntos que não interessam à Comunidade. Ali, o dinheiro é considerado apenas artigo de pura necessidade. Qualquer remuneração pelos ensinamentos oferecidos é inadmissível. A coisa ia tão longe que se um postulante fosse mandado embora, por alguma razão imprevisível, ele não somente recuperava a posse de todos os seus bens, como ainda era gratificado com uma quantia mais ou menos significativa.[243]

---

[242] Introdução à *Vie de Pythagore* [Vida de Pitágoras], por Jâmblico, *op. cit.*, p. xxxv.

[243] Jâmblico, *Vie de Pythagore* [Vida de Pitágoras], *op. cit.*, p. 74: "Eles os mandavam embora da comunidade depois de haver-lhes dado uma grande quantidade de ouro e prata..."; *ibid.*, p.75: "Não é permitido disponibilizar ao

Como reporta Jâmblico, depois da morte do Mestre, que ocorreu muito provavelmente em Metaponto, os pitagóricos se reagruparam em Régio e deram início a intermináveis deliberações, a fim de decidir qual a conduta a ser seguida. A situação se deteriora, e, com exceção de Arquipo de Tarento, todos deixam a Itália. Foi com grande pesar que se afastaram do lugar no qual, em uma extraordinária manifestação de entusiasmo, havia se formado sua Comunidade, cujo propósito era melhorar os relacionamentos humanos com o mundo e com os deuses. Afastaram-se, portanto, os últimos Companheiros.

As pessoas comuns haviam prescindido da abnegação e da generosidade daqueles homens. Elas haviam demonstrado o horror que sentiam em relação a qualquer espécie de abstinência e controle dos apetites sensuais. O povo exigia os prazeres do comércio e dos excessos na comida e na bebida. Mesmo depois de exterminada — por que razão considerá-la exterminada? —, quem definitivamente triunfa é Síbaris.

Acompanhados de seus escravos e de uma parca bagagem, ali estão os Fantons, os Equecrates, Polimnasto, Diocles de Filionte, Xenófilo de Cálcis, todos a caminho do exílio definitivo. Sem dúvida alguma, irão perpetuar os princípios que regem a vida cotidiana e os ensinamentos da Escola. Esta é a crônica que faz Aristoxeno e que Jâmblico relata.

A respeito desse assunto, o que pensar acerca da tolerância dos pitagóricos em relação ao assujeitamento de um ser humano, de um escravo que se torna uma coisa, uma propriedade de

---

primeiro que aparece algo que foi obtido depois de muitos combates e esforços; tampouco é permitido divulgar aos profanos os mistérios das duas deusas de Elêusis."

alguém, como um cachorro, um carneiro ou um asno? A tradição afirma que Zalmoxis[244] havia pertencido a Pitágoras.

O problema em questão terá sido algum dia debatido pelos adeptos da Escola? Teria sido conveniente colocar esse assunto em debate, uma vez que o funcionamento da sociedade, as atividades comerciais e a margem de ação dependiam de auxiliares servis e intercambiáveis, mantidos em um cômodo nível de submissão moral? Um homem tem o mesmo valor de outro se forem comparados por peso e características físicas? Trata-se aqui de fazer um bom negócio aproveitando toda manifestação intempestiva de piedade. O medo e a vergonha, apanágio dos servos, fazem o resto do trabalho.

Que a Grécia, um país que resplandeceu através dos séculos, tenha sido capaz de cometer um crime como esse é um fato que continua a nos surpreender. Que em muitos lugares esse costume tenha durado até os nossos dias, aparecendo de forma esporádica, como o vírus de uma peste, é algo aterrador. Nos princípios erigidos pelo Mestre não se faz qualquer alusão a esse assunto. Essa calamidade fazia parte dos convenientes arranjos previstos por Zeus, o detentor do trovão. Abster-se de comer vagens e salmonetes seria uma compensação suficiente?

---

244 Na realidade, Zalmoxis era um homem comum, ex-escravo ou discípulo de Pitágoras, de quem aprendeu a "ciência dos céus" em Samos. Ele retorna para seu povo, os getes, e lhes ensina sobre a imortalidade da alma. Depois de sua morte, passaram a venerá-lo como um deus. (N.Ts.)

Vamos voltar um pouco no tempo e nos fixar no momento em que Pitágoras perdeu verdadeiramente a partida[245] e tudo chegou ao fim. Além de Teano, dos dois filhos, atribuídos aos dois ilustres personagens, e de Mílon, que cumpriu o papel de genro, quem mais teria perecido no incêndio de sua casa? Quem pode saber?

Apesar de Pitágoras ter sido atingido pelas desgraças da velhice, ninguém o faria renunciar aos seus desígnios. A qual cidade deveria ele dirigir-se? Segundo Aristoxeno, cujos relatos corroboram os de Aristóteles e de Timeu — mas em relação a esse assunto, como em todas as circunstâncias que cercam a vida de Pitágoras, as contradições são abundantes —, Pitágoras deixa Crotona somente quando sua vida encontra-se indubitavelmente em perigo.

---

[245] Um pouco mais tarde, quando o Mestre já havia deixado esta terra de exílio (será que pela última vez?), as versões dessa partida irão proliferar, disseminando certo descrédito em tudo que se refere à história da Comunidade. "Segundo Aristóteles, citado por Apolônio, ao prever a deterioração dos acontecimentos, Pitágoras dirige-se secretamente a Metaponto. De acordo com Timeu, cuja versão dos fatos parece ser mais plausível, Pitágoras partiu depois de um certo tempo... depois da eclosão da revolta dos cilonianos. Na opinião de Aristoxeno, cujo relato apresenta grande concordância com os de Aristóteles e de Timeu, foi a oposição ao partido democrático que teria forçado Pitágoras a abandonar a comunidade de Crotona..." Cf. I. Gobry, *Pythagore* [Pitágoras], *op. cit.*, p. 25: "Para Hipólito, ele teria morrido no incêndio da casa de Mílon. Para Diógenes Laércio, ele escapou das chamas, mas morreu tragicamente: ele teria sido massacrado em meio a uma plantação de vagens que se recusava a atravessar... Para Hérmipe, foram os habitantes de Siracusa que mataram Pitágoras." Na história do campo de vagens, nota-se o prazer da vingança e da caricatura que sempre demonstraram os adversários do Grande Homem, do Sábio por excelência. O mesmo acontecerá com Heráclito, para quem a recusa de Pitágoras a um compromisso com a vulgaridade será gratificada por uma morte ridícula, ou seja, soterrado em uma montanha de esterco de vaca, antes de ser devorado pelos cães.

É possível imaginar os inimigos fanáticos espiando os gestos e condutas de Pitágoras a partir do momento em que o partido democrático foi extinto e que alguns dos oligárquicos que continuaram fiéis tomaram, eles próprios, o caminho de Síris ou de Tarento.

Caulônia, que se beneficia da assistência de Crotona, está provavelmente muito próxima da ação dos perseguidores. Em Caulônia, às margens das águas agitadas do rio, começam a erigir um templo dedicado a Apolo Catársio, o Purificador. Um pouco mais longe, em direção ao Sul, próximo do cabo Zefir, eleva-se sobre uma colina a cidade de Locres, que já fazia oposição a Crotona e a havia conquistado com a ajuda dos dióscuros. Ali, como em Tarento, os lacedemônios (segundo Pausânias) construíram muros e torres de proteção, juntamente com um templo no qual figuram os dióscuros a cavalo sustentados por tritões. Sobre os *pinakes,* estes tabletes de argila suspensos sobre os edifícios e sobre as árvores que compõem o cinturão sagrado, celebra-se a deusa Perséfone e, com ela, o culto aos mortos. Orfeu é particularmente honrado ali graças aos rituais tão apreciados pelos pitagóricos.

Para que ir a Locres? Para ser reconhecido como um fiel continuador de Orfeu, ligado às encantações e aos mistérios? Pitágoras sente dúvidas a esse respeito. Posteriormente, ele se decide por Metaponto, uma cidade construída segundo um plano perfeitamente geométrico, que seduz Pitágoras. A exemplo de Caulônia, que ele acabara de visitar, as habitações ali se inscrevem em uma espécie de tabuleiro. Enquanto em Caulônia havia "uma série de terraços constituídos por ilhotas quadradas perfeitamente delimitadas por ruas que terminam em ângulo reto... em Metaponto foram contadas mais de setenta ilhotas desse tipo... Assim como na cidade dos feácios, que nos descreve o autor dos versos VI e VII da *Odisséia,* os colonos da Magna

Grécia não viviam em cidades-dormitório, mas em espécies de burgos, com construções independentes delimitadas e ornadas por jardins".[246]

"Metaponto encontra-se a 140 estádios de distância do porto de Heracléia. Dizem que essa cidade foi criada pelos fílios, que retornavam de Tróia juntamente com Nestor, e que sua agricultura obteve tanto sucesso que eles consagraram o valor em ouro de uma colheita em honra a Delfos... Essa instalação foi aniquilada pelos samnitas. De acordo com Antíoco (escritor nascido em Siracusa por volta de 420 a.C.), depois de ser abandonado, esse lugar foi colonizado por alguns aqueus, chamado por seus compatriotas de Síbaris."[247]

Para fazer as vezes de moeda, cria-se uma espiga de trigo, composta de duas fileiras de sete grãos, pois sete era o número de Apolo. Como se observou, no próprio centro da cidade construída segundo uma quadratura incomum, em um local próximo do teatro e da ágora, eleva-se um templo dórico dedicado a Apolo Lício, o destruidor dos lobos.[248] (Hipódamo de Mileto, a quem se atribuía a paternidade de uma disposição de lugares como aquela, reproduzida por ele na Grécia, depois de ter feito o mesmo na Jônia, devia ter conhecido o plano de Metaponto e se inspirado nele.)

Pitágoras encontra ali alguma razão para instalar os sobreviventes de sua Escola, não somente nas proximidades do santuá-

---

[246] P. Faure, *La Vie quotidienne des colons grecs au siècle de Pythagore* [A vida cotidiana dos colonos gregos no século de Pitágoras], *op. cit.*

[247] Estrabão, *Géographie* [Geografia], *op. cit.*, VI, 1, 15.

[248] R. Bosi, *Cités grecques d'Occident* [Cidades gregas do Ocidente], *op. cit.*, p. 140: "Na cidade foram identificados os vestígios da ágora, do teatro e de um templo dórico periptério hexástilo consagrado, segundo as inscrições encontradas, a Apolo Lício e orientado segundo a quadratura urbana."

rio, mas também perto de um célebre templo consagrado à deusa Hera, conhecida como *Hera dos pássaros,* porque na primavera e no outono os pássaros migradores detinham-se nessas paragens em sua rota de ida e volta para a África. Seria esse o lugar escolhido pelos deuses para oferecer ao Mestre sua última oportunidade? O céu seria ali tão claro quanto em Crotona para a observação dos astros, das estrelas, dos cometas e para a determinação precisa de seus aparecimentos periódicos?

No golfo de Tarento, os redemoinhos que se produzem no equinócio de outono, por exemplo, não perturbam a serenidade do lugar. O abrigo é seguro. No momento presente, um abrigo é tudo de que necessita esse bando de desterrados e perseguidos a quem, por uma insuportável e atordoante reviravolta do destino, tudo parece faltar. Eles se dirigem a essa cidade, ou melhor, aos seus arredores mais próximos, entre os choupos-brancos de um terreno em repouso, sobre o qual corre um riacho, para reformar alguma construção que ainda retenha sua bela aparência, ao redor da qual vagueiam um pastor e suas cabras.

Nesse local, o espaço agrícola da planície é devotado à cultura do trigo, que depois é exportado. Com muita prudência, eles tentarão ser reconhecidos como estrangeiros pacíficos sem intenção de provocar qualquer incidente entre a vizinhança. Uma situação humilhante que lhes permite desfrutar apenas do pouco que restou.

O Mestre, porém, não perderá nem um pouco sua soberba. Como será a nova platéia que irá conquistar? Por ter conhecido o mundo, ele pode fazer referência a muitas civilizações, a altas personalidades, a muitos costumes diferentes e a uma enorme quantidade de deuses donos de muitas faces![249] Com passos

[249] Diógenes Laércio, *Vie, Doctrines et Sentences des philosophes illustres* [Vida, doutrinas e proposições dos filósofos ilustres], *op. cit.*: "Diz a lenda que, um dia,

lentos, os Companheiros irão desfilar em procissão diante de cada alvorecer, sobre a grama coberta pelo orvalho ou pela geada. Eles saudarão a gigante bola de fogo, que já fora saudada por Homero e, antes dele, por Orfeu. No decorrer dos futuros milênios, todos os homens saudarão a mesma bola de fogo.

Entristecidos, chorarão pelos ausentes e, juntos, rezarão em voz alta, com seus olhares voltados para a luminosidade que está nascendo. Em seguida, irão voltar-se uns para os outros e trocar abraços de conforto, ternura e cumplicidade.

Em *Hera dos pássaros,* oferecerão à deusa figurinhas feitas de massa, favos de mel e incenso, além da malva e do asfódelo. Perpetuam-se, assim, a investigação sobre os presságios, a prática da adivinhação e o mistério que envolvia seus personagens. De qualquer maneira, a transmissão dos ensinamentos se opera, e, em conseqüência disso, a necessidade do segredo não pode ser respeitada. Como colocar em evidência o que há de único na tentativa do Mestre?

Não existem documentos escritos por ele mesmo que possam ser divulgados livremente. Será que algum dia ele redigiu o que quer que fosse? Seria importante que os pitagóricos das gerações seguintes transferissem para outros a necessidade de se

---

ele foi visto com a coxa descoberta e que ela era feita de ouro." Jâmblico, *Vie de Pythagore* [Vida de Pitágoras], *op. cit.*, p. 92: "Quando Pitágoras recebeu a flecha de presente, não se surpreendeu nem perguntou qual era a razão pela qual Ábaris fazia aquilo, e, como se ele mesmo fosse um deus, chamou Ábaris à parte e mostrou-lhe sua coxa feita de ouro, provando, com isso, que ele não havia se enganado."

manterem as coisas em segredo. Assim como para as abstinências de ordem alimentar, nesse caso também se encontrará alguma forma de conciliá-las com o Cosmo.

Os biógrafos mais antigos encontram-se formalmente de acordo: o Mestre consegue terminar seu percurso terrestre até Metaponto. Sem fornecer detalhes a respeito disso, Aristóteles, Timeu e Aristoxeno relatam o fato. É em Tarento, porém, que a Escola retoma o mesmo impulso que havia conhecido em Crotona. No passado, alguns elementos da Comunidade haviam se dispersado pelas regiões circunvizinhas, especialmente em Caulônia, Régio e Locres.

Depois de Metaponto, cidade na qual alguns discípulos que haviam seguido o Mestre mantiveram apenas o que havia sido conquistado, Tarento se tornou, no século V a.C., a Escola por excelência, isto tudo devido à personalidade do geômetra e filósofo Árquitas (nascido por volta de 440-350 a.C.). Árquitas não foi somente um chefe de Estado capaz de levar seus exércitos à vitória; ele foi também aquele que deu continuidade à obra do Mestre no terreno essencial da música, no qual formulou a teoria dos harmônicos. Como geômetra, a ele foi atribuída a duplicação do cubo. Ele também teria sido inspirado por Dédalo, o inventor da máquina voadora.

Para chegar a Tarento, situada em uma enseada à qual afluem os golfinhos brincalhões em perseguição aos imensos cardumes de atuns, Pitágoras fez-se acompanhar de um discreto cortejo de discípulos. A acolhida não se deu como ele esperava. Foi por isso que Metaponto permaneceu como o lugar escolhido.

Por outro lado, Pitágoras comandava um punhado de escravos, a quem eram confiadas as tarefas que os cientistas pesquisadores não tinham nem tempo nem vontade de fazer.[250] Escravos de guerra? Cativos vendidos em certos mercados, como o da ilha de Quios, depois de serem raptados? O estranho é que Quios, uma localidade na qual o vinho é tão famoso que os negociantes o transportam até Náucratis, no Egito, é o primeiro lugar no mundo grego no qual se pratica o tráfico de escravos. As pessoas vêm de longe para comprá-los, assim como fazem com os bois de carga.[251] Por mais paradoxal que possa parecer, é ali que Sólon imagina encontrar alguns de seus modelos em termos de democracia, uma vez que os habitantes de Quios já possuíam uma Assembléia, um Conselho e um Tribunal popular.

Uma maneira incomum de praticar a igualdade e a liberdade, fundamentos singulares do que denominamos *democracia,* uma ilusão que sempre nos obceca. O que os gregos nos transmitiram como um bem essencial foi fundamentado na escravidão. O silêncio de Pitágoras sobre isso deve ser provavelmente procurado em doutrinas, como as dos órficos, que ele reivindica como sendo suas também. Para os pitagóricos, assim como para os órficos, todo indivíduo deve assumir o mal que cometeu em sua existência atual e em suas vidas precedentes. Isso só pode acontecer por meio de uma total conscientização.

Padecer sob o peso da escravidão e morrer em razão dos golpes sofridos talvez seja um mal necessário para que se possa

[250] Jâmblico, *Vie de Pythagore* [Vida de Pitágoras], *op. cit.*, p. 173: "De fato, Zalmoxis da Trácia, que havia sido escravo de Pitágoras e ouvido seus ensinamentos, depois de ter sido libertado foi reunir-se aos getes."
[251] Cf. G. Glotz, *Histoire grecque* [História grega], *op. cit.*, t. I, p. 275.

alcançar a purificação e a redenção. A partir de uma experiência como essa, estabelece-se uma exigência de bondade e compaixão. Na mesma época, a milhares de quilômetros de distância da Grécia, o mesmo ensinamento é oferecido por Buda. A noção de *karma* surge para esclarecer todo o dilema.

Antes de perdê-los de vista, antes que eles sejam arrebatados pelas correntes do tempo, gostaríamos de nos aproximar um pouco mais desses "aventureiros do espírito" que deram vida à Escola de Crotona. São abundantes os detalhes que se referem à sua humildade. Em particular, os que dizem respeito à sua vida cotidiana, tal como os horários de atividade, a divisão de trabalho, o regime alimentar e a forma como se divertiam.

Banhavam-se eles em grupos alegres sob as ondas revigorantes ou preferiam os banhos cotidianos nas termas? Evidentemente, a pesca era um prazer proibido. Existiriam adeptos para os jogos de bola, as corridas a pé e os longos galopes em cavalos fogosos em meio aos relinchos e silhuetas agressivas? Isto é fácil de imaginar. É claro que, por ocasião de uma palestra, praticavam-se exercícios indicados para estabelecer a *harmonia* corporal. Para evitar, porém, qualquer confronto desagradável que pudesse causar problemas, a Comunidade havia construído suas termas particulares.

Sobre a vida dos casais — do que denominamos, com uma conotação quase médica, sexualidade — não restou qualquer testemunho. A abstinência era preconizada? Pode-se presumir que sim, mas somente em casos excepcionais. Ela não era apanágio de todos os 300 adeptos e dos cinco mil simpatizantes da

Escola a quem eram prodigalizados os ensinamentos. "Desejar ser alguém fora do comum, e sê-lo realmente, requeria um silêncio repleto de dignidade sobre um sujeito que sempre havia atirado os homens aos mais extravagantes delírios."

A proximidade com Síbaris, onde todos os excessos eram considerados lícitos, incitava os adeptos da Escola a uma reserva ainda maior, pois não foi aos sibaritas e a seus aliados de Cápua que *a priori* a lascívia era algo consentido?

Era certamente um lugar de cortesãs, de tocadoras de crótalo, de rapazinhos bem-arrumados dotados de feições delicadas e sedutoras. A tradicional homossexualidade dórica era tolerada? Antes do casamento, os belos adolescentes tinham protetores que lhes davam excelentes conselhos e os cobriam de presentes? Moderação, fidelidade, discrição — mesmo em caso de infrações —, estas deviam ser as "regras". Havia coisa melhor a fazer. Nenhum mexerico relativo aos amores dedicados a um Mestre de beleza tão prodigiosa chegou até nós. As divagações feitas a respeito dele são tão variadas e numerosas que nada poderia ter escapado à malevolência de seus inimigos.

O Mestre dava exemplo de uma conduta plena de sabedoria. Teve uma única companheira, que não partilhou sua casa com as habituais concubinas. Teve filhos com ela. Ele conferia à sua mulher o direito de falar e mesmo de se expressar por escrito, coisa que poucas mulheres, além de poetisas como Safo, haviam obtido.

Teria sido ela uma pessoa extremamente séria, regular e restritiva, que seguia em sua vida cotidiana uma disciplina tão estrita quanto a dele? Certamente não, uma vez que o gosto pelos adereços, pelos gestos elegantes, pelas artes, pela música, pelo canto, pelas danças executadas privadamente ou nas festas religiosas revelava-se, assim como em todos os gregos, um sinal de excepcional fidelidade à Vida.

O que sucede, porém, é que um projeto que havia suscitado o entusiasmo geral muda bruscamente de direção. Transfere-se para Metaponto o tesouro representado por essas descobertas científicas das quais irão partilhar as gerações seguintes. Em Metaponto, o Mestre prossegue imperturbável com suas buscas e investigações. Diógenes Laércio revela que "os habitantes de Metaponto denominavam sua casa templo de Deméter".[252]

Enquanto o filósofo peripatético Dicearco deixa que Pitágoras morra de fome no interior do templo das Musas e Porfírio insistia em considerar aquele um ato suicida, Aristoxeno transmite uma informação que nos parece mais congruente e conforme com essa tranqüilidade da qual todo verdadeiro Mestre pode vangloriar-se: de bom grado, Pitágoras abandona uma aparência que o tempo desfaz. Ele morre longe de Crotona e de Samos, sua ilha natal, rodeado pelos mais próximos. Será que suas últimas recomendações foram muito numerosas?

---

[252] Diógenes Laércio, *Vie, Doctrines et Sentences des philosophes illustres* [Vida, doutrinas e proposições dos filósofos ilustres], *op. cit.*, livro VIII: "Hérmipo cita uma outra história a respeito de Pitágoras: ao chegar à Itália, ele solicita que lhe cavem uma tumba subterrânea para o interior da qual ele desce. Em seguida, pede à sua mãe para registrar em uma tábua de cerâmica todos os acontecimentos com suas respectivas datas e enviar para ele dentro da tumba. Assim fez ela. Mais tarde, Pitágoras vai outra vez para cima da terra, magro e esquelético. Ele retorna para encontrar-se com seus discípulos e revelar-lhes que acabara de voltar dos infernos. Ele comprova o que diz ao descrever tudo que havia ocorrido em sua ausência."

Uma morte como essa não tem nada de teatral, não é cercada pelas emanações de horror que acompanham qualquer execução, como aconteceu com Sócrates. Ela é o desapego lento e gradual daquele corpo que foi o habitáculo de uma alma acostumada a todo tipo de descobertas e com as abordagens acerca do vazio e do Informal.

Sentados em silêncio, seus familiares velam pela pureza de seus últimos minutos de vida. É possível ouvir o canto das cigarras? Alguém perdido em um recanto longínquo parece tirar acordes de uma cítara? De tempos em tempos, o vento do mar traz consigo o odor da areia molhada. O tempo ameno transmite uma espécie de suavidade, e o pôr-do-sol envolve as nuvens em seu abraço. Em breve, a noite cairá sobre a sebe de ciprestes e loureiros.

É possível ainda suportar o fato de que os súbitos fluxos e refluxos da vida se imobilizem no interior de um corpo glorificado pela abundância de imagens, atos e palavras? Que a música da voz não mais ressoe no lugar em que sempre foi exaltada sob a forma de vibrações precisas, semelhantes às que caracterizam as árvores e os planetas?

O vôo final acaba de ocorrer. Uma grande migração semelhante à dos patos selvagens. Pitágoras de Samos calou-se para sempre. O que mais teria ele para dizer?[253]

---

[253] Empédocles de Acragás, *Purifications* [Purificações], p. 134, *Les Penseurs grecs avant Socrate* [Os pensadores gregos antes de Sócrates], *op. cit.*: "Pois fui homem e mulher, árvore e pássaro, e um peixe silencioso do fundo do mar."

A partir do dia seguinte, acentuaram-se as tensões, separações e rupturas. *As ambições de ordem política* foram fatais em Crotona. "Jâmblico relata que, quando Síbaris foi tomada, Pitágoras partiu, e os pitagóricos ocuparam a terra conquistada pela força das armas sem dividi-la em lotes segundo a vontade do povo. Com isso, a ira, até então silenciosa, eclodiu... Os chefes da revolta foram os mesmos que mantinham proximidade maior com os pitagóricos em razão de laços de família e de familiaridade."[254] "Ninon definia a filosofia deles como sendo simplesmente uma conjuração contra o povo e convidava a gente comum a sequer permitir que essas pessoas falassem na qualidade de conselheiros..."[255]

Naquele momento — Pitágoras ainda vivia em Metaponto —, o povo começa a incriminar Demokedes, o célebre médico pitagórico. Acusado de incitar a juventude a instaurar a tirania, seus perseguidores prometem uma recompensa de 300 talentos a quem o matar. O clima de suspeita toma conta de tudo e ninguém sabe qual o destino reservado aos discípulos depois da morte do Mestre. Em anos vindouros, eles poderão exercer considerável

---

[254] Jâmblico, *Vie de Pythagore* [Vida de Pitágoras], *op. cit.*, pp. 250-1.

[255] *Ibid.*, p. 252: "Isolados, completamente desesperados em razão do que havia acontecido, eles se dispersaram e cada um foi para um lugar diferente; por não suportarem mais a conversa de nenhum homem, isolaram-se em regiões desabitadas, em todos os lugares possíveis; fecharam-se completamente, cada um deles desfrutando sua própria sociedade e preferindo-a a todas as outras. Temendo, porém, que o nome da filosofia desaparecesse completamente do mundo e que, com isso, os deuses ficassem descontentes por terem deixado perecer um dom tão importante concedido por eles próprios, compuseram então as Memórias, constituídas de sumários e símbolos, nas quais reuniram o que os mais velhos haviam escrito e suas próprias lembranças..."

influência sobre a vida pública, como no caso de Árquitas de Tarento. "Por decisão unânime, o sucessor de Pitágoras foi Aristeu de Crotona... que viveu na mesma época que ele."[256]

Após a dispersão, que se dá por etapas,[257] o pitagorismo funda outras escolas na Grécia. Em Égina, sob os cuidados de Demokedes, e em Tebas, onde Lísis pôde refugiar-se. Naquele momento, os principais discípulos de Lísis são Epaminondas e Xenófilo, que em Cálcis teve Aristoxeno como aluno (Árquitas: 430-348; Aristoxeno: século IV a.C.).

Nessa mesma época, Êurito, aluno de Filolau, fundava a Escola de Flionte, na qual ele ensina a Fanton, Equecrates, Diocles, Polimastor, Cebes e Simas, mencionados no *Fédon* de Platão.[258] Arquipo mantém uma Escola em Tarento e, depois, em Régio.

Entre os primeiros que testemunharam o pitagorismo nos séculos VI e V, é possível citar Andron de Éfeso, autor de uma obra sobre os Sete Sábios; o famoso Onomácritos de Atenas, que realizou uma compilação modificada dos poemas órficos; Xenófanes de Colofon, que zomba de Pitágoras com respeito às reencarnações; Heráclito de Esmirna, Heródoto de Halicarnasso; Antifonte, que rememora as viagens de Pitágoras ao

---

[256] *Ibid.*, p. 265.

[257] *Ibid.*, p. 134: "Nicômaco... revela que o complô teve lugar no decorrer de uma viagem de Pitágoras. Na realidade, ele havia ido a Delos para ficar ao lado de seu antigo mestre Ferecides de Siros e cuidar dele durante a sua enfermidade... Naquele momento, os que haviam sido rejeitados pelos pitagóricos e *tiveram seus nomes inscritos em placas funerárias* perpetraram um ataque e fizeram com que todos fossem queimados pelo fogo; os agressores, porém, foram apedrejados até a morte e abandonados no local sem sepultura... Isolados, completamente desesperados em razão do que havia acontecido, eles se dispersaram e cada um foi para um lugar diferente..."

[258] Cf. I. Gobry, *Pythagore* [Pitágoras], *op. cit.*, p. 35.

Egito, e o orador Isócrates, ao qual se devem alguns detalhes sobre a vida de Pitágoras.

A propagação dessa doutrina, à qual se atribuem tantas ambigüidades e contradições, é surpreendente. Isso ocorre graças a seus defensores, que se opõem aos costumes da época, esses "marginais" que, felizmente, não deixaram de se manifestar até os dias de hoje; ela se propaga graças a "pesquisadores eruditos", surpresos pelas descobertas tão promissoras. Quem será capaz de prever a importância de um exemplo como esse no futuro?

Uma vez mais devemos avaliar o que nos foi legado.

No interior da Comunidade, não há conflitos, mas uma paciente investigação sobre as eternas razões pelas quais o Outro tem de ser diferente. Nenhuma manifestação de cólera, nem mesmo da parte do Mestre. Sobretudo da parte do Mestre. "No que diz respeito às críticas e reprimendas às quais eles davam o nome de *impedimentos*, os mais velhos somente devem dirigir-se aos mais jovens com grande brandura... e aqueles que as formulam devem cuidar para que todos percebam sua solicitude e afeição, isso se desejarem que suas reprimendas sejam aproveitadas. Por outro lado, em matéria de amizade, não se deve jamais trair a confiança de um amigo... Tampouco se deve começar a odiar voluntariamente pessoas que não são verdadeiramente malvadas... Tanto quanto possível, *não se deve jamais ser o responsável por um conflito*, mas tentar, por princípio, manter-se o mais afastado possível da situação..."[259]

[259] Jâmblico, *Vie de Pythagore* [Vida de Pitágoras], *op. cit.*, pp. 230-233.

Uma declaração de não-violência que, no passado, seria considerada das mais suspeitas e interpretada, provavelmente, como covardia. Um comportamento de não-violência que a época atual está longe de ter adotado.

Imediatamente, o Mestre aplica-se em esclarecer seu discípulo, a fim de que ele se conheça e possa tirar o melhor partido de si mesmo. Para isso, como já foi indicado, Pitágoras utiliza os métodos modernos da fisiognomonia e da psicanálise. Ao interrogar o paciente, ele se mantém oculto atrás de uma cortina; ele provavelmente faz comentários sobre os sonhos da pessoa, examina sutilmente o plano de sua aparência corporal, os traços de sua fisionomia. Nessa situação, como deveria acontecer sempre, ciência e vidência se interpenetram.

Para Pitágoras, homem de ciência e adepto de Orfeu, *trata-se menos de encontrar do que de pesquisar.* O objetivo é purificar-se por meio do conhecimento de si mesmo e do mundo, sem hiato e sem diferença.[260]

Como o fio de Ariadne no interior do labirinto, a Memória, detentora de poderes mágicos e todo-poderosa, intervém nesse

[260] G. Glotz, *Histoire grecque* [História grega], *op. cit.*, t. I, p. 549: "Dois dogmas fundamentais eram ensinados aos iniciados admitidos na confraria. Um deles dizia respeito ao destino da alma: para evitar ter de percorrer indefinidamente o doloroso ciclo das metempsicoses antes de alcançar a perfeita felicidade, a alma devia aperfeiçoar-se por meio de purificações sucessivas, entre as quais a mais eficaz era *a prática da ciência desinteressada.* O outro tratava da origem do Universo. Determinar o *Número* de cada coisa e, conseqüentemente, as relações das coisas entre si é o objetivo final de uma teoria necessariamente tão complexa em seus detalhes quanto na totalidade de seu conjunto."

momento com suas demonstrações e aparatos. Os Companheiros se utilizam dela incansavelmente. Palavra após palavra, detalhe após detalhe, vida após vida, ela os conduzirá à total realização.

A Memória, *Mnemósine,* a mãe de todas as Musas, surge como uma reserva inesgotável de sabedoria que desfia as aléias do tempo, no qual a alma busca sua própria imortalidade. Foi assim que Platão, que havia obtido os ensinamentos de Empédocles, edificou os temas essenciais da *anamnese* (rememoração), de *lete* (esquecimento) e da *ameleia* (desapego). Guardadas as devidas proporções, será que se trata de praticar o controle da respiração, habitual nas meditações do budismo, que favorece uma concentração total do ser em sua própria continuidade?

Assim foi obtida a explicação para os extraordinários poderes atribuídos aos lendários Magos venerados por Pitágoras. Esses poderes permitiam que se deixasse o invólucro carnal para realizar uma viagem ao além, de onde se trazia uma profusão de conhecimentos relativos ao passado,[261] assim como fizeram Epimênides; Ábaris, o Hiperbóreo; Aristeu; Ferecides e

---

261 "Não é um treinamento desse tipo que Platão evoca no *Fédon,* antes de expor sua teoria sobre a *anamnese,* quando define a filosofia conforme o que ele denomina uma tradição muito antiga, como uma *melete thanatou,* ou seja, uma disciplina ou exercício de morte que consiste em purificar a alma, *concentrando-a* sobre si mesma a partir de todos os pontos do corpo, de forma que, assim aglutinada e isolada, ela possa *desligar-se do corpo e evadir-se dele*?... É claro que na perspectiva de Platão este exercício de morte é, na verdade, uma disciplina da imortalidade: ao liberar-se de um corpo ao qual Platão aplica as mesmas imagens de fluxo e de corrente que aplica ao devir, a alma emerge do rio do tempo para conquistar uma existência imóvel e permanente, tão próxima do divino quanto é permitido ao homem chegar. Nesse sentido, a *anamnese* platônica, por intermédio dos *exercícios de memória do pitagorismo,* prolonga o antigo tema místico de *Mnemósine,* origem inesgotável de vida e fonte de imortalidade." (J.-P. Vernant, *Mythe et Pensée chez les Grecs* [Mito e pensamento entre os gregos], *op. cit.,* pp. 143-144.) Na origem duma atitude como esta, é conveniente recordar o *somasema* do orfismo:

Aglaófano, por quem o Mestre foi iniciado. Como recorda Proclos: "A alma que bebeu desmesuradamente do rio *Ameles* esquece todas as suas vidas anteriores e, interessada essencialmente em seu futuro, deixa de evocar os princípios que governam o Imutável e os esquece."

Por meio da Memória e do exercício de uma concentração intensa, aliada a um tipo de hiato que foi provocado e que provoca o *Despertar*, os pitagóricos tentam escapar à impermanência. Assim como os órficos, eles desejam murmurar secretamente: "De homem você se transformou em deus." Isso foi exatamente o que acontecera a Pitágoras, seu Mestre.[262] "Ao expiar todas as suas faltas, a alma volta à sua pureza original e pode, enfim, escapar do ciclo de nascimentos, abandonar as sucessivas gerações e livrar-se da morte para alcançar essa forma de existência imutável e permanente própria dos deuses."[263]

A purificação necessária só pode ser obtida por meio do aprendizado da leveza. Essa leveza reflete-se por meio da

---

"O importante é saber qual é a nossa alma, reconhecer por meio da multiplicidade de suas sucessivas encarnações a unidade e a continuidade de sua história... Empédocles distingue claramente as sensações, o pensamento e a própria razão — todas as formas do conhecimento humano — do *daimôn* que reside em nosso interior... poder misterioso, estranho ao homem... realidade presente no cerne de toda a natureza, no vento, nos animais, nas plantas, tanto quanto no homem" (*ibid.*, p. 130).

[262] "Eu surgi entre vocês como um deus imortal e não como um mortal; coberto de honras, caminho no meio de todos, como é justo, com a cabeça envolta em fitas e coroas de flores", segundo Empédocles de Acragás, *Purifications* [Purificações], *op. cit.*, p. 133.

[263] J.-P. Vernant, *Mythe et Pensée chez les Grecs* [Mito e pensamento entre os gregos], *op. cit.*, p. 126.

Música. A música possui um caráter liberador, e sob sua ação a alegria pode surgir espontaneamente a qualquer momento.

Se isso ocorrer, instaura-se a *Harmonia*, como se estivéssemos diante de um acorde perfeito, da resolução de todas as dissonâncias. A Harmonia é plenitude, a Harmonia é realização. Ela se origina da quintessência do mundo e de sua abundância de formas, de suas estruturas gigantescas ou infinitesimais, que proliferam dentro e fora dela, da capacidade de maravilhar-se e do desejo de participar. Ela se origina dos enigmas que foram propostos. A resolução do *Enigma* enraíza-se na alma grega.

A beleza do saber. A felicidade da beleza. Ser belo não é um privilégio exclusivo dos deuses. Todos aqueles que contemplaram o Mestre ficaram fascinados.

Foi a partir dessas sublimes dimensões, desses cumes banhados de luz, que o homem, cujo nome exibe a sonoridade dos oráculos píticos, conseguiu encontrar a solução do enigma.

A resposta denomina-se *Número*. A *Harmonia* sustenta-se sobre medidas muito precisas, que determinam a organização do Invisível, de seus temas, de suas variações, adquiridas e readquiridas em todos os domínios. A precisão do Número arranca o indeterminado de sua vacuidade e coloca-o sobre o pedestal glorioso das certezas. "Tudo é Número...", repete o Mestre ao interrogar com segura cumplicidade o céu de inverno esbranquiçado pela profusão de estrelas.

Na verdade, tudo é regido por essa música constituída de intervalos determinados que pulsa em nossas veias e que se denomina "Música das Esferas".

O Número seria a encarnação, o imediatismo e, se podemos dizer assim, a ascese da matéria. Para quem a observa do exterior, em que consiste a matéria e qual seria a sua localização? Seu substrato foge à possibilidade de análise. Esse substrato reside no movimento perpétuo dos *átomos*? Na Grécia, essa palavra é nova, e aquele que a pronunciou, tanto tempo atrás, continua a nos surpreender.

Essa foi a conclusão da investigação científica de Pitágoras. Para Demócrito, nascido em Abdera, fervoroso defensor das teorias pitagóricas, confirma-se o papel atribuído ao homem de ser um microcosmo.[264] Sabe-se que Demócrito (por volta de 457-359 a.C.) também viajou a lugares distantes, como fizera antes dele o Mestre de Crotona.[265] Segundo Diógenes Laércio, ele foi ao Egito para aprender geometria, à Pérsia para ser ins-

---

[264] Cf. Jean-Paul Dumont, "Les Abdéritains" ["Os abderitanos"], in *Les Présocratiques* [Os pré-socráticos], *op. cit.*, p. 1.462: "De Demócrito reter-se-ão, sobretudo, a física atomística, a imagem do homem como um microcosmo, a tese moral da tranqüilidade da alma ou do bem-estar, o princípio da justa medida e a preocupação política, e, do ponto de vista do método, a prática da autópsia, que consiste em observar por si mesmo as outras coisas."

[265] Cf. R. Baccou, *Histoire de la science grecque* [História da ciência grega], *op. cit.*, p. 219: "Não deixa de ser interessante observar que a Escola atomística liga-se historicamente a duas Escolas anteriores cujas concepções parecem estar não somente muito afastadas das suas, mas ainda claramente em oposição a elas: denominei, de um lado, a Escola de Eléia, e, de outro, a Escola pitagórica. Na opinião unânime dos doxógrafos, Leucipo, quando jovem, foi discípulo de Zenão... Durante sua estada na Magna Grécia, Leucipo deve ter mantido contato com os pitagóricos... Os filósofos de Eléia, se não eram adeptos, eram pelo menos simpatizantes dessa seita." E Leucipo ensina em Abdera, cidade em que ele havia fundado uma Escola de filosofia e "na qual teve como discípulo e sucessor alguém que, em certos aspectos, foi um dos mais vigorosos gênios da Antigüidade, cujo nome é Demócrito".

truído pelos Magos da Caldéia, e chegou, até mesmo, à Índia, onde teria encontrado os gimnosofistas, que, sem dúvida alguma, exibiram-lhe suas teses a respeito das migrações da alma de um corpo a outro, tão valorizadas pelos órficos e pelos pitagóricos.[266]

Esta é a sua doutrina: "O princípio de todas as coisas são o átomo e o vazio, e todo o resto existe apenas por convenção. Os mundos são ilimitados e sujeitos à criação e à dissolução." Quanto aos átomos, eles são animados por um movimento turbilhonante que gera o fogo, a água, o ar e a terra, e seu número é infinito. O destino final de qualquer espécie de vida reside na *Felicidade,* que não se pode confundir com o prazer.

---

[266] Cf. Jacques Brosse, *Le Bouddha* [O Buda], Pygmalion, 1997, pp. 45-46: "Aqui está mais uma vez, oh, monges, a santa e sublime Verdade sobre *duhkha* (a dor): o nascimento é dor, a velhice é dor, a enfermidade é dor, a morte é dor, a necessidade de viver junto com aqueles que se detesta é dor, a separação daqueles a quem se ama é dor; dito de outra forma, os cinco agregados de apropriação são dor. "Aqui está ainda, oh, monges, a santa e sublime Verdade sobre a origem da dor: é a sede (o desejo, a cupidez, *trishna*) que provoca um *nascimento após o outro,* sempre acompanhados do apego aos prazeres dos sentidos e da busca de satisfação total, ou seja, do desejo de obter o prazer, do desejo da existência e do desejo da não-existência." "Aqui está, mais uma vez, oh, monges, a santa e sublime Verdade sobre a cessação da dor: é a cura, a desvinculação total com essa sede, é abandoná-la, rejeitá-la, não dar importância a mais nada, é liberar-se de tudo." "Aqui está mais uma vez, oh, monges, a santa e sublime Verdade sobre o caminho que conduz à cessação da dor: é o Caminho Elevado que possui oito ramificações: a justa compreensão, a justa intenção, a justa palavra, a justa ação, os justos meios de existência, o justo esforço, a justa atenção e a justa concentração." Segundo Empédocles de Acragás, in *De la nature* [Sobre a natureza], "em todas as coisas, a reunião gera e mata; em contrapartida, a desunião cresce e se dissipa. Em razão dessa mudança perpétua e infinita... na medida em que o Um nasce naturalmente do Múltiplo e que o Múltiplo, por sua vez, se constitui pela divisão do Um, as coisas nascem e não duram eternamente... elas continuam as mesmas e, ao circular umas entre as outras, elas se tornam tanto isto como aquilo e, ao mesmo tempo, permanecem sempre as mesmas". A noção fundamental de *Impermanência* manifesta-se de

Demócrito considera os átomos elementos indivisíveis, indissociáveis, sem qualquer diversidade qualitativa. O que os distingue é a forma (*rusmos*), a ordem (*diathige*) e a posição (*trope*): "Demócrito imagina a alma em expansão pelo mundo como um elemento caloroso e psíquico que ele chama de divino... e que é simplesmente um tipo de matéria ardente mais sutil."[267]

A redução de todas as coisas a esse elemento infinitamente pequeno denominado *átomo* está próxima e, desse modo, completa o avanço pitagórico no que diz respeito à unificação dos fenômenos? Muito próxima e, no entanto, em plena divergência quanto ao que sustenta o Cosmo. Como a ciência moderna descobriu, o átomo é regido unicamente pelo *Número,* tanto em suas estruturas íntimas como na multiplicidade inimaginável de suas possibilidades. A matéria não seria nada mais do que o *número.* Por meio de seus estados de ordem e desordem, faces complementares do real, a matéria seria absorvida pelas cadências da *harmonia.*[268]

---

maneira totalmente idêntica desde a Índia até a Grécia. Cf. também Heródoto de Halicarnasso, *Enquête* [Pesquisa], *op. cit.*, II, 123: "São ainda os egípcios os primeiros a lançar a idéia de que a alma humana é imortal; que, depois que o corpo perece, ela entra outra vez num outro ser animado, que, por sua vez, nasce. *Depois de haver passado por todas as formas que povoam a terra, o mar e o ar*, a alma penetra novamente num corpo humano no instante de seu nascimento; eles dizem que essa migração exige três mil anos para se completar. Alguns gregos adotaram essa teoria, primeiro uns, depois outros, apresentando-a como se lhes pertencesse. Apesar de conhecer seus nomes, eu não os citarei" (trata-se, evidentemente, dos órficos, de Pitágoras, de Empédocles, assim como de diversos pitagóricos).

267 Cf. Jean Voilquin, *Les Penseurs grecs avant Socrate* [Os pensadores gregos antes de Sócrates], p. 166.

268 Cf. *Encyclopaedia universalis* [Enciclopédia universal], p. 755: "A noção de átomo foi formulada pela primeira vez pelos filósofos da Grécia antiga. Fato atribuído a Empédocles, Demócrito, Leucipo e, posteriormente, Epicuro. Suas concepções a respeito de uma estrutura atômica da matéria não procediam de obser-

Enfim, chega o momento de perguntar quem é Pitágoras e se ele existe de verdade — alguns ousaram duvidar disso.[269]

Usando a terminologia de Carl G. Jung, poder-se-ia dizer que Pitágoras é um "arquétipo", ou seja, um ser excepcional que reunia em si as mais preciosas qualidades, como a inteligência, a beleza, imensos conhecimentos, a facilidade de convencer os outros, o absoluto domínio de si mesmo, a perspicácia e a generosidade.

---

vações nem de experiências científicas no sentido atual do termo, mas sim de intuições. Sua representação do universo físico baseava-se na hipótese de que os corpos são constituídos de partículas muito leves, invisíveis e indivisíveis... *A lei das proporções definidas* enuncia que as massas dos elementos de um composto químico mantêm uma relação constante." *Parece que o NÚMERO de elétrons é que determina a natureza da matéria.* Segundo Gamov, *M. Tomkins explore l'atome* [M. Tomkins explora o átomo], Dunod, 1954, p. 24: "O núcleo mais simples é o do hidrogênio, composto de um próton, e o mais complicado é o do urânio, constituído de 92 prótons e 142 nêutrons." Cf. Gamov, *Un, Deux, Trois, l'Infini* [Um, dois, três, o Infinito], Dunod, 1955, p. 209: "Tomemos como exemplo um pintinho que acaba de sair de seu ovo. No momento da eclosão da casca, as células de seu corpo tinham passado por sucessivas divisões que provocaram o crescimento e o desenvolvimento rápidos de seu organismo. Devemos lembrar que o corpo de um animal adulto contém *cem trilhões de células, todas elas formadas por divisões sucessivas de uma única célula-ovo...*"

269 "No ser vivo racional existem, de um lado, o deus, e do outro, o homem e, finalmente, a espécie do tipo de Pitágoras (cf. Jâmblico, *Vie de Pythagore* [Vida de Pitágoras], *op. cit.*, pp. 31 e 25). Pitágoras é um *daimôn* (cf. *ibid.*, 19, 15, 16, 17, 30, 70, 76, 157), ou seja, um ser intermediário entre os deuses e os homens. Diferentemente das outras almas humanas que entram em um corpo por serem incapazes de contemplar o Inteligível, a alma de Pitágoras foi enviada aos homens para assegurar a salvação dos seres humanos, assim como aconteceu com Ábaris, Aristeu, Epimênides, Fórmion, Empédocles. Aliás, Jâmblico construiu uma teoria sobre a descida desse tipo de alma." Encontramos uma noção semelhante no budismo, a dos *Boddhisatvas*, seres devotados à compaixão. Cf. *ibid.*, Introdução, p. LI.

O que, para o extremamente belo estratego Alcibíades, um sedutor aos olhos dos gregos, significava combates verbais implacáveis, cujo objetivo era conquistar a supremacia (razão da ruína de Atenas e da morte de Sócrates), em Pitágoras representava a fascinação que ele exercia como um presente dos deuses e servia para estabelecer o reino da sempre celebrada Moderação, do equilíbrio que deve ser continuamente reafirmado, como ocorre com um equilibrista sobre a corda bamba ou com um bailarino dominado por sua própria leveza.

Trata-se, com certeza, da discussão de um sistema de idéias. Uma doutrina que recusa todo tipo de violência; algo difícil de colocar em prática, pois equivale ao controle dos desejos, cuja satisfação gera a maior parte das atividades humanas. Desejos que suscitam a fúria, os subterfúgios, o cinismo e o ódio em relação ao Outro, considerado um obstáculo.

Trata-se da recusa de qualquer tipo de violência por amor à vida, da recusa de exterminar qualquer tipo de criatura, seja ela um animal selvagem ou doméstico, que possua as mesmas pulsações e a mesma respiração que o ser humano.

Por meio da súbita revelação dos pares de opostos, Pitágoras provoca o combate permanente entre o dionisíaco e o apolíneo, forças que parecem destruir-se entre si, mas que se enriquecem uma à outra. Com isso, ele dá um novo *élan* à história da humanidade. Ao buscarem a *Harmonia* em si mesmos e na gravitação dos planetas, os Companheiros em ação descobrem, se não o *porquê*, pelo menos o *como* das coisas. Sentindo-se felizes por sua cumplicidade, eles se encontram a caminho do desconhecido em estado puro, assunto sobre o qual Heráclito de Éfeso um pouco mais tarde afirmará: "Sem a esperança não se pode deparar com o inesperado, que permanece como algo fora de alcance, impossível de ser encontrado."

Em meio à simplicidade dos números, dos raciocínios obscuros, das experiências elementares, das surpreendentes intuições, de linhas geométricas semelhantes à cauda dos cometas, eles seguem ao encalço do que não pode ser encontrado, do inesperado. Confortando-se mutuamente por intermédio da vertigem provocada por suas descobertas, participam de um mesmo e único combate.

Será que riam de si mesmos? Será que riem de nós? Não existe dúvida alguma sobre isso.

Anexos

Palavras de ouro dos pitagóricos

Antes de mais nada, classifique os deuses imortais segundo os níveis atribuídos a eles pelos costumes.

Considere o juramento sagrado e respeite-o; em seguida, honre os heróis dignos de admiração e os espíritos subterrâneos, como é legítimo agir.

Seus pais e mães devem ser venerados, assim como os parentes próximos; faça amizade com qualquer outra pessoa que possua a excelência da virtude.

Esteja em perfeito acordo com as palavras doces e com as obras que produzam bons frutos.

Na medida do possível, não comece a odiar seu amigo em razão de uma pequena falta cometida por ele, pois a distância que existe entre o possível e a intolerância é ínfima.

Aprenda que as coisas são como são; o que vem em seguida é você que deve controlar. Em primeiro lugar, deve vir o controle do apetite e do sono, da luxúria e da cólera. Você jamais deve cometer um ato vergonhoso, tanto sozinho como com a ajuda de outros. É imperativo que você mantenha o respeito por si mesmo.

Em seguida, exerça seus atos e palavras com justiça, e jamais cultive o hábito de agir de maneira irrefletida. Saiba, porém, que todos os seres recebem a morte como herança.

No que diz respeito aos bens deste mundo, que você sinta o mesmo ao adquiri-los e ao perdê-los.

Por mais numerosas que sejam as vicissitudes do destino desejadas pelos deuses e que os mortais devem suportar, se o destino lhe trouxer sua parte, aceite-a sem se revoltar.

Na medida do possível, é conveniente buscar remédios para isso. Medite bem sobre este fato: os homens de boa vontade não passam por muitas provações em razão da *Moira*.[270]

Desprezíveis ou sensíveis, os comentários são sempre numerosos e provêm de todos os lados. Não se perturbe com isso, nem faça caso deles. Se alguém proferir uma mentira, comporte-se da mesma forma e permaneça calmo. Faça tudo exatamente como estou dizendo.

Que ninguém, por meio de palavras ou ações, obrigue-o a fazer ou dizer qualquer coisa que não seja a melhor.

Reflita antes de agir para jamais cometer atos insensatos. É prerrogativa do homem vulgar dizer ou fazer coisas absurdas.

Você deve agir de maneira a jamais se afligir com o resultado de suas ações. Não faça nada sem antes ter refletido longamente sobre o assunto. Instrua-se, porém, sobre tudo que é necessário e, assim, você levará uma vida das mais reconfortantes.

---

270 *Moira* em grego significa simultaneamente "destino", "parte", "porção" ou "lote". Esta pluralidade de acepções traduz a concepção grega de destino. (N.Ts.)

Não se deve demonstrar indiferença exagerada com respeito ao bom estado do corpo, mas seja comedido em relação à bebida, à comida e ao exercício físico.

Denomino comedimento tudo aquilo que não lhe será causa de preocupação.

Habitue-se a levar uma vida pura, desprovida da sensualidade que debilita, e cuide para não despertar a inveja nos outros.

Não esbanje seu dinheiro, como fazem aqueles que nunca viveram a experiência da Beleza. Tampouco se mostre avaro. Em todas as ocasiões, a moderação é o que existe de melhor.

Execute somente o que não lhe for causar prejuízo e reflita antes de agir.

Você não deverá permitir que o sono tome conta de seus olhos fatigados sem antes ter examinado uma a uma todas as ações que realizou durante o dia. O que fiz de repreensível? O que fiz eu? Qual foi o dever que deixei de cumprir? Desde o princípio, lembre-se de tudo que fez; depois, rememore todas as suas condutas; se foram vis, culpe-se por elas; se foram honoráveis, sinta-se feliz.

Empenhe grande esforço nessa tarefa e medite sobre essas coisas; é indispensável que você se dedique seriamente a elas. Essa atitude o conduzirá ao caminho da virtude divina.

Sim, para aquele que transmitiu para nossa alma a Tétrade, Fonte da Natureza eterna. Atrele-se, porém, a seu trabalho depois de ter solicitado aos deuses a possibilidade de levá-lo adiante de maneira adequada.

Como Mestre de seus ensinamentos,

Você identificará os comandos dos deuses imortais e dos homens mortais,

assim como a maneira pela qual as coisas se interpenetram e se submetem a ambos.

Com os fundamentos de que dispõe, você descobrirá que a Natureza forma um todo imutável,

de tal forma que você não aguardará em vão pelo inesperado e será liberado da ignorância.

Você saberá que os homens atormentados devem suportar os males que eles mesmos escolheram, quando não quiseram ver nem ouvir a respeito das coisas boas que os rodeiam.

São raros os seres que alcançam a libertação.

Esta é a parte que foi designada aos mortais perturbados pela razão: como cilindros, eles resvalam de um lado para o outro, sobrecarregados por inumeráveis sofrimentos.

Pelo fato de a companhia funesta da Discórdia ser inata nos mortais, ela os desvia insidiosamente do caminho. Não é necessário provocar seu aparecimento, mas afastar-se de qualquer pessoa que se deixe influenciar por ela.

Zeus, ó Pai, livraria os seres humanos de males infinitos se mostrasse a todos eles qual é o gênero de demônio que os habita.

Mantenha a confiança, pois os mortais pertencem a uma raça divina, para os quais a Natureza sagrada se manifesta e coloca todas as coisas, em plena luz.

Se você faz parte das referidas revelações, obterá o domínio mais desejado por todos e, assim que sua alma for curada, será libertado de todos os males em questão.

Enquanto isso, abstenha-se dos alimentos já mencionados nas purificações e, no que diz respeito à libertação da alma, medite sobre cada uma das coisas da vida, tendo como cocheiro da carruagem o conhecimento perfeito proveniente das Alturas.

Se, ao abandonar o invólucro carnal, você se elevar no espaço livre do ar, *alcançará a natureza divina, que é imortal.*

A sucessão filosófica de Pitágoras

Originário de Crotona e lembrado anteriormente como o mais célebre dos discípulos de Pitágoras, Filolau prossegue com seus ensinamentos na cidade de Tebas. Mais tarde, dois de seus alunos, Cebes e Símias, tornaram-se discípulos de Sócrates em Atenas. Eles dois devem ter sido discípulos muito próximos, pois são mencionados no *Fédon*, no relato que Platão faz da morte de Sócrates. Fédon de Élis, que se encontrava presente no momento da morte de Sócrates, revela o que ocorreu a pedido de um pitagórico chamado Equecrates de Flionte, que se instalara dentro do Peloponeso, onde Euriras de Tarento, outro discípulo de Filolau, havia fundado um círculo pitagórico.[271] É evidente que Platão fora iniciado nos ensinamentos de Pitágoras por intermédio de Cebes e Símias.

Depois da morte de Sócrates, seus discípulos se dispersaram e Platão passou a empreender longas viagens. Com a forte determinação de completar seus conhecimentos, foi para o Egito, para a Cirenaica e, em seguida, para a Magna Grécia. Em Tarento, permaneceu durante longo tempo ao lado de Árquitas, governador da cidade, com quem estreitou fortes laços de amizade.

Por ocasião de seu retorno da Magna Grécia, Platão começou a ensinar e fundou, nas proximidades de Atenas, a Academia, que,

271 Platão, *Phédon* [Fédon], Les Belles Lettres, 1934, 19.

durante séculos, manteve a tradição pitagórica. O discípulo e terceiro sucessor de Platão na direção da Academia, Xenócrates da Calcedônia (cerca de 394-314 a.C.), tentou unificar as contribuições de Pitágoras e de Platão, e, por isso, ficou conhecido como o fundador do neopitagorismo.[272]

Em 155 a.C. ele foi introduzido em Roma por Carnéade de Cirene (cerca de 212-128 a.C.), "escolarca", ou seja, chefe da Academia, que exercia o papel de embaixador. No passado, o próprio pitagorismo fora estabelecido em Roma pelo senador Nigídio Fígulo, que havia sido amigo de Cícero. Nas obras de Cícero são mencionadas a vida e as doutrinas de Pitágoras.

Na Síria, no século II d.C., Numênio de Apaméia propôs uma síntese mais sistemática das duas doutrinas.[273] A obra de Numênio também sofreu a tal ponto a influência do judaísmo helênico de Fílon de Alexandria, que não hesitou em se referir a Platão como um Moisés que fala grego, opinião que foi mantida pelos apologistas cristãos, entre eles Clemente de Alexandria.

Em Alexandria, encruzilhada das civilizações grega e oriental, encontravam-se e se influenciavam mutuamente as diferentes escolas filosóficas gregas e os primeiros teólogos cristãos, Clemente e Orígenes, assim como os eruditos judeus helenizados. O mais famoso e mais influente entre eles havia sido Fílon (por volta de 20 a.C.-54 d.C.), um genial exegeta da Bíblia, principalmente do Gênesis. Seus métodos inspiraram a filosofia grega, em particular a teoria pitagórica dos Números.[274]

Nesse mesmo século I de nossa era, aparecera, não sem causar furor, o pitagórico Apolônio, nascido em Tiana, na Capadócia. Esse

---

272 Diógenes Laércio, *Vie, Doctrines et Sentences des philosophes illustres* [Vida, doutrinas e proposições dos filósofos ilustres], *op. cit.*, livro IV, l'Académie.

273 Numênio, *Fragments* [Fragmentos], de acordo com Éd. Leemans, 1937.

274 Fílon de Alexandria, *Œuvres* [Obras], Éd. du Cerf, col. "Sources chrétiennes" , 1962-1964, trad. de L. Cohn.

filósofo e taumaturgo itinerante teria percorrido o mundo inteiro, desde a Índia até as Colunas de Hércules, teria passado longas temporadas na Ásia Menor, na Grécia e em Roma, regiões nas quais pregou a reforma dos costumes e a purificação do culto. Apolônio fundou a Escola pitagórica de Éfeso e escreveu *Vie de Pythagore* [Vida de Pitágoras], atualmente perdida, mas que foi utilizada por Porfírio e Jâmblico. Foi conservado um fragmento de seu *Initiation ou Des sacrifices* [Iniciação ou Sacrifícios], assim como um conjunto de cartas.

No século III, uma biografia de Apolônio de Tiana foi escrita pelo mestre em retórica Filostrato Flávio, o Ateniense, a pedido da imperatriz Júlia Domna, filha do grande sacerdote hereditário de Emesis na Síria, que veio a se tornar esposa de Severo.[275] Com o objetivo de tornar seu relato mais atraente, Filostrato insiste em mencionar os milagres que teriam sido realizados por Apolônio. Porfírio cita-os como exemplos em seu *Contre les chrétiens* [Contra os cristãos] para demonstrar que a realização de milagres não era prerrogativa somente dos santos cristãos.

Foi em Alexandria, no Egito, que Plotino fundou a chamada Escola neoplatônica. Plotino (por volta de 203-269 d.C.) havia sido discípulo do misterioso Amônio Sacas, considerado o "mestre das disciplinas filosóficas", que teve como aluno o cristão Orígenes (por volta de 185-254 d.C.). Segundo Diógenes Laércio, que também conheceu Plotino, Amônio teria recebido ensinamentos do pitagórico Potamos, fundador de uma "escola eclética".

A escola neoplatônica foi estabelecida em Roma por Plotino, que ali ensinou durante 22 anos, diante de um fervoroso auditório.[276] Durante três séculos, essa Escola iria renovar seguidamente a filosofia pagã. Os neoplatônicos, comentadores dos *Diálogos* de Platão, promoveram importantes desenvolvimentos no plano da filosofia e, mais ainda, no plano da mística.

---

[275] Filostrato Flávio, *Vie d'Apollonios de Tyane* [Vida de Apolônio de Tiana], Éd. Norden, trad. de Chassang, 1913.

[276] Plotino, *Ennéades* [Enéadas], Les Belles Lettres, 1924-1938.

Por intermédio de Platão, eles se consideravam autênticos herdeiros não somente de Pitágoras, mas também de Orfeu, "o primeiro teólogo" e ancestral da linhagem da qual eles eram descendentes. Se Plotino menciona Pitágoras somente de passagem, seus sucessores, Porfírio e Jâmblico, nele se apóiam expressamente.

Jâmblico funda na Síria, seu país natal, a Escola de Apaméia, cujos ensinamentos se propagam por toda a Ásia Menor. Em sua *Vie de Pythagore* [Vida de Pitágoras], ele reconhece o Mestre como o último enviado de Apolo e herdeiro de Orfeu, mas também como um taumaturgo, o que o estimula a reavivar e atualizar a herança propriamente grega, utilizando as antigas práticas mistagógicas dos caldeus e dos egípcios para fins puramente espirituais.[277]

A doutrina compósita de Jâmblico possuía um entusiástico admirador na pessoa de Juliano, sobrinho de Constantino, que foi imperador no período de 361 a 363.[278] No decorrer de seu reinado, que dura apenas 20 meses, Juliano tenta restaurar o paganismo moribundo. Criado no cristianismo e, além disso, uma pessoa extremamente piedosa, Juliano, depois de ter lido Jâmblico, afasta-se dessa religião e se torna um fervoroso discípulo de Pitágoras e de Platão.

Quando Juliano resolve procurar pelos herdeiros de Jâmblico, este já estava morto havia 20 anos. Ele vai a Pérgamo, atrás de um dos discípulos de Jâmblico, o velho Aésio, que o envia a Éfeso, onde encontra Máximo, que lhe dará a iniciação. Um pouco mais tarde, Juliano fez-se iniciar nos mistérios de Elêusis. Ferido no decorrer de uma expedição contra os persas, morreu assistido por Máximo de Éfeso.

O verdadeiro continuador de Jâmblico foi Proclos (por volta de 410-482 d.C.). "Depois de haver estudado em Alexandria, Proclos dirigiu-se a Atenas e teve como mestre Siriano, um discípulo de

[277] Jâmblico, *Les Mystères d'Égypte* [Os mistérios do Egito], Les Belles Lettres, 1989.

[278] J. Bidez, *La Vie de l'empereur Julien* [A vida do imperador Juliano], Éd. Gand, 1913.

Plutarco de Atenas, que ocupava o cargo de 'diádoco', título equivalente ao de 'escolarca', que designava o chefe da Academia platônica."

Na pessoa de Plutarco fundiram-se duas correntes do platonismo que antes eram distintas. Com a morte de Plutarco, Siriano se torna diádoco. Proclos, que o sucedeu, foi durante quase 50 anos o chefe da Escola, à qual ele confere uma nova prosperidade, reformando-a segundo o modelo das antigas comunidades pitagóricas.[279] A herança pitagórica não deixara de ser respeitada, e Siriano havia escrito sobre ela uma obra em 10 volumes, *L'Accord d'Orphée, de Pythagore et de Platon* [O acordo entre Orfeu, Pitágoras e Platão].

Graças à obra de Proclos, uma síntese sutil e definitiva dos ensinamentos de seus predecessores, a herança neopitagórica e neoplatônica foi transmitida à cristandade medieval, em particular por meio da versão abreviada de seu *Éléments de théologie* [Elementos de teologia], escrito em árabe por David, um judeu de Toledo. No século XIII, a obra foi traduzida para o latim por Gerardo de Cremona e comentada por Alberto, o Grande, e Tomás de Aquino.

Santo Agostinho (354-430) foi um leitor assíduo de Proclos e de Porfírio. Ele considerava Porfírio um mestre da contemplação e "o mais erudito dos filósofos". Um século mais tarde, como era costume no mundo cristão e no bárbaro, Boécio (480-524) traduziu para o latim as obras de Platão e Aristóteles, o *Isagoge* de Porfírio, além de comentar as contribuições feitas por Pitágoras e Árquitas em dois tratados, *De institutione arithmetica* [Sobre a instituição aritmética] e *De institutione musica* [Sobre a instituição da música].[280]

Durante toda a Idade Média, a teoria pitagórica dos Números, suas aplicações à música e à arquitetura – o "número de ouro" – e seu

279 Proclos, *Théologie platonicienne* [Teologia platônica], Les Belles Lettres, 1968-1987.

280 Boécio, *Écrits théologiques* [Escritos teológicos], Éd. Corpus Philos. Danicorum, 1969, trad. fr. de C. Lazam.

corolário, a Harmonia cósmica, jamais deixaram de fazer parte do programa de educação dos clérigos. Se Pitágoras, Platão e os neoplatônicos haviam se tornado uma referência obrigatória em toda parte, em Florença, no século XV, suas próprias obras conheceram um brilhante renascimento por meio das traduções de Marcílio Ficino (1433-1492), assim como por intermédio de sua obra pessoal, *La Théologie platonicienne de l'immortalité de l'âme* [A teologia platônica sobre a imortalidade da alma] (1482), na qual são abundantes as referências aos órficos e aos pitagóricos. Nessa obra, Ficino recorda que "Aglaófano foi iniciado nos mistérios de Orfeu; Pitágoras é quem sucede Aglaófano em teologia; quem sucede Pitágoras é Platão, cuja obra contém, desenvolve e ilustra em seus escritos a ciência de todos eles".[281]

Estimulado por Cosme de Médici, Ficino funda a Academia platônica, na qual cientistas e eruditos – entre eles o célebre Pico de La Mirandola – estudaram, discutiram e comentaram as principais obras da filosofia grega.

No século XX, nos *Cours sur Plotin* [Cursos sobre Plotino], que realizou no Collège de France, e em outros *Cours sur la philosofie grecque* [Cursos sobre a filosofia grega],[282] Bergson revitalizou essa herança ao demonstrar que podia fecundar o novo pensamento filosófico, concreto e desvinculado das especulações precedentes, que ele assumira a tarefa de defender. Em *Les Deux Sources de la morale et de la religion* [As duas fontes da moral e da religião] (1932), Bergson escreveu: "Não há dúvidas de que o entusiasmo dionisíaco tenha sido prolongado no orfismo e que o orfismo tenha sido prolongado no pitagorismo; talvez remonte ao pitagorismo e talvez ao orfismo a inspiração do platonismo. Conhece-se a atmosfera de mistério,

281 M. Ficino, *Théologie platonicienne* [Teologia platônica], Les Belles Lettres, 1964-1970, t. III, livro XVII.
282 Reed., PUF, 2000.

no sentido órfico da palavra, na qual se banham os mitos platônicos e a inclinação que a própria teoria das Idéias demonstra por uma simpatia secreta em relação à teoria pitagórica dos números."[283]

Mais recentemente, Heidegger, também um renovador da filosofia, não cessa de interrogar em sua obra os verdadeiros fundadores do pensamento ocidental, os fisiologistas da Jônia e os primeiros pitagóricos.

---

[283] Bergson, *Les Deux Sources de la morale et de la religion* [As duas fontes da moral e da religião], PUF, col. "Quadrige", 2003, pp. 231-232.

A Comunidade pitagórica considerada modelo ideal

Através dos tempos, a Comunidade pitagórica, uma fraternidade religiosa e científica que possuía seu modo de vida particular (o *pythagorikos bios*), foi considerada modelo ideal muitas vezes imitado.

No ano 487 a.C., em Academos, local consagrado aos antigos heróis e situado na periferia de Atenas, Platão fundou uma espécie de instituto científico destinado a formar os futuros dirigentes da cidade, inspirado no que havia visto no passado em Tarento, na Magna Grécia, durante uma temporada que passou ao lado de Árquitas, de quem se tornou amigo.

Simultaneamente filósofo, matemático e astrônomo, Árquitas (por volta de 440-350 a.C.) era também, como já se viu, um renomado estratego e um homem de Estado, que seus contemporâneos elegeram para encabeçar o governo por sete vezes.

A Academia funcionou sem interrupção por cerca de quatro séculos e, mais tarde, retomou suas atividades dirigida por um "escolarca" ou "diádoco", eleito pelo colégio dos mestres e seus alunos.

São bastante singulares as semelhanças entre as comunidades dos essênios e as dos pitagóricos ressaltadas por Porfírio em sua obra *Contre les chrétiens*[284] [Contra os cristãos]: uma vida austera e reclusa

---

[284] Citado por J. Bidez, *Vie de Porphyre, le philosophe néoplatonicien* [Vida de Porfírio, o filósofo neoplatônico].

consagrada à oração, à meditação e aos estudos; a admissão na seita depois de um longo noviciado; o juramento de guardar os segredos; as refeições em comum, prenunciando a futura ágape dos cristãos; e, sobretudo, a forte coesão do grupo e a solidariedade de seus membros.

Não seriam apenas coincidências? Para alguns comentadores, não é improvável que tenha havido, pelo menos, uma influência discreta.

Apesar de um pouco antes do início da era cristã a comunidade dos essênios ter sido perseguida e dispersada pelas autoridades do sacerdócio judeu, uma confraria judaica denominada os Terapeutas, composta de homens e mulheres, se estabeleceu às margens do lago Mareote, não muito longe de Alexandria. Graças a Fílon de Alexandria (por volta de 13 a.C.-54 d.C.) e ao historiador judeu Flávio Josefo (por volta de 37-97 d.C.) foi possível conhecer a vida dessa gente consagrada à ascese, à contemplação e aos estudos.

Seguramente, essas confrarias exemplares exerceram influência sobre os preceitos dos primeiros mosteiros fundados no Egito pelos padres do deserto, que marcam o início do monasticismo cristão.

Na própria Alexandria, o "Museu" (*Mouseion*), nome estabelecido sob a invocação das Musas e fundado pelo primeiro dos reis gregos do Egito, Ptolomeu I Soter (por volta de 367-283 a.C.), que era lugartenente de Alexandre, o Grande, devia reunir os eruditos originários de todo o mundo grego. Esse Museu fora organizado à maneira dos *tiasos*, ou confrarias religiosas, e não deixava de apresentar certas semelhanças com as comunidades pitagóricas: as refeições em comum, a reciprocidade na troca de conhecimentos intelectuais e a manutenção de bens comuns. O Museu funcionava sob a direção de um sacerdote.

O espírito fraternal reinava igualmente no *didaskaleion*, escola dos catecúmenos cristãos, um lugar de trocas privilegiadas entre filósofos pagãos e teólogos cristãos. Fundado em Alexandria por volta do ano 180 por Panteno, o *didaskaleion* tornou-se ilustre por causa de Clemente de Alexandria (por volta de 150-215 d.C.) e, posteriormente, de Orígenes (por volta de 185-254 a.C.).

No passado, Orígenes tinha vivido no centro de um pequeno grupo que se reunia em torno de Amônio Sacas, que fora mestre de Plotino.

Os principais discípulos de Amônio prometeram uns aos outros manter os ensinamentos de seu mestre em segredo. Naquela época, a filosofia era considerada "a iniciação a uma vida espiritual superior, reservada a um número restrito de discípulos.[285]" Era costume os alunos partilharem da vida do mestre, que desempenhava, igualmente, o papel de orientador de consciências.

A partir de 244, quando Plotino chegou a Roma para ensinar, até a sua morte, em 270, foi isso o que aconteceu. No fim de sua vida, Plotino tinha mesmo o projeto de fundar uma cidade de filósofos, que planejava denominar Platonópolis, baseado nos modelos das antigas confrarias pitagóricas, mas se inspirando também nos conventos dos essênios e dos terapeutas que ele havia conhecido graças aos discípulos de Fílon. Esse projeto, ao qual eram favoráveis o próprio imperador Galiano e a imperatriz Salonina, fracassou, pois os conselheiros do imperador julgaram que Plotino não possuía as qualidades para ser o fundador de uma cidade.

Os sucessores de Plotino, os neoplatônicos, que eram também neopitagóricos, seguiram seu exemplo até o fim da Escola no século VI.

Graças à *Vie de Proclos* [Vida de Proclos], escrita por seu discípulo Marino, foi possível conhecermos suficientemente a estrutura da comunidade dirigida por Proclos (412-485) durante aproximadamente 50 anos.

Além dos discípulos próximos que viviam ao lado do Mestre e "compartilhavam de seus trabalhos", formou-se também um círculo exterior de ouvintes, entre os quais se encontravam altos magistrados imperiais, como o patrício Antêmio, que foi cônsul e se tornou imperador do Ocidente de 467 a 472, e seu colega e amigo Flávio Mécio

[285] Plotino, *Ennéades* [Enéadas], *op. cit.*

Febos Severo, cônsul e prefeito da Cidade (Roma), ou ainda Flávio Ilústrio Pusaios, cônsul e prefeito da pretoria do Oriente.[286]

Este ideal de vida fraternal e comunitária, dedicada aos estudos e à meditação, de que as confrarias pitagóricas haviam dado o exemplo no Ocidente, jamais deixou de fascinar os seres apaixonados pela perfeição. Fora das congregações religiosas, porém, a maior parte das organizações, fundadas freqüentemente com base em uma ideologia social ou política, teve uma curta existência. Isso aconteceu com as comunidades inspiradas nas idéias de Saint-Simon, que, depois de 1830, se dispersaram, chegando até mesmo à América do Sul, ou com as "comunidades icarianas" do socialista Étienne Cabet,[287] que emigraram para os Estados Unidos em 1848.

No domínio da utopia, as pequenas sociedades de pesquisadores desempenharam, evidentemente, um papel bem mais considerável, a começar pela *Utopia* (1516), do chanceler da Inglaterra Thomas Morus, que introduziu essa palavra na língua, e por *La Cité du Soleil ou l'Idée d'une république philosophique* [A cidade do Sol ou a idéia de uma república filosófica] (1623), do padre dominicano italiano Campanella, até chegar aos sonhos dos românticos alemães, como Friedrich Hölderlin, no *Hiperion ou o Eremita da Grécia* (1797-1799), romance repleto de nostalgia pelo ideal helênico, ou Friedrich Novalis,[288] que no livro de poemas *Disciples à Saïs* [Discípulos da cidade de Saís] (1797-1798) evoca a nobre figura de um mestre transfigurado pelo "idealismo mágico".

---

286 Marino, *Vita Procli* [Vida de Proclos], Éd. Boissonnade, 1962, cap. 38.

287 Étienne Cabet (1788-1856) nasceu em Dijon. Em 1840 publicou *Rumo a Icário*, um manifesto que descreve seu projeto de sociedade baseado nas idéias comunistas. (N.Ts.)

288 Friedrich Novalis (1772-1801), poeta alemão. Em seus poemas e em seu romance inacabado ele concebe o misticismo como uma explicação alegórica da natureza. (N.Ts.)

No século XX, o poema filosófico de Novalis inspirou Hermann[289] Hesse, cuja obra *Le Jeu des perles de verre* [O jogo das contas de vidro] (1943) refere-se ao espírito dos pitagóricos que tentaram "encerrar o universo em círculos concêntricos e unir a beleza viva da arte à magia das fórmulas das ciências exatas".

Mais próximo de nós, não seria um ideal comparável, se bem que infinitamente mais modesto, o que realizou Lanza del Vasto[290] ao fundar a Comunidade da Arca?

---

[289] Hermann Hesse (1877-1962). *O jogo das contas de vidro.* Trad. de Lavinia Viotti e Flávio Vieira da Silva, São Paulo, Brasiliense, 1973 (N.Ts.)

[290] Lanza del Vasto (1901-1981), poeta e místico cristão contemporâneo que durante toda a vida empenhou-se na tarefa de concretizar a idéia de uma civilização calcada no amor prevalecer sobre as desordens sociais. Criou no Sul da França a Comunidade da Arca, um modelo de sociedade alternativa à violência dos tempos atuais. (N.Ts.)

As fontes de Jâmblico

Antes de Aristóteles, são raras as alusões a Pitágoras na literatura grega. São encontradas algumas poucas citações sobre Xenófanes de Colofon, Heráclito de Éfeso e Empédocles de Acragás. Por outro lado, Heródoto de Halicarnasso refere-se a um certo Zalmoxis, que teria sido escravo de Pitágoras em Samos. Tudo isso no que diz respeito aos séculos VI e V. No século IV, Platão menciona Pitágoras em sua *República*. Ele faz alusão a Pitágoras no livro X (600 A-B) e aos pitagóricos (livro VIII, 530 D-531). Por meio da associação entre a harmonia e a astronomia, ele evoca a harmonia das esferas, um tema desenvolvido pelos pitagóricos.

Atribui-se a Heráclides do Reino do Ponto um livro sobre *Ábaris*,[291] no qual se encontram registradas as sucessivas encarnações de Pitágoras. Essa obra teria desempenhado um papel capital na elaboração da lenda de Pitágoras.[292] Aristóteles, por sua vez, evoca freqüentemente os pitagóricos e demonstra as relações existentes entre suas doutrinas e as da Academia. Ele enumera também os diversos símbolos e máximas.

Aristoxeno permanece como o comentador mais importante. Os títulos de suas três obras são: *Sur Pythagore* [Sobre Pitágoras], *Sur le*

---

[291] Ábaris, mágico da cidade de Cítia, sacerdote de Apolo, professor de Pitágoras. (N.Ts.)

[292] Consultar o Anexo I de *Vie de Pythagore* [Vida de Pitágoras], por Jâmblico, *op. cit.*, p. LXIII.

mode de vie pythagoricien [Sobre o modo de vida pitagórico] e *Les Adages pythagoriciens* [Os adágios pitagóricos]. No Liceu, Dicearco de Messina foi condiscípulo de Aristoxeno. Segundo ele, Pitágoras e seus discípulos teriam sido perseguidos de cidade em cidade, e o Mestre não teria morrido em Metaponto.

Evidentemente, várias passagens da obra de Timeu de Tauromênio relembram o que foi dito por Jâmblico. No século III, Neanto de Cízico escreveu uma biografia de Pitágoras. Porfírio e Jâmblico referem-se nominalmente a Neanto. Sátiro de Caliate (século III a.C.) confere à morte de Pitágoras uma versão particular: o Mestre teria sido abandonado para morrer de fome. Eratóstenes de Cirene (século III) contribui com elementos novos e contraditórios quando cria para Pitágoras um personagem vencedor dos Jogos Olímpicos. Alexandre de Mileto (século II) é citado por Diógenes Laércio. Jâmblico, por sua vez, faz referência a um certo Androcides.

Chegamos a Plutarco de Queronéia (por volta de 45 ou 50-125 de nossa era), que exalta as virtudes das doutrinas pitagóricas. Porfírio, assim como Jâmblico, menciona abundantemente um certo Nicômaco de Gerasa, neopitagórico de extrema importância que viveu entre 50 e 150 d.C. Essa abundância de documentos prima pela contribuição de Diógenes Laércio (século III). Algumas pessoas, porém, colocam em dúvida a possibilidade de Jâmblico ter conhecido a *Vie de Pythagore* [Vida de Pitágoras] redigida por Diógenes e alguns dos escritos de Porfírio.

A *Vida de Pitágoras* fazia parte da *Histoire de la philosophie* [História da filosofia] redigida por Porfírio, que cita entre suas fontes nada menos do que 31 autores. "De qualquer forma, Jâmblico demonstra um desprezo supremo no que diz respeito à sua(ou suas) fonte(s), que ele não se priva de manipular de acordo com suas conveniências, multiplicando as contradições, o que conduz a uma situação inextricável, principalmente sobre o plano da cronologia."[293]

[293] Jâmblico, *Vie de Pythagore* [Vida de Pitágoras], *op. cit.*, introdução, trad. e notas de Luc Brisson e A. Ph. Segonds, Anexo I, p. LXX.

Algumas datas relativas aos principais comentadores citados

ALCMÊON DE CROTONA: século VI a.C. Sua adolescência coincide com os últimos anos de vida de Pitágoras, segundo Aristóteles.

ISÓCRATES: 436-338 a.C. Orador ático que combatia os sofistas.

PLATÃO: 428-348 a.C. Fundador da Academia.

ARISTÓTELES: 384-322 a.C. Fundador do Liceu.

ESTRABÃO: por volta de 58 a.C- 21-25 d.C. Geógrafo grego nascido em Amaséia, na Capadócia.

DIODORO DA SICÍLIA: século I a.C. Historiador grego.

FILODEMO DE GADARA: por volta de 110-28 a.C. Filósofo epicurista.

FLÁVIO JOSEFO: por volta de 37-100 d.C. Historiador nascido em Jerusalém e morto em Roma.

PLUTARCO DE QUERONÉIA: por volta de 50-125 d.C. Filósofo e historiador grego.

AÉCIO: por volta de 100 d.C. Doxógrafo grego nascido em Antioquia.

GALENO: por volta de 131-201 d.C. Médico grego de Pérgamo.

AULO GÉLIO: século II d.C. Gramático latino.

PORFÍRIO: por volta de 234-305 d.C. Neoplatônico, aluno de Orígenes em Cesaréia e discípulo de Plotino em Roma.

JÂMBLICO: 240-325 d.C. Neoplatônico, discípulo de Porfírio, nascido em Cálcis, na Síria.

CLEMENTE DE ALEXANDRIA: por volta de 150-215 d.C. Doutor da Igreja, mestre de Orígenes.

DIÓGENES LAÉRCIO ou de Laerte: século III d.C. Filósofo epicurista, nascido na Cilícia.

PROCLOS: 412-485. Figura importante do neoplatonismo.

Obras dos pitagóricos

A primeira geração: século VI a.C.

Brontino ou Brontin: originário de Cízico ou de Metaponto, que pode ter sido tanto pai como esposo de Teano, a mulher de Pitágoras. Autor de um *Traité de la raison et de l'opinion* [Tratado da razão e da opinião], do qual Jâmblico e Estobeu transmitiram alguns fragmentos. Clemente de Alexandria atribui a Brontino o *Péplos* [Peplos] e *Les Éléments de la nature* [Os elementos da natureza].

Cêrcopes: presume-se que tenha sido autor de um *Poema órfico*. Clemente de Alexandria atribui-lhe a autoria de uma *Descente aux Enfers* [Descida aos infernos] e de um *Traité sacré* [Tratado sagrado].

Pétron de Himero: aparece em um comentário de Plutarco (*Pourquoi la prophétesse Pythie ne rend plus ses oracles en vers* [Por que a profetiza Pítia não apresenta mais seus oráculos sob a forma de versos], 22, p. 422 B). Nele, Pétron afirma que "existem 183 mundos dispostos segundo um triângulo equilátero que exibe 60 mundos em cada um de seus lados".

Hípaso de Metaponto: Diógenes Laércio afirma ser ele originário de Metaponto, e Jâmblico diz que ele nasceu em Síbaris. Ele teria feito parte dos *acusmáticos*, íntimos de Pitágoras. Médico de renome, tornou-se célebre por ter violado o segredo que envolvia "a inscrição dos doze pentágonos no interior da esfera" e em seguida submerge em circunstâncias que podem parecer suspeitas. De suas obras nada restou além de um *Discours mystique* [Discurso místico].

Califon e seu filho *Demokedes*: Demokedes, originário de Crotona, exerceu a medicina em Egina, cuidou do tirano Polícrates de Samos e do rei Dario na Pérsia. Autor de um pequeno tratado de medicina (segundo Suidas), ele prefere a sabedoria de Pitágoras às riquezas do Grande Rei.[294]

Alcmêon de Crotona: médico e filósofo dos mais célebres da Antigüidade. Teria redigido um *Traité de la nature* [Tratado da natureza]. Teofrasto ressalta que ele foi "o primeiro a destacar a diferença que existe entre os animais e os homens"; ele examina cada um dos sentidos e situa a sede da alma imortal no cérebro, em virtude de sua origem divina.

Mílon de Crotona: célebre atleta e muito provavelmente o esposo de Myia, a filha de Pitágoras. Presume-se que seja o autor de um *Traité de la nature* [Tratado da natureza].

Epicarmo: originário de Siracusa, de Samos, de Cós ou de Megara, conhecido particularmente como autor de fábulas e de comédias, trabalhou como fisiólogo, médico e moralista. Redigiu as *Sentences* [Sentenças].

Teano: esposa de Pitágoras (segundo todas as probabilidades). Nove de suas obras foram reunidas, cinco delas por Estobeu. Em seu

---

294 Lexicógrafo grego (970 a.C.) autor de um dicionário de línguas e fatos sociais. (N.Ts.)

Traité de la piété [Tratado da piedade], discute-se o Número, no qual, para todo pitagórico, reside a ordem essencial. De Teano existem igualmente sete cartas.

Perictione: outro pitagórico, teria composto um *Traité de la sagesse* [Tratado da sabedoria] e um *Traité de l'harmonie de la femme* [Tratado da harmonia da mulher] (citado por Estobeu).

A segunda geração

Ela tenta reunir, depois da morte do Mestre (por volta de 493), os elementos essenciais da obra no tocante à mística, à filosofia e às ciências.

Filolau de Crotona: permanece como um dos mais famosos discípulos de Pitágoras e um dos mais completos autores pitagóricos, uma vez que trata dos princípios, dos deuses, do Cosmo, dos meteoros, da psicologia, da fisiologia e até mesmo de uma possível rotação da Terra em torno do Sol, hipótese bastante audaciosa para a época. Suas obras intitulam-se *De la nature* [Da natureza], *Du monde* [Do mundo], *De l'âme* [Da alma] e teriam sido reunidas em uma única narrativa: *Les Bacchantes* [As Bacantes].

Árquitas de Tarento (por volta de 440-350 a.C.): filósofo e matemático eminente. Das numerosíssimas obras compostas por ele só restam alguns fragmentos, citados, em particular, por Estobeu, Porfírio e Jâmblico. São eles: *Traité des principes* [Tratado dos princípios], *Traité du tout* [Tratado do todo], *Traité des sciences* [Tratado das ciências], *Traité de l'harmonie* [Tratado da harmonia], *Traité des contraires* [Tratado dos contrários], *Logique* [Lógica], *Traité de la sagesse* [Tratado da sabedoria], *Traité de pédagogie* [Tratado de pedagogia],

Traité de l'homme bon et heureux [Tratado do homem bom e feliz], *Traité de la loi et de la justice* [Tratado da lei e da justiça] e *Traité des notions universelles* [Tratado das noções universais].

Ocelo de Lucânia: Diógenes Laércio atribui a ele quatro tratados: *De la loi* [Da lei], *De la royauté* [Da realeza], *De la sainteté* [Da santidade] e *De la génération du Tout* [Da geração do Todo].

Cebes de Tebas: discípulo de Filolau e de Sócrates. Deve sua celebridade ao *Fédon*, de Platão, no qual ele figura. Autor de três diálogos mencionados por Diógenes Laércio: *La Semaine* [A semana], *Phrynicos* e *Le Tableau* [O quadro].

Símias de Tebas: também discípulo de Filolau e de Sócrates, que se tornou célebre pelas mesmas razões. Segundo Diógenes Laércio, teria composto 23 diálogos, intitulados: *La Sagesse* [A sabedoria], *Le Calcul* [O cálculo], *La Musique* [A música], *Les Vers épiques* [Os versos épicos], *Le Courage* [A coragem], *La Philosophie* [A filosofia], *La Vérité* [A verdade], *Les Lettres* [As cartas], *L'Enseignement* [O ensino], *L'Art* [A arte], *Le Gouvernement* [O governo], *Les Convenances* [As afinidades], *Ce qui est à rechercher et à fuir* [O que se deve procurar e do que se deve fugir], *L'Amitié* [A amizade], *La Science* [A ciência], *L'Âme* [A alma], *L'Art de vivre* [A arte de viver], *Le Possible* [O possível], *L'Argent* [O dinheiro], *La Vie* [A vida], *Ce qu'est la beauté* [O que é a beleza], *Le Zèle* [O fervor] e *L'Amour* [O amor].

A terceira geração

Ela evolui no século IV. Citemos:

Eudóxio de Cnido (por volta de 408-353 a.C.): um dos maiores matemáticos da Antigüidade. Foi também filósofo, médico, astrônomo, fisiologista e legislador (cf. Gobry, *Pythagore* [Pitágoras], p. 79). A respeito disso, só podemos nos maravilhar com as extraordinárias sínteses que a reunião de tantos e tão diferentes conhecimentos permitia realizar. A época em que vivemos sente prazer em produzir "especialistas" cuja competência é limitada. Eudóxio de Cnido é conhecido por suas numerosas obras, entre as quais um *Traité des dieux, du monde et des phénomènes atmosphériques* [Tratado dos deuses, do mundo e dos fenômenos atmosféricos], uma *Géométrie* (Geometria), um *Cours d'astronomie* (Curso de astronomia), além de *La Révolution de la Terre* [A revolução da Terra], *Phénomènes* [Fenômenos], *Miroir* [Espelho] e *Organisme* [Organismo]. Como deixar de lamentar aqui a necessidade de fazer uma escolha, similar à que fomos obrigados a fazer em épocas precedentes? Seria uma tarefa bastante longa enumerar todos esses pesquisadores que trabalhavam de acordo com uma ética que se impunha a eles e que talvez se imponha a nós? — como a mais elevada — e a mais exigente.

****

É tempo de passar em revista aqui aqueles que, fora de seus próprios escritos e testemunhando a mesma influência, encarregaram-se de transmitir a história do Mestre e da Comunidade, envolvidos com os dilemas e investigações mais arriscados. Trata-se dos principais historiadores desta aventura. Citemos em primeiro lugar:

Aristóteles (384-322 a.C.): tentou esclarecer os pontos essenciais das doutrinas pitagóricas. Os títulos das obras perdidas são revelados por Plutarco, Diógenes Laércio, Porfírio, Simplício e Estobeu, entre outros. São eles: *Sur les Pythagoriciens* [Sobre os pitagóricos], *Contre les doctrines d'Alcméon* [Contra as doutrinas de Alcmêon], *Sur la philosophie d'Archytas* [Sobre a filosofia de Árquitas] e *Les Doctrines extraites de l'ouvrage de Timée et de ceux d'Archytas* [Doutrinas extraídas da obra de Timeu e de Árquitas]. Discutem-se igualmente os pitágoricos em *La Physique* [A física], *La Météorologie* [A Meteorologia], *Le Traité du ciel* [O tratado do céu] e, especialmente, *La Métaphysique* [A metafísica].

Aristoxeno de Tarento (século IV a.C.): personagem de bela envergadura que provocou discussões. Sua obra tratava tanto dos acontecimentos quanto da doutrina. Ela compreendia uma *Vie de Pythagore* [Vida de Pitágoras], *Sur la vie pythagoricienne* [Sobre a vida pitagórica], *Maximes pythagoriciennes* [Máximas pitagóricas]. Parece que essas obras originaram a *Vida de Pitágoras* de Porfírio e a de Jâmblico. Um detalhe de grande importância: Aristoxeno era músico, filho de músico e apaixonado pela ciência musical. Não há certeza de que ele tenha aderido de verdade ao movimento pitagórico, que ele ousou criticar abertamente.

Timeu de Tauromênio (século IV): suas *Histoires* [Histórias] forneceram elementos bastante preciosos a Porfírio e Jâmblico.

Heráclides do Reino do Ponto (388-312 a.C.): foi discípulo de Platão e dos pitagóricos. Redigiu uma obra intitulada *Sur les Pythagoriciens et leurs découvertes* [Sobre os pitagóricos e suas descobertas]. Diógenes Laércio atribui a ele livros de moral, física e história literária.

Políbio (205-125 a.C.): no livro II de suas *Histoires* [Histórias], no qual ele usa algumas coisas emprestadas de Aristoxeno, revela como viviam Pitágoras e sua Escola.

Diodoro da Sicília: sobre o qual nos surpreende a abundância de informações existentes, e que viveu no século I a.C., também fez empréstimos de Aristoxeno para falar de Pitágoras em sua gigantesca obra intitulada *Bibliothèque historique* [Biblioteca histórica], uma espécie de história universal. "O episódio" de Síbaris destruída por Crotona é evocado nessa obra.

Estrabão (por volta de 63-20 a.C.): permanece como uma das mais preciosas fontes de informação. Em sua prolífica *Géographie* [Geografia] discutem-se Pitágoras e Árquitas.

Plutarco de Queronéia (por volta de 50-120 a.C.): o célebre autor de *Vie des hommes illustres* [Vida dos homens ilustres] evoca Pitágoras em seu *Propos de table* [Propósitos à mesa], em suas *Œuvres morales* [Obras morais] e em *Ísis e Osíris*, em que são mencionadas as viagens de Pitágoras ao Egito.

Aécio (por volta de 100 d.C.): doxógrafo e autor de *Opinion des philosophes* [Opinião dos filósofos], uma antologia perdida que desenvolve algumas das doutrinas científicas atribuídas aos pitagóricos.

Clemente de Alexandria (por volta de 150-215 d.C.): apresenta alguns fragmentos raros do antigo pitagorismo em *Stromates* [Estrômatas]. Foi mestre de Orígenes.

Diógenes Laércio (século III d.C.): o fato excepcional é que possuímos a obra completa desse compilador. Ela se intitula *Vie, Doctrines et Sentences des philosophes illustres* [Vida, doutrinas e proposições dos filósofos ilustres]. Dos 10 volumes que compõem essa obra, o oitavo é consagrado a Pitágoras e seus discípulos. Não se pode deixar de admirar a amplitude das informações e a multiplicidade de fontes, mesmo que o conjunto da obra não esteja isento de erros e contradições.

Porfírio de Tiro (233-303 d.C.): foi ao mesmo tempo teórico e historiador do pitagorismo e um dos discípulos de Plotino. Mesmo que tardia, essa apologia apresenta-se como uma das fontes mais seguras e importantes da história inicial da Comunidade pitagórica. Sua *Vie de Pythagore* [Vida de Pitágoras] constituía-se no primeiro volume de uma *Histoire de la philosophia* [História da filosofia] da qual nada chegou até nós.

Jâmblico de Cálcis (240-325 d.C.): filósofo da Escola neoplatônica e discípulo de Porfírio, é autor de numerosas obras que foram conservadas, em particular de uma *Vie de Pythagore* [Vida de Pitágoras] que se destinava a valorizar o sistema único de vida e de pensamento em uso na Escola. Os detalhes, os materiais, as histórias fabulosas e as anedotas são abundantes, assim como sua repetição. Não faltam os anacronismos que fazem de Tales o mestre de Pitágoras. Entretanto, como compilador apaixonado, Jâmblico permanece, ao lado de Diógenes Laércio, um recurso inigualável, que inspira maior confiança.

Impresso no Brasil pelo
Sistema Cameron da Divisão Gráfica da
DISTRIBUIDORA RECORD DE SERVIÇOS DE IMPRENSA S.A.
Rua Argentina 171 – Rio de Janeiro, RJ – 20921-380 – Tel.: 2585-2000